# l'ÉVADÉE de Brennilis

Cet ouvrage de pure fiction n'a d'autre ambition que de distraire le lecteur. Les événements relatés ainsi que les propos, les sentiments et les comportements des divers protagonistes n'ont aucun lien, ni de près, ni de loin, avec la réalité, et ont été imaginés de toutes pièces pour les besoins de l'intrigue. Toute ressemblance avec des personnes ou des situations existant ou ayant existé serait pure coïncidence.

---

Jacques CAOUDER

# l'ÉVADÉE de Brennilis

Collection

ENQUÊTES & SUSPENSE

Quadri Signe - Editions Alain Bargain
125, Vieille Route de Rosporden - 29000 Quimper
E-mail : editions.alain.bargain@wanadoo.fr
Site Internet : perso.wanadoo.fr/editions.bargain

REMERCIEMENTS :

- À la gendarmerie nationale de Quimper et particulièrement au capitaine Viry et au maréchal des logis-chef Gloaguen.

- Au commandant Gilbert Coadou de la police nationale de Brest.

- Au capitaine de vaisseau Pierre Olivier et au capitaine de frégate Stéphane Chanfreau de la marine nationale.

# I

*Nuit du 02 au 03 février 1999.*

La silhouette qui dévalait la pente était à peine visible. Seul le bruit de ses pas et de sa respiration trahissait sa présence. Sans hésiter elle avait franchi une route, la départementale 785, pour plonger de nouveau dans cette nature sauvage des monts d'Arrée.

« Courir, courir, il me faut courir, vite… être le plus loin possible, avant qu'ils ne s'aperçoivent que je me suis sauvée… » Elle allait droit devant elle dans cette nuit glaciale. Un vent de nord-noroît bien établi soufflait sur les monts. La pluie fouettait son visage, l'aveuglait, rendait sa course folle encore plus pénible. Les nerfs à vif et le corps assailli de picotements désagréables dénonçaient sa peur. Pour autant, elle fonçait dans le noir, sans repère. Sa foulée irrégulière, sa respiration haletante, ponctuée parfois de cris misérables - des cris semblables aux gémissements d'une bête chassée et acculée - détonnaient dans cette nature inhospitalière, inquiétante où chaque élément qui la composait semblait dormir, attendre, était proie, prédateur, parasite… Elle n'avait cure de ces dangers-là. Non. Ce qui lui importait était de fuir, d'échapper à ses ravisseurs, de trouver un havre de paix où elle raconterait les violences subies et retrouverait son ami, celui qu'elle chérissait plus que tout au monde… Elle ne savait pas non plus qu'après tout le chemin parcouru, sa seule présence maintenant présentait un caractère extraordinaire, profanateur là où la vie semblait avoir disparu…

Elle allait ainsi, le corps penché en avant, courant… Quand, soudain, elle s'enfonça et hurla ! Le sol se dérobait sous ses pieds ! Le sol qu'elle foulait en effet, et qu'elle ne pouvait voir, était le lieu souverain, l'ultime étape des âmes des défunts, là où les Celtes situaient la porte des enfers froids, le *Yeunn Ellez*. Une cuvette bordée par le Roc'h Trévézel et le Roc'h Trédudon, le Tuchenn Kador, le Ménez Mikel et le Roc'h Cléguer. Une cuvette avec son marais de tourbières. Ce marais que les Bretons du coin appellent le "*youdig*".*

Instinctivement, elle tâtonna, crocha dans l'herbe haute, de la molinie. Enfoncée à mi-corps, elle se redressa, hésitante et distingua de nombreuses autres touffes sur lesquelles elle pouvait marcher.

Elle longeait à présent un ruisseau étroit et profond. Elle devinait plus qu'elle ne voyait ces végétaux qu'elle sautait l'un après l'autre avec plus ou moins de bonheur… Combien de fois trébucha-t-elle

*Petite bouillie en breton.

pour s'affaler de tout son corps dans la sphaigne et se relever toute couverte de linaigrette et de molinie ? Elle n'aurait pu le dire. Animée d'une volonté de fer elle allait toujours, faisant fi des obstacles et des difficultés...

Il lui semblait à présent que les herbes hautes étaient plus groupées. Elle s'arrêta, indécise... À quelques pas devant elle, elle voyait des arbres de petite taille. Elle s'y dirigea pensant retrouver la terre ferme. Hélas, le pas mal assuré, elle glissa et tomba une nouvelle fois de tout son long dans la mousse du marais. Cette mousse trompeuse qui donne l'impression de dur... Là encore, avec beaucoup de peine, elle sortit de la sphaigne tourbeuse pour reprendre sa course effrénée.

Le sol enfin devenu plus dur, elle commanda à son pauvre corps meurtri un effort plus conséquent. Mais les obstacles surgissaient toujours nombreux, là, à quelques pas devant elle, qui l'obligeaient souvent à s'arrêter brutalement pour les contourner et repartir de plus belle. Ou bien, inévitables, elle les affrontait alors avec rudesse de tout son élan, la tête baissée et rugissant pour à la fois dominer sa peur et décupler ses forces. Les ronciers, les ajoncs, les saules aux branchages entremêlés, inextricables, jonchaient le sol, la blessaient, la faisaient gémir. Elle chancelait, parfois chutait au milieu de ceux-ci, mais encore et toujours la volonté intérieure qui l'animait, la faisait se relever et repartir en répétant, tel un leitmotiv,

« courir, courir, il te faut courir, il te faut leur échapper ! ».

La nature du terrain petit à petit changea pour laisser place à une herbe molle et les difficultés rencontrées s'estompèrent, elle soupira. La porte des enfers froids ne s'était pas ouverte. *An Diaoul* et *ses diaouled** n'avaient pas désiré la jeune femme…

Quelle distance avait-elle pu parcourir ? Elle l'ignorait bien sûr. Pantelante, son souffle se raréfiait depuis un bon moment et, bien malgré elle, son corps, petit à petit, commençait à refuser ce qu'elle lui commandait, courir ! Une douleur sourde occupait à présent son côté droit, au niveau de son thorax. Vite aiguë, elle l'obligea à s'arrêter. Elle tomba, épuisée, vaincue par sa propre chair, au milieu de foin sauvage. Elle s'abandonna, découragée, et ne put se retenir de pleurer.

Trempée jusqu'aux os, tremblante de fièvre et de froid, tout son corps la faisait souffrir. Elle s'était recroquevillée sur elle-même, les genoux au menton. La volonté de vaincre faiblissait. Elle allait, trahie par ce corps devenu amorphe, s'abandonnant à son malheur… Les yeux fermés, elle se préparait à ce qu'elle ne pouvait plus changer, et s'étonna, dans son renoncement, d'avoir pour pensées premières le Dieu de son enfance, Celui qu'elle avait appris à prier lorsqu'elle était petite fille. Elle retrouva les paroles

*Le Diable et ses diablotins en breton.

salvatrices des prières et L'implora : « Mon Dieu, aidez-moi, sauvez-moi, ne les laissez pas me reprendre, je vous en prie… Vous qui pouvez tout, faites quelque chose… secourez-moi… je vous en supplie. » Elle se retourna pour regarder les cieux, comme pour mieux communiquer spirituellement, mieux s'offrir au Tout-Puissant, et c'est alors qu'il lui sembla apercevoir sur sa gauche, et en contre-haut, une lueur fugitive qui lui parut être les phares d'une voiture… Elle déglutit avec effort et retint son souffle… « Il y a une route là-bas, se dit-elle, mais… Et si c'était eux ? » Perplexe, elle attendit sans bouger.

Son corps reprenait vie. L'espoir, la rage de vaincre animaient une nouvelle fois son esprit. Elle ne douta plus, Il ne pouvait l'avoir trompée : Il l'avait exaucée ! Elle savait que la fin de son calvaire, l'assurance d'être sauvée se trouvaient alors là-bas, sur la route. Elle ne sut pas quand la pluie avait cessé de tomber… Non sans peine, elle se releva et, le corps cassé en deux, reprit sa marche. Elle se cogna durement à des rochers quasi invisibles et commença à monter une pente raide.

Des cumulo-nimbus balayés par les vents parsemaient le ciel et laissaient apparaître des étoiles. Les lourds nuages bientôt disparurent, chassés. Une lune pleine régna à ce moment et réfléchit sa clarté sur la campagne. Cette combinaison de faits, qu'il ait arrêté de pleuvoir et qu'il lui soit possible de distinguer son environnement la soulagea. Elle vit aussi qu'il lui restait encore un bon bout de chemin à faire avant de parvenir au sommet. Loin de se décourager, elle redoubla d'efforts... Tête baissée, elle enjamba les clôtures électriques des prairies et des champs, dérangeant les troupeaux endormis, passa des talus de remblai... Elle souffla. Elle n'en pouvait plus de lutter.

Arrivée en haut, à mi-chemin des villages de Kerbérou et de Kerbargain, elle prit un peu de relâche et se retourna. Elle découvrit une ligne de crêtes qui emprisonnait une vaste cuvette. En son sein, miroitait une grande étendue d'eau. Elle frissonna à la pensée qu'elle y avait échappé de peu. Elle allait reprendre sa course quand elle se vit. Les mains, les jambes griffées de partout et rouges de sang, ses collants en loques, sa jupe déchirée et son pull recouverts de ronces et d'ajoncs, elle était misérable... Elle essaya, mais gauchement, ses mains lui faisaient trop mal, d'enlever les tiges épineuses. Elle les laissa, ne réussissant qu'à s'enfoncer encore plus les piquants dans les doigts...

Elle marchait au milieu de la route, une petite route de campagne. Elle avait choisi d'aller vers la gauche, la direction d'où venait la voiture... « Mon Dieu, une voiture, je vous en supplie, vite, vite, je suis à bout ! »

Tout son corps maintenant refusait. Seule la volonté commandait qu'il tienne debout et marche encore ;

les bras ballants, le cœur battant à rompre, le souffle rapide, la gorge sèche, tel un zombie, le pas de plus en plus lourd, elle commençait à piétiner.

Elle n'entendit pas le moteur du véhicule pas plus que les voix derrière elle. Ce n'est que prisonnière des pinceaux des phares qu'elle réalisa la situation et se retourna, mue par l'intuition d'un danger. Bien lui en prit. Ses tortionnaires se trouvaient à quelques mètres derrière elle et s'apprêtaient à la saisir quand, eux-mêmes, éclairés par les phares, bondirent sur la gauche pour disparaître dans la nature. La jeune femme joua alors son va-tout, elle s'arrêta, se redressa autant qu'elle le put et tomba en avant les bras en croix.

Masqués par les ajoncs et les herbes hautes, à plat ventre, deux hommes observaient la scène, haineux. Ils ne firent rien quand le chauffeur et son compagnon descendirent de leur camion pour s'approcher du corps étendu trois mètres devant : un cauchemar !

— Merde ! alors qu'on allait la coincer !

— Ouais. Bon, on relève les numéros de la plaque minéralogique et on récupère notre tire… D'ici, il y a toutes les chances qu'ils l'emmènent aux urgences de Carhaix, c'est le plus près. Et puis si c'est ailleurs on arrivera à le savoir rapidement.

— OK.

*

*　*

*Carhaix-Plouguer, centre hospitalier, journée du 03 février. 06 h 10.*

Le docteur Riou, du service ORL, médecin de garde au service des urgences, observait la jeune femme. Une infirmière, avec beaucoup de douceur, la toilettait tout en lui chuchotant des paroles apaisantes. « Chut, tout va s'arranger, nous allons bien nous occuper de vous, vous n'avez plus rien à craindre... Laissez-moi faire, laissez-moi vous nettoyer et soigner ces petites plaies qui couvrent vos membres... Vous allez voir, tout va bien se passer... Surtout dites-moi si je vous fais mal... »

« Complètement hébétée, état de choc certain », lui avait dit l'assistant au téléphone, avant de proposer de lui administrer un calmant. Ce à quoi il avait répondu :

— Surtout pas, j'arrive. En attendant, contrôlez ses constantes vitales...

À la vue de la malheureuse, il diagnostiquait également une amnésie post-traumatique :

— C'est bien ça, Le Bihan... Les résultats pouls, tension, température corroborent... Non somnolence de la patiente... Bien. Prévoyez un bilan sanguin standard, des examens neurologique, cardiaque et hémodynamique... Appelez le service de psychiatrie de Morlaix, un examen par scanner du cérébral, pathologies organique et psychique me paraissent souhaitables. Pas de calmant pour l'instant, cela pourrait aggraver son état d'hébétude... Maintenant si sa situation empire, avec des crises d'angoisse manifestes, administrez-lui-en mais par voie intramusculaire. Je consigne tout cela par écrit... Ah ! autre chose, prévenez la gendarmerie.

Au bas de son rapport, le docteur Riou avait ajouté :

« Ses propos incohérents, sa désorientation temporo-spatiale, sa conscience normale, tout indique qu'elle souffre d'un syndrome confusionnel. »

Le chirurgien essayait de capter le regard de la jeune femme, mais celui-ci en mouvement continuel était insaisissable. Quant à lui demander qui elle était, ce qui lui était arrivé, les mêmes mots, des bribes de mots, étaient prononcés :

— Prév... Christian... Echappe... Danger... Mong... Préveni...

*

* *

*Centre hospitalier, 07 h 50.*

Madame Calvez, une des infirmières de garde à l'accueil des urgences, enregistrait les derniers événements de la nuit sur le registre des consultations quand, une fois encore, la sonnerie du téléphone la dérangea :

— Centre hospitalier de Carhaix-Plouguer, service des urgences, j'écoute...

Une voix inquiète interrogea :

— Bonjour madame, heu... monsieur Morgan. Je vous appelle pour vous demander si vous n'auriez pas accueilli une jeune femme cette nuit... Mon épouse et moi sommes sans nouvelles de notre fille et...

Nolwenn Calvez l'interrompit :

— Quel nom avez-vous dit ?

Cette fois, il n'hésita plus :

— Morgan. Isabelle est le prénom de notre fille.

— Je suis désolée mais je ne me souviens pas avoir lu ce nom sur mon registre... Je regarde une nouvelle fois... Non, non, monsieur Morgan, votre fille n'est pas chez nous. A moins que... « Et si... »

— Oui ?

L'infirmière, hésitante, se demandait si la jeune femme recueillie il y avait un peu plus de deux heures et sans identité ne pouvait pas être, n'était pas tout bonnement la personne en question... « Après tout pourquoi pas ? », se dit-elle.

— Monsieur Morgan, votre fille, elle est comment physiquement ? Vous pouvez me la décrire ?

— Ben, ce que je voulais d'abord vous dire, c'est que ma fille a des absences et parfois des impulsions morbides... Alors elle peut quitter la maison et fuir... C'est déjà arrivé... Maintenant comment elle est ? Isabelle a le cheveu noir, mi-long, les yeux marron, le visage ovale... Elle mesure 1 mètre 71 pour, je crois, 60-61 kilos... Elle porte une jupe droite fendue devant de couleur beige rosé et un pull à col roulé marron...

Nolwenn Calvez avait sous les yeux les renseignements remis par le docteur Riou. Ce que Morgan avançait était juste… Ainsi leur inconnue pouvait bien être sa fille :

— Vous appelez d'où monsieur Morgan ?

— D'une cabine publique, à Commana… Pourquoi ?

De mémoire, Nolwenn estima qu'il y avait une dizaine de kilomètres entre Commana et le lieu où avait été rencontrée la malheureuse…

— La description que vous me donnez correspond bien à une jeune femme que nous avons accueillie chez nous, monsieur Morgan. Elle a été trouvée errante par deux automobilistes pas très loin de l'axe principal Carhaix-Morlaix, à environ 500 mètres de l'embranchement La Feuillée-Botmeur, sur une petite route de campagne.

— La Feuillée-Botm… ? Mon Dieu, ma pauvre petite fille… Mais comment a-t-elle pu faire tout ce chemin ? Et dans la nuit, sous la pluie… Dites-moi, comment va-t-elle ?

— Rassurez-vous, nous nous en occupons. Mais cette jeune femme, sans doute votre fille, monsieur Morgan, est bien fatiguée et souffre d'une amnésie post-traumatique… A la demande du docteur Riou, elle va être conduite par ambulance à Morlaix, pour examens complémentaires.

— Je… Heu, nous pourrons la voir ?

— Bien sûr, monsieur Morgan. Mais laissez-moi

votre adresse et votre numéro de téléphone… Ah ! et aussi la date de naissance de votre fille.

Le correspondant de Nolwenn Calvez pensa Sizun, et, tout en renseignant qu'il était sur liste rouge, que sa fille Isabelle était née le 17 janvier 1970, rapidement il ouvrait le bottin du Finistère à la page du lieu choisi :

— Quant à notre adresse, nous habitons à Kerambellec, 29 450, Sizun.

Le manque de spontanéité à répondre à des questions si ordinaires ne troubla pas l'infirmière. La fatigue de la nuit de garde sans doute…

— Merci monsieur Morgan, j'ai bien noté tous ces renseignements… Soyez rassurés pour votre fille, vous allez la retrouver très vite et… Oh ! J'allais oublier… Si vous me permettez, votre fille a un frère ou un ami qui se prénommerait Christian ?

— Non, madame, je n'ai pas de fils. Christian est le prénom de l'ami de ma fille.

*

"Morgan", de son vrai nom Rolland, se maudissait d'avoir picolé la veille avec son complice Legard. A eux deux ils s'étaient partagé une bouteille d'un litre de calva et avaient sombré dans un sommeil quasi comateux avant de découvrir vers les deux heures du matin - alors qu'il allait satisfaire un besoin naturel - que leur prisonnière s'était fait la belle !

Rolland était de bonne taille, 1 mètre 87, et accusait un poids de 0 tonne 113 ! Chauve, le visage rond, les joues rouges, les lèvres épaisses, le nez épaté, son regard était, pour l'heure, noir, haineux. C'est qu'ils auraient des comptes à rendre s'ils ne retrouvaient pas Isabelle Morvan, et il savait qu'il leur fallait faire vite, avant qu'elle ne sorte de son état d'amnésique... Sinon toute l'opération était foutue et eux avec... Il sortit du bistrot et se dirigea vers leur voiture - une Peugeot 406 - rangée à quelques mètres de là. Legard l'attendait au volant.

— Alors ? T'as pu savoir où elle est ?

— Ouais, démarre et prends la direction de Carhaix.

— O.K. c'est parti.

Legard se fiait totalement à son acolyte. Depuis le temps qu'ils machinaient ensemble, ils avaient appris à se connaître et à s'apprécier.

Moins grand, surtout moins corpulent que Rolland, Legard, était physiquement bien proportionné. Le cheveu poivre et sel, le visage fin, le teint mat, les yeux clairs, vifs, la bouche lippue, sensuelle, il séduisait. Mais derrière cette plastique heureuse se cachait un redoutable tueur. En route, il demanda :

— Qu'est ce que tu as prévu ?

— Ben, il me semble qu'on n'a pas tellement le choix...

Legard avait compris.

— Sans problème.

La carte au 1/200 000e de la Bretagne sur les genoux, Rolland parcourait du regard la départementale 764. Après avoir examiné point par point la route, il se dit que le tronçon le plus favorable pour mener leur action était à la hauteur de La Feuillée, sur la montée menant aux Roc'h Trédudon et Ar Feunten, avant la trois voies.

— On va descendre plus bas que La Feuillée et attendre... Je t'expliquerai.

Ils s'arrêtèrent au niveau du bourg de Coat Mocun, sur une hauteur, et planquèrent. Un peu plus d'un kilomètre de tronçon visible s'offrait à leur vue. La montre du tableau de bord affichait 08 h 37.

*

Presque à la même heure, une ambulance médicalisée quittait le centre hospitalier de Carhaix en direction de Morlaix. Conduite par une jeune femme, elle voiturait Isabelle Morvan et une infirmière d'accompagnement. Les codes allumés, le gyrophare en fonction, l'ambulancière allait bon train.

Dix minutes plus tard, elle passait le pont franchissant l'Aulne et longeait la forêt de Botvarec. Bientôt Rolland et Legard l'aperçurent.

— La voilà, à toi de jouer.

— T'inquiète...

Le véhicule du SAMU les croisa rapidement pour disparaître très vite derrière un tournant. Legard avait déjà manœuvré pour le poursuivre...

Bien vite la 406 avait rattrapé l'ambulance et réglé sa vitesse sur celle-ci... Legard avait les mains moites, comme toujours avant une opération imminente...

Là, tout son corps, toute sa pensée se préparaient déjà, se verrouillaient à l'action assassine qu'il allait commettre. Il en éprouvait dès lors un vif plaisir. L'humain faisait place à l'impitoyable.

Il n'attendit pas que Rolland le lui dise, il savait que c'était maintenant qu'il lui fallait agir. Le carrefour de Croaz an Herry dépassé, il se déporta brusquement sur la gauche et remonta rapidement sa cible. Arrivé à sa hauteur, il se rabattit, sa conduite sur la droite obligeant l'ambulance à serrer au plus près le côté de la route pour éviter la collision. Surprise, l'ambulancière réagit cependant promptement et, tout en klaxonnant et injuriant le chauffard, elle accéléra pour se sortir de cette situation périlleuse :

— Espèce de tordu ! Où as-tu appris à conduire ? Chez les Zoulous ?

Legard vivait intensément ces moments-là. Si furtif fût-il, il avait lu la peur dans ses yeux lorsqu'elle s'était retournée pour crier et ça lui avait plu. Nullement dérouté par sa prouesse, voire amusé, un rictus cruel marquant son visage, il y répondit spontanément. Il remonta le véhicule sanitaire, le dépassa, puis brutalement se mit en oblique sur la chaussée à quelque cinquante, cent mètres devant ! Le crissement des pneus de l'ambulance dut s'entendre à des kilomètres à la ronde ! Ne pouvant passer à gauche et refusant le choc frontal, la conductrice freina à mort. Mais elle ne put contrôler le violent déportement de son véhicule lorsqu'elle s'engagea sur le bas-côté droit, herbeux et glissant. Elle termina sa course avec fracas dans le fossé.

Rapidement Rolland et Legard gagnèrent la voiture sinistrée et l'ouvrirent. L'ambulancière et l'infirmière, blessées, étaient sans connaissance. Isabelle Morvan, attachée sur sa civière, paraissait consciente…

— Dépêche-toi.

Legard saisit la malheureuse au cou et, les yeux dans les yeux, sut qu'elle l'avait reconnu. Il jouit de l'instant. Le sourire aux lèvres, d'une simple pression des pouces, il l'étrangla.

# II

*Jeudi 04 février.*

La presse régionale, sous des titres volontiers accrocheurs en caractères gras, informait ses lecteurs de l'accident de l'ambulance survenu la veille près de La Feuillée :

« Mercredi, vers 9 h 30, les pompiers de Huelgoat ont été prévenus par un automobiliste qu'une ambulance se trouvait dans le fossé pas très loin de La Feuillée et qu'à son bord les passagères paraissaient sans vie. Leur intervention rapide a permis d'évacuer d'urgence vers l'hôpital de Morlaix la conductrice et l'infirmière d'accompagnement, toutes deux blessées gravement. Quant à la malade transportée - une femme de 29 ans - elle a été découverte morte. Les gendarmes des brigades de Huelgoat, de Brasparts et de Pleyben se sont rendus sur place. Ils étaient rejoints plus tard par des techniciens d'identification criminelle et la brigade de recherches de Quimper. Un premier examen visuel pratiqué hier sur la malade indique qu'elle est morte étranglée. Son identité ne nous a pas été révélée. Des investigations sont en cours pour déterminer les causes exactes de l'accident. Aucune hypothèse n'est écartée. Le procureur de la République a ouvert une information judiciaire contre X. Un juge d'instruction va être désigné. D'ores et déjà le chef d'escadron Fragès, commandant la gendarmerie nationale à Quimper, a été chargé de l'enquête. »

*

* *

*Brest, hôtel Continental. Rue Emile Zola. Matinée.*

Dans une chambre en façade située au deuxième étage, deux hommes discouraient sur l'accident de l'ambulance. C'est que l'événement les concernait sérieusement. Lorsque Rolland leur avait appris ce qui s'était passé, ils étaient restés cois et leurs premières réactions avaient été de les faire supprimer, lui et son ombre, par le Groupe ! Mais le quatuor régnant s'y était formellement opposé. Une voix à fort accent slave les avait mis en garde :

— Je commande à vous pas gêner opération. Vous, suivre mission définie.

*

Les deux hommes, la cinquantaine, sensiblement de même taille, le cheveu court, l'un châtain, l'autre poivre et sel, ne se connaissaient pas il y a deux mois. Recrutés par le Groupe, par courrier, un courrier ordinaire, ils avaient accepté la responsabilité des "affaires France". Celles-ci leur avaient été présentées par le truchement d'une vidéo dans un bureau loué pour la circonstance. Ils ignoraient pour qui ils travaillaient, mais ça ils s'en foutaient car ils étaient grassement payés. Pour communiquer avec leurs employeurs, ils recevaient tous les quatre jours un courrier. À l'intérieur figurait un numéro de téléphone sous lequel il leur était demandé de détruire le document après mémorisation. Pour Rolland et Legard, hommes des basses besognes et qui ignoraient l'existence du Groupe, c'étaient eux les patrons.

Serge, le châtain, se servit une nouvelle fois du café. Bruno, son compère, du thé. Les deux hommes avaient ceci en commun qu'ils étaient tous deux cupides, jouisseurs, lécheurs et totalement immoraux. Ils prirent tous deux un Meccarillos dans la boîte posée sur la table basse. Serge, la première bouffée du cigare tirée, toussota. Il le trouvait un peu fort, préférant les mini Davidoff. Il se leva et se dirigea vers la fenêtre. Il écarta légèrement le voilage de la main. Un ciel dégagé, d'un bleu froid, un soleil généreux éclairait la ville. Brest vivait une belle journée. Il suivit du regard une femme, vêtue avec élégance, déambuler le long de la rue de Lyon. Elle s'arrêta devant une maroquinerie quelques instants, puis reprit sa flânerie… Il la perdit de vue alors qu'elle empruntait la rue de Siam. Au pied de l'hôtel, sur le parking de la place de La Tour d'Auvergne, deux cars stationnaient. Un flot de touristes attendaient de monter à bord. Il remarqua :

— Pourquoi n'ont-ils pas diffusé son identité ?

— Ouais. Je me suis posé la même question… Et me suis dit qu'ils ont peut-être douté des informations reçues par l'infirmière et qu'ils ont préféré attendre… Le temps de vérifier qu'elle est bien Isabelle Morgan. Le sourire malicieux, il ajouta : …mais ça, ça va les occuper quelques jours.

— Oui, je le pense aussi… Ici Rolland a quand même bien manœuvré, prononcer Morgan au lieu de Morvan ! Il fallait y penser…

— Hum, à mon avis une description physique et vestimentaire aurait suffi… Enfin ce qui importait quand il nous a appelés était que notre "ami" ne le sache pas aujourd'hui. L'opération est toujours maintenue et programmée cette nuit.

— Avec un créneau de rattrapage demain…

— Non ! Serge. Vois-tu, il m'étonnerait qu'ils le maintiennent s'ils ne s'expliquent pas ce qui a pu foirer… Et leur campagne de tir s'arrêtera-là. Ce qui veut dire que nous aurons réussi et… à nous le pognon !

La pensée de recevoir un million de francs les fit rêvasser. Des anges chargés de concupiscence se les disputaient. Serge revint vers son camarade, écrasa son bout de cigare et finit sa tasse de café.

— Il nous restera quand même un petit boulot à assurer avant de le palper.

— Ouais, mais ça ne présente pas beaucoup de difficultés…

— Tu vois ça où ? quand ? comment ? Et par qui ?

Bruno se leva. Le regard froid, il fixa son vis-à-vis.

— T'as bien compris que le Groupe s'en tamponnait le coquillard de la mort de la petite Morvan. Alors pourquoi changer ce que nous avons prévu ?

— Pourquoi ? Mais parce que Rolland et Legard ne sont pas sûrs !

D'un revers de main, Bruno balaya les inquiétudes de Serge :

— Aucune crainte à avoir, ils seront parfaits.

— Ah ? Parce que tu leur fais encore confiance ?

— Confiance n'est pas le bon mot. Nous les utilisons. Ils savent que cette fois ils n'ont pas droit à l'erreur, et… ils me doivent ça.

Serge ne releva pas. « Ainsi ils se connaissent ? Intéressant ça… » Il saurait s'en souvenir au cas où le coup foirerait.

— Hum, bien. Si tu t'en portes garant… et ils l'éliminent quand ?

— Demain nous le saurons… En fin d'après-midi nous appellerons le bureau de liaison des familles ou l'antenne “essais mesures”… Ils nous diront quand et où le bâtiment relâchera et là nous aviserons.

— Bon. Mais en attendant, tu penses vraiment que les deux gaillards vont restés peinards ? Il est quand même difficile de leur interdire les bars et les boîtes de nuit… Alors pour un peu qu'on les ramasse beurrés comme des petits Lu… Tu vois le tableau ? Et puis, je pense que nous avons commis une erreur en les faisant quitter le gîte de Roquinarc'h pour venir à Brest, loger à l'hôtel Pasteur…

Bruno se détourna et fit quelques pas, songeur. « Qu'est-ce que tu cherches, Serge ? Cette décision nous l'avons prise d'un commun accord, alors où veux-tu en venir ? » Incisif, il répliqua :

— Je maintiens, Serge, que nous avons fait le bon choix. La gendarmerie va certainement enquêter dans la région de Botmeur, Saint-Rivoal et autres bleds... fouiller la campagne... Ils apprendront alors, au cours de leurs investigations, qu'un gîte à proximité de Roquinarc'h est occupé par deux hommes étrangers à la région, qu'ils voudront rencontrer, comme les autres habitants... Ça me paraît évident, non ? Pas toi ? Et là, tu imagines le scénario ? Tu imagines un face à face Rolland-Legard et les pandores ?

Serge avait repris un cigarillo. Il se donna le temps de tirer une bouffée qu'il libéra par la bouche et le nez. Le visage dubitatif, il se rangeait pourtant à la sagacité de Bruno :

— Hum, c'est à éviter bien sûr... Mais, ici, à Brest, est-ce que c'est mieux ? Nous pouvions les loger ailleurs à la campagne... Tu as vu comme moi que ce ne sont pas les gîtes ruraux qui font défaut autour de Brest...

— Je pense que la ville est une meilleure protection... Et, sois rassuré, ils ne bougeront pas.

# III

*Gendarmerie de Quimper, jeudi 4 février, matinée.*

Le chef d'escadron Fragès, officier de la gendarmerie nationale, relisait une nouvelle fois les notes inhérentes à ce qu'il avait intitulé : "*Affaire Isabelle Morgan*". Fidèle à ses méthodes de travail, il avait fait afficher sur des tableaux muraux du PC opérations tout ce qui se rapportait à celle-ci. La photo de la victime était placardée à part, bien en évidence.

Ses gendarmes avaient fait diligence. Comme il l'avait souhaité, ils avaient rencontré et interrogé, aussitôt connaissance du drame, les personnes du CHR et les deux camionneurs qui avaient croisé Isabelle Morgan ce jour fatal. Corrélativement, un binôme s'était rendu à Sizun. Mais là, surprise ! Ses hommes avaient eu beau interroger, insister près des Sizuniens, la jeune femme était entièrement inconnue du lieu, et l'adresse, indiquée par son soi-disant parent, bidon ! Fragès fit la moue et se gratta la nuque :

« Ouais, ça nous aurait quand bien même aidés de rencontrer le papa… Nous aurions eu une base de recherches solide… Alors que là… Le parent n'en étant pas un, la fugue prétextée ne tient pas plus…

Il me faut dans ce cas retenir que cette nuit-là, Isabelle Morgan s'échappait, poursuivie par deux hommes, et ici l'un des camionneurs n'a pas eu la berlue ! Il les a bien aperçus dans le pinceau des phares du camion avant qu'ils ne disparaissent dans la nature… Deux hommes qui s'apprêtaient à la saisir s'il n'y avait eu l'arrivée providentielle du véhicule. Mais pourquoi à ce moment-là ont-ils préféré rompre ? »

« Hum, peut-être pour ne pas être vus ou reconnus. Peut-être également pour ne pas prendre de risque précipité, se doutant bien qu'elle allait être conduite dans un centre hospitalier proche… Et là, c'est binaire, c'est Carhaix-Plouguer où Landerneau… Ils savaient donc où pouvoir la retrouver en appelant les urgences, ou mieux en suivant le camion… Comme ils la connaissent bien, il leur est aisé de la représenter dans son ensemble, de mettre en confiance leur correspondant, et par conséquent être renseignés… OK. Mais pourquoi acceptent-ils ici de courir ce risque majeur ? Car, si Isabelle Morgan avait narrer ses mésaventures, et ça ils ne peuvent pas ne pas en tenir compte, ils se doutent bien alors que tout sera mis en œuvre par la brigade du coin pour les piéger dès leur appel… Et elle devait en savoir beaucoup la petite, pour être supprimée dans la foulée… Coup de chance qu'ils ont eu ces salauds ! »

L'officier sentait que l'élimination subséquente de ce témoin gênant couvrait une affaire singulière…

« Car, se répétait-il, pourquoi ne l'ont-ils pas

supprimée tout de suite ? Pourquoi s'exposer à de réels dangers ? Je ne comprends pas… À moins que supprimer Isabelle Morgan n'était pas à ce moment-là envisagé ? »

Il alla se servir un café qu'il but d'une lampée. Il prit une deuxième tasse qu'il se donna le temps de siroter. Il finissait sa tasse quand le téléphone sonna. Le maréchal des logis Moreau, de permanence au PC, décrocha et :

— C'est pour vous mon commandant, le standard.

Fragès prit le combiné que le sous-officier lui présentait.

— Fragès…

À l'autre bout de la ligne, une voix forte, bien particulière, une voix du terroir douarneniste, aboya dans le combiné. Fragès grimaça :

— Hé ! Passez en sourdine, voulez-vous ! Je ne suis pas encore sourd figurez-vous !

Moreau se retint de rire. Il savait que c'était son copain Le Bourhis, un gendarme de Carhaix-Plouguer, qui appelait.

Curieux de nature, il tendit l'oreille. Il apprit alors que les deux femmes accidentées de l'ambulance étaient sorties du coma et déposaient…

Fragès, reposa le combiné sur son support et regarda son gendarme, l'œil rieur :

— Vous avez entendu ?

Un peu décontenancé quand même par la question de son chef, Moreau avoua :

— Euh, oui… C'est que Le Bourhis a le verbe haut mon commandant…

L'officier sourit et opina du bonnet.

— C'est le moins qu'on puisse dire. Quel gueulard ! Il vous assourdit au téléphone…

Moreau, encouragé, ajouta :

— Pour autant c'est une bonne nouvelle qu'il nous annonce ! Ces deux femmes pourraient avoir aperçu les assassins ?

— Hon, hon, je l'espère bien, crénom ! Mais les deux, je doute, la conductrice, oui, il y a des chances… Et ça, nous le saurons dans la journée… Prévenez-moi dès réception de leur déposition, je serai dans mon bureau. Sinon vous m'appelez sur mon portable.

*

Fragès parcourait les quelques lignes relatives à "*L'affaire Isabelle Morgan*" relevées dans son calepin. Il avait sous les yeux les syllabes et mots débités par Isabelle Morgan :

*« Prév… Christian… Echappe… Danger… Mong… Préveni… »*

En dessous, des interprétations étaient inscrites :

*« Prévenir Christian que j'ai échappé à un danger… Prévenir mong ? »* et *« Prévenir Christian que je me suis échappée. Prévenir mong ? d'un danger. »*

L'officier souligna de deux traits le mot "mong".

« D'où s'est-elle sauvée ? ses vêtements trempés sentaient la sphaigne, portaient des brins de lin des marais et de molinie, des piquants. Idem dans les cheveux. Les gendarmes de Brasparts assurent qu'elle a traversé le Yeunn Ellez ! »

« Mong ? Qu'est-ce que cela peut bien signifier ? Un début de prénom, de nom ? Et pourquoi pas “morg” comme Morgan ? »

« Demander aux médecins et infirmiers qui étaient présents s'ils sont bien sûrs d'avoir entendu la syllabe “mong”. »

« Quelques bijoux : une chaînette très près du cou et portant un ourson en argent. Un jonc d'or au doigt et des boucles d'oreilles (dormeuses avec perles). »

« Christian : mari, ami, parent ? »

Pensif, il avait la désagréable sensation de passer à côté de quelque chose de criant… Il nota :

*« Une infirmière jouée par un soi-disant père, une adresse erronée, pourquoi cette date de naissance (17/01/70) serait juste, et cette identité établie ? Isabelle Morgan est-elle bien Isabelle Morgan ? »*

*

Il referma son carnet et consulta sa montre : 11 h 35. Il lui tardait de prendre connaissance du rapport du médecin légiste et de l'ambulancière. Il appuya sur une touche de son interphone :

— Major ?

— Mon commandant ?

— Vous avez une minute ?

— J'arrive.

Fragès se leva et fit quelques pas en long et en large avant de s'arrêter et regarder par la fenêtre. La route de Pont-l'Abbé, au bas de l'immeuble était bien calme et les bâtiments en face tristounets. Un soleil pâlot arrivait à éclairer malgré tout quelques espaces, donnant une pointe rieuse, chaude, régulière et partagée, comme un pied de nez en somme, à l'ensemble gris et froid. Pensif, il regardait sans voir… Le film des actions menées la veille occupait son esprit. Lui et ses trois techniciens en identification criminelle de la BRD* s'étaient aussitôt rendus sur les lieux de l'accident à la demande de son collègue de Châteaulin… Là, ses hommes, ces professionnels de l'impensable, ces passionnés des marques et des indices révélateurs et indiscrets, ces découvreurs des actes infimes et empreintes insoupçonnées avaient, à l'aide d'élastomères, moulé les traces de pas ; usé de poudre de graphite noire et de films pour saisir des traces de pneus avoisinantes non identifiées et utilisé de la ninhydrine et des adhésifs de fixation pour déceler les empreintes digitales latentes, visibles et invisibles… Les microprélèvements et analyses du corps accomplis, ils s'étaient montrés circonspects et avaient souhaité qu'un examen complémentaire du cadavre soit retenu. Fragès avait suivi et demandé le concours d'un médecin légiste. Dans la foulée, il informait le procureur de la république. Les sections de recherches et aérienne de Rennes également prévenues, un survol de la cuvette de Brennilis avait été

*Brigade de Recherches Départementale.

programmé, sur sa demande, le lendemain à 9 heures et 14 heures.

Il connaissait le procureur pour l'avoir rencontré, cela faisait huit ans, alors qu'il commandait le groupement de gendarmerie de Mont-de-Marsan. Les deux hommes s'étaient mutuellement appréciés*... Il regarda sa montre : 11 h 43. « Fin du premier créneau de recherches, murmura-t-il, ils ne vont pas tarder à se poser. »

*

Breton de souche, Fragès était né à Gourin dans le Morbihan. Enfant de la campagne, très tôt, comme tous ses camarades des champs, il avait connu l'effort du corps. Que ce soient les tâches des bâtiments réservés aux animaux ou celles de la terre, il les effectua toujours avec bonheur. De bonne taille, 1 mètre 87, bien proportionné avec ses 81 kilos, il dégageait une force physique certaine. Rien n'indiquait un surplus de gras ni de mou. De cette silhouette heureuse, sûre d'elle, il est un détail que ne pouvaient pas ne pas remarquer les personnes qui le rencontraient, c'étaient les mains. Les mains de Fragès étaient énormes et dégageaient une puissance redoutable, capables de saisir un bœuf au col ! Pour autant, il avait le visage ouvert, rayonnant, énergique. Illuminé d'un regard direct, franc, celui-ci pouvait à la fois se montrer tendre, avenant, comme tout au

*Voir « *l'Occise des Landes* » dans la même collection.

contraire se montrer froid, dur, difficilement supportable pour autrui. Le cheveu poivre et sel, rebelle, un début de calvitie lui dégageait le sommet du crâne, il avait cette manie constante de s'assurer que la frange, qu'il cultivait depuis l'adolescence et qui lui tombait légèrement sur le front, était toujours bien en place en se passant régulièrement la main dans sa chevelure, voire en la tapotant. L'uniforme toujours impeccable, il inspirait le respect.

*

Depuis maintenant cinq mois, Fragès commandait la brigade et la compagnie de gendarmerie de Quimper. Il aimait particulièrement cette ville bretonne, cette vieille capitale du comté de Cornouaille. Il n'avait de cesse de se rendre dans ces rues faites de pavés, aux abords de la cathédrale Saint-Corentin, bordées de maisons anciennes à pans de bois et colombages, présentant selon leur orientation, leur pignon ou leurs murs gouttereaux. Là, il s'attardait à regarder le spectacle de la rue et aussi à admirer les belles faïences de chez Henriot. A son arrivée, il s'était empressé de faire l'emplette de belles pièces qu'il avait offertes, entre autres, à Véronique Ravot et Sophia Lescoat*. Souvent il se rendait au "Grand Café de Bretagne" où, temps permettant, il privilégiait la terrasse. Il aimait bien leur pression.

Le silence de l'étage fut bientôt troublé par un pas

---

*Voir « *l'Occise des Landes* » dans la même collection.

qu'il connaissait bien, celui de son major. Sans se retourner, et avant que son adjoint ne frappe à la porte, il l'invita :

— Entrez, Paré !

Les deux hommes se connaissaient bien et s'appréciaient. Cela faisait maintenant neuf ans qu'ils travaillaient ensemble. Les mauvaises langues, en catimini bien sûr, glissaient qu'ils étaient « pacsés » ! Pour qui les connaissait, et ils étaient nombreux, cela prêtait à rire ! Ils avaient plutôt un faible pour la gent féminine !

Paré était de taille moyenne et avait un physique marqué d'embonpoint, sans doute dû à son goût prononcé pour la bonne chair, le bon vin et la bière surtout. Cinquante-deux ans, célibataire, rigolard à ses heures, il avait le visage ovale, replet, le nez aquilin et le regard expressif, piquant. Le cheveu poivre et sel, coupé court cernait aujourd'hui une belle calvitie.

— Asseyez-vous, major. Tenez, prenez un des crapauds... Il est près de midi, je vous propose de prendre une bière et de nous sustenter au Grand Café de Bretagne vers les 13 heures, ça vous va ?

L'œil gourmand, Paré salivait déjà à la pensée de ce qu'il allait manger :

— Pour moi ça va.

— Bon. Pour la bière, française ou bretonne ?

Non sans sourire, le major opta pour une Kronenbourg.

— Je vous laisse votre Britt…

Fragès ouvrit le bas d'un meuble bibliothèque. Un réfrigérateur y était logé. Il prit deux canettes et, sur une étagère, deux verres qu'il posa sur une petite table basse.

— Servez-vous, major, les galettes de Locmaria suivent… Ce n'est pas approprié mais je n'ai pas de biscuits salés…

Les deux hommes croquèrent les savoureux biscuits, topèrent leurs verres et prirent une grande lampée de l'excellent breuvage.

— Ah ! major, vous ne savez pas ce que vous manquez… Cette Britt est divine.

Paré reposa son verre et broya une autre galette. L'œil malicieux, il releva :

— Hum, peut-être… Mais ce n'est pas vous qui un jour m'avez dit que chacun est libre de ses mauvais goûts ?

Fragès accusa, amusé :

— Tout à fait, Paré. Et vous avez bien raison… Laissons par conséquent nos penchants de côté et parlons d'Isabelle Morgan… Sujet autrement plus important…

Le major se racla la gorge :

— Brièvement résumée, c'est une femme qui, se sauvant, a été recueillie in extremis dans un état d'hébétude grave, par des camionneurs, puis conduite aux urgences de Carhaix-Plouguer et occise pendant son transfert à Morlaix.

— Oui, d'accord, mais avons-nous du nouveau ?

— Oui. Les télécoms ont pu nous dire d'où le faux parent a appelé les urgences… Un café à Commana, le bar tabac des Brumes… Un binôme de la brigade de Brasparts est sur place… On peut espérer que le patron se souviendra de ce client…

— Depuis le lever du jour, nos hommes ont repris la battue avec les chiens… Hier, en fin de journée, comme vous le savez, les chiens ont pu remonter la piste pour s'arrêter à l'endroit où Isabelle Morgan se serait arrêtée…

— Oui, grâce aux chiens. Ah ! Si les conditions météo n'avaient pas été si dégueulasses la nuit où elle s'enfuyait nous aurions terminé la fouille de la cuvette aujourd'hui… Les bêtes ne se seraient pas arrêtées là…

Le major prit son verre, plutôt sceptique. C'est que la région à balayer n'était pas une région ordinaire, loin s'en faut. Et puis, se dit-il : « On n'a jamais le choix. Ce sont les éléments qui commandent, il faut faire avec… Et ça, Fragès le sait pour l'avoir mille fois répété… Alors pourquoi ce truisme ? Ça ne lui ressemble pas vraiment ça… ». Il continua :

— Parallèlement à la battue, et il faut dire que vous n'avez pas lésiné sur les moyens ! nous interrogeons les habitants du bassin, il se pourrait que nous ayons une piste… Mais, regardez…

Paré alla prendre la carte de Plonévez-du-Faou/ Roc'h Trédudon qui se trouvait sur le bureau de son chef. Une carte de l'IGN au 1/25 000e. Il la plia de telle manière que seule apparaisse la portion de région en question et la posa bien à plat sur la table.

— La battue se situe actuellement à l'est du ruisseau de Roudouhir… Sans négliger aucun lieu, il se pourrait néanmoins que nos recherches s'orientent au nord du réservoir de Saint-Michel… Les habitants en bas du village de Kernévez ont été réveillés cette nuit-là par leurs chiens vers 2 h 30… Isabelle Morgan, elle, a été récupérée à 5 h 20. En un point distant de ce village de 5 kilomètres…

Fragès l'interrompit :

— Attendez…

Il alla prendre un crayon gomme et cercla le nom du village cité. Il marqua d'une croix l'endroit où s'était arrêtée Isabelle Morgan ainsi que celui où elle avait été récupérée. D'un point au sud du village, il traça une ligne passant par celui-ci et les deux autres points…

— Ce pourrait être le chemin suivi ?

Le major opina du bonnet :

— Tout à fait possible. Le rapport distance/temps est cohérent… Il me semble que nous devrions axer nos recherches dans cette direction, sans bien sûr, comme je vous le disais, négliger la partie sud du bassin.

— Hon, hon… Une battue, Paré, c'est comme une course à la balise. Ici, hormis la halte, nous n'avons rien de concret… Il me paraît pourtant évident qu'ayant franchi le Yeunn Ellez, elle se soit dirigée vers le haut du réservoir de Saint-Michel... Passer par le bas l'aurait obligée à le contourner par l'est... Et là le coin n'est pas désert, elle aurait tout de suite trouvé secours... Ce qui indiquerait qu'elle ne connaissait pas les lieux.

— Bon sang ! Et de nuit !

— Oui, il faut le faire.

L'officier se frotta les mains, apparemment satisfait. Il regarda l'heure :

— Nom de Zeus, Major ! Il va être temps d'aller se restaurer.

Les deux hommes se levèrent et quittèrent la pièce non sans avoir fini leur bière. Paré prit un dernier biscuit.

— Pour la route, avança-t-il.

*

*   *

*Brest, l'après midi, rue de Siam.*

L'homme l'intimidait. Elle n'aurait su dire pourquoi. Peut-être sa manière de la regarder ou sa voix ? Les deux sans doute. Quand elle l'avait vu entrer dans le magasin, elle avait devancé sa camarade pour se porter au-devant de lui, le trouvant plutôt bel homme. Tout sourire, elle s'était enquise de ce qu'il recherchait. D'une voix avenante, le regard chaud, il lui avait demandé si elle avait des bottillons et des mocassins :

— Nous en avons. Si vous voulez bien me suivre...

Depuis, il ne la quittait pas des yeux. Elle les sentait posés sur sa nuque lorsque, à genoux, elle présentait ou retirait un modèle de chaussures. Cela lui faisait froid dans le dos. Soudain, elle sursauta : l'homme lui touchait l'épaule. Sa voix avait changée. Le timbre très grave, il montra les chaussures à ses pieds.

— Celles-ci me plaisent, je les prends.

Soulagée à moitié, il restait à présenter les mocassins. Elle se leva et rangea les bottillons choisis et alla dans l'arrière-boutique. Là, elle essaya de dominer son embarras. « Qu'est-ce qui m'arrive, il me fout presque les chocottes ce mec avec son visage complètement transformé, on dirait du marbre... Et ses yeux ! Je n'en ai jamais vu de pareils... de la glace ! J'ai l'impression qu'ils sont sans vie... Et si encore, il arrêtait de me reluquer, si je ne les sentais pas continuellement sur moi, ou s'il avait un mot gentil, mais non, rien... »

Le choix des mocassins fut rapide. Ses emplettes réglées, il demanda un sac dans lequel il mit ses vieilles chaussures. Et, à son grand étonnement, son client, en quittant le magasin, lui glissa un billet de 200 francs :

— Pour votre efficaçacité.

Elle ne put s'empêcher de rougir en le remerciant. Elle vit qu'il souriait ou plutôt qu'il grimaçait car ses yeux restaient aussi froids.

Legard avait traversé la rue de Siam et se dirigeait vers le square Monseigneur Roull. Intérieurement il jubilait : il avait foutu les jetons à la petite. Il aperçut une poubelle de rue dans laquelle il se débarrassa du sac contenant ses vieilles chaussures.

Louis "Pissedru" qui squattait à proximité du récipient attendit que l'homme ait disparu dans la rue Pasteur pour aller voir ce qu'il avait jeté. A la vue des grolles, ses yeux pétillèrent de joie. Rapidement, il s'en empara.

*

* *

*Gendarmerie de Quimper, l'après midi.*

Fragès et Paré étaient admiratifs devant les résultats qui leur étaient présentés. A croire que les traces de pneus, les pas, les empreintes devaient être bien visibles pour obtenir de telles preuves… Ils savaient pourtant qu'il n'en était rien. Ce qu'ils considéraient avec attention équivalait à de la photographie. Ils félicitèrent les TIC*.

Des annotations figuraient en marge :

Les cheveux récupérés sur le corps et analysés en toxicologie dénonçaient une présence de chlorhydrate de minalcipran, un composé d'un antidépresseur, des traces de loflazepate d'éthyle et de gabapentine,

---

*Techniciens en identification criminelle.

un antiépileptique. Isabelle Morgan était bien fragilisée et suivait un traitement en conséquence depuis au moins deux années. La mèche de cheveux découpée en tronçons de 1 centimètre présentait ces substances dans sa totalité…

Les empreintes relevées sur la poignée de la porte arrière de l'ambulance étaient multiples. Celles de l'ambulancière et de l'infirmière écartées, il en restait trois autres. Elles apparaissaient sur trois séries de clichés. Ici, le maréchal des logis Le Bec commenta :

— Ce sont des empreintes d'hommes. Nous les avons adressées au "fichier national des empreintes digitales"*. Il est dommage que nous ne puissions pas encore en relever sur la peau, car il y avait de quoi ici…

Devant l'air interrogatif des deux hommes, il précisa :

— Oui, parce que nous avons trouvé un bon paquet de matière biologique au niveau du cou, dû à la sudation marquée de l'assassin… C'est qu'il devait sacrément transpirer des mains le gaillard ! Mais tout n'est pas perdu, puisque grâce à cela nous avons ses empreintes génétiques ou si vous préférez, sa carte ADN. Le curetage des ongles laisse apparaître de la boue, de la tourbe et la présence d'herbes des marais… Ce qui est cohérent et…

---

*Se trouve au Service technique de recherches judiciaires et de documentation (STRJD) au fort de Rosny-sous-Bois.

— Me renforce dans mes recherches, coupa Fragès. Mais, continuez Le Bec.

— Les deux autres planches, comme vous pouvez voir, présentent les chaussures portées par les assassins. Il ne nous a pas été difficile de les isoler parmi toutes celles laissées par les pompiers et nos collègues… L'un des deux devrait être gros. En effet, voyez ces petites marques, elles dénoncent une personne au pied large et fort. Les bords extérieurs des chaussures sont déformés, écrasés. De plus, les empreintes saisies étaient bien plus marquées au sol. L'autre, par contre, n'aurait pas ce handicap physique. Mais ses chaussures sont loin d'être neutres. Elles possèdent une semelle "spécial contact" équipée d'un amortisseur anti-chocs pour ménager la colonne vertébrale et procurer un excellent appui au sol… Elles dénotent ensuite une usure particulière au niveau des talons et des semelles. Quelques petites griffures sont aussi apparentes. Elles pourraient être dues à une marche soutenue dans un chemin caillouteux… Nous retrouvons en partie ces éraflures chez l'autre…

Fragès qui avait en mémoire la géographie du terrain suivi par Isabelle Morgan n'avait pas remarqué de chemins de cette nature… « À moins que de l'autre côté, sur les versants des Ménez Kador ou Mikel ? » Il hasarda :

— Ces marques pourraient être récentes ?

Le Bec interrogea ses collègues du regard. L'un et l'autre hochèrent la tête de haut en bas :

— Elles sont proches dans le passé, répondirent-ils, mi-sourire…

Fragès goûta la rhétorique et désigna la dernière planche :

— Hon, hon… Et ici, ce sont les marques des pneus de leur voiture ?

— Oui. Des pneus Michelin 195/65 R15.

Fragès se retourna vers les trois TIC :

— Eh bien les gars, bravo. C'est du bon travail que vous avez fait là. Un travail de pros… J'espère que les recherches que nous menons vous permettront encore de nous apporter de nouveaux indices, car, voyez-vous, je pense que nous en aurons foutrement besoin pour débrouiller ce bin's… Je ne saurais vous dire pourquoi mais cette affaire sent le fioul ! Elle pue !

Il se disposait à quitter le PC quand Moreau l'appela. Le MDL se pointait, une planchette à la main.

— La déposition de l'ambulancière, mon commandant. Et aussi celle du patron du bar tabac des Brumes.

— Ah ! OK. Voyons ça.

Ce qui était relaté par l'ambulancière était bien succinct. Elle avait bien aperçu deux hommes dans une Peugeot 406 de couleur bleue (un bleu de Chine, reconnu formellement sur le tableau des coloris présenté à la déposante, précisait le rédacteur du procès-verbal) et immatriculée dans la Marne. Mais ce moment si fugitif ne lui permettait pas de les décrire.

Tout au plus, mentionnait-elle que le passager lui avait paru gros et était chauve. Quant au conducteur, si fugace fût-il, elle avait mémorisé son regard : un regard blanc, froid, cruel. « Hum, ce n'est pas rien sa déposition… Quant à l'infirmière, elle n'a rien vu. Mais ça, je m'y attendais… Voyons l'autre… »

La déclaration du patron du bar tabac des Brumes tenait, elle aussi, en quelques mots.

« *À 7 h 40, je venais juste d'ouvrir quand j'ai vu aussitôt se présenter un homme corpulent qui devait bien faire son quintal, de bonne taille, 1 mètre 80-90, chauve, les joues rouges. Il m'a demandé de lui servir un grand café bien chaud qu'il a bu aussitôt. Puis un deuxième et le bottin. Là j'ai remarqué qu'il avait des grosses mains. Il m'a paru bien excité. Certainement qu'il avait des emmerdements. La mine défaite, il était comme quelqu'un qui n'a pas dormi de la nuit. Il m'a ensuite demandé de téléphoner mais en privé. Je lui ai proposé d'utiliser le téléphone qui se trouve dans la cuisine. J'ai cru comprendre qu'il recherchait sa fille. Comme vêtements il portait un pantalon en velours vert, un gros pull à col roulé, une parka bleue et des chaussures à lacets.* »

— Eh bien voilà qui est intéressant… Tenez, Paré, regardez, il me semble qu'il y a du grain à moudre chez le cafetier… Et là, je crois que ça vaut le coup d'essayer…

S'adressant aux TIC, il leur demanda si le bottin consulté par le “gros” ne dissimulerait pas ses empreintes digitales, aux pages de Carhaix-Plouguer et de Sizun.

— Possible… Le papier est un buvard et un superbe support pour relever des empreintes… En contrastant avec de la poudre noire, ça devrait marcher… Peut-être même, trouverons-nous aussi des traces de salive, répondirent-ils.

— Eh bien les gars, ne perdez pas de temps alors, foncez ! leur commanda-t-il, le regard plein d'allant.

*

* *

*Soirée.*

Fragès renseignait son précieux calepin. C'était toujours avec plaisir, délectation, voire quelque excitation qu'il l'ouvrait. C'est qu'il renfermait toutes ses observations, ses remarques et notes sur les personnes rencontrées au cours de ses dernières enquêtes ; ses analyses du moment, l'examen d'une situation, le déroulement des faits, les moyens à mettre en œuvre et les actions à entreprendre ; ses commentaires sur les actes, les paroles entendues, échangées ; ses états d'âme enfin. Tout cela était consigné "à chaud".

« *Pourquoi ont-ils attendu deux heures et demie pour appeler le CHR de Carhaix-Plouguer ?* écrivait-il. *Ils ne devaient pourtant pas ignorer qu'il ne fallait pas plus d'une demi-heure au camion pour s'y rendre. Qu'est-ce qui pourrait m'obliger à agir ainsi ? Premièrement je n'ai pas de portable et deuxièmement je n'ai pas de carte téléphonique. Dans ce cas, je me dois d'attendre l'ouverture d'un café... Diffusion par la presse de demain que l'accident de l'ambulance est dû à un chauffard au volant d'une 406 couleur bleu de Chine. Un passager se trouvait à ses côtés. Celui-ci serait de forte corpulence et chauve. Résultats attendus...* »

Le buzzer de son interphone le dérangea.

— Oui, Moreau ?

— Mon commandant, c'est le médecin légiste, le docteur Painots.

Fragès n'appréciait guère l'homme Painots, il le trouvait mou, sirupeux, lèche-cul.

— OK, je prends.

*

Les civilités échangées, Fragès s'enquit de son appel. La voix maniérée, Painots lui fit part des résultats des examens pratiqués sur le corps d'Isabelle Morgan :

— La levée du corps me permet d'affirmer au vu de la rigidité cadavérique, de la lividité et de la température, que la victime est passée de vie à trépas à 09 heures plus ou moins 5 minutes. La détermination des lésions de violence ne laisse aucun doute, nous avons affaire ici à une strangulation à la main. Les traces sont caractéristiques. En effet, la pression du col est non "circonférencielle", et les doigts de l'agresseur sont fortement marqués au niveau du larynx. L'autopsie confirme cette analyse. Les cartilages laryngiens sont écrasés. Les analyses du sang, de la bile et des urines montrent que cette jeune femme souffrait de maladie nerveuse chronique. Quant à ses mensurations, c'est une personne qui mesurait 1 mètre 71 pour un poids de 61 kilogrammes. Brune authentique, cheveux mi-longs, peau mate, front haut, yeux marrons, nez droit, bouche aux lèvres épaisses, menton rond, visage ovale. Signe distinctif : un grain de beauté à la base du sein gauche. Age : 28-29 ans. Cette personne a dû être ligotée, ses poignets et ses chevilles portent des traces légères, bleutées sur leur pourtour. Dernier repas absorbé, une purée de pommes de terre, genre Vico. Pas de rapport sexuel. Finalement, commandant, c'était une personne tout à fait saine, qui ne buvait pas, ne fumait pas... Vous me voyez navré, mais je ne lui ai rien trouvé de vraiment intéressant, et je crains que ce que je vous ai dit ne vous apporte quelque chose de nouveau.

Fragès s'offrit un petit plaisir. Il devinait Painots. Celui-ci s'attendait sans doute à un encouragement, il n'en fut rien :

— Non, c'est exact docteur... Il est toutefois positif que vos analyses corroborent les éléments connus. C'est déjà ça.

Il devinait le médecin embarrassé... Quelques

secondes s'écoulèrent que le gendarme se garda bien de meubler. Enfin, la voix retenue, Painots lui souhaita la bonne nuit et fit part que son rapport lui serait remis demain.

*

* *

*Brest, 05 février, 02 h 20.*

La voiture de la Sûreté urbaine roulait au pas, silencieuse. À l'intérieur, les deux policiers inspectaient des rues sans vie. Tout au plus dérangeaient-ils des chiens errants, fouillant les poubelles et les détritus.

— Dis donc, chef, c'est pas très gai ce soir… Pas âme qui vive.

— Normal, petit. En général les nuits des mercredis aux jeudis sont calmes. Et en plus ce soir il fait plutôt frais… Mais il vaut mieux ça que la pluie…

La voiture descendit la rue de Porzmoguer et tourna à gauche pour emprunter le boulevard Jean-Moulin. Marcel Cornen, commençait à bâiller et avait bien hâte que ça se termine. Corentin Le Moal, un des piliers de la police brestoise, riait sous cape. « Ces jeunes, pensait-il, aucune résistance… Normal, il faut voir ce qu'ils bouffent ! ». Corentin ralentit, indécis sur la route à poursuivre… « Recouvrance ou le port ? » Il opta pour le port…

Ils abordaient la rue Jean-Marie Le Bris, quand ils entraperçurent des ombres au niveau de l'irish pub,

"The Tara Inn"... Corentin accéléra et pila à quelques mètres des trois personnes se querellant. Il les reconnut aussitôt :

— Oh ! Merde ! Il manquait plus qu'eux... Allez petit, on y va. Et dépêchons avant qu'ils ne sortent leurs bouteilles, parce qu'après c'est à coups de tessons qu'ils vont se caresser !

Marcel Cornen obtempéra. Il avait beaucoup à apprendre. Avec Corentin c'était plutôt positif. Le vieux, il ne fallait pas lui en conter, il savait gérer.

La voiture de police apparemment n'intimidait pas les batailleurs. Ils continuaient à se serrer au colback et à s'injurier. Dans le lot, une voix de femme tentait de s'imposer, mais en vain... Ici manquait un énorme robinet pour évacuer toute la vinasse ingurgitée et un clystère pour un lavement nutritif...

Pourtant, il y eut comme un flottement chez le trio lorsqu'il se trouva prisonnier dans un halo légèrement bleuté, proche de la lumière du jour. Ils lâchèrent prise pour se protéger la vue, baissèrent la tête et se tournèrent face à la muraille pour échapper à l'éclairage hyper puissant des lampes torches équipées d'ampoules au xénon.

— P'tain, qué le zigue qui t'folle les mirettes au nucle ? C'est ti toi Corentin ?

Le policier souriait, il le connaissait bien le Louis "Pissedru". Il faisait partie du paysage, comme les deux autres, Jean "Troiscépages" et Arlette "Beauxnibbars"... Combien de fois ne les avait-il pas ramassés et conduits au poste où il les obligeait à boire de l'eau, « condition sine qua non pour avoir un potage et rester au chaud, à l'abri » prévenait-il… Alors, forcément ça crée des liens… Au fond, il les aimait bien ces clodos…

— C'est bien moi, Louis. Et tu vas me faire plaisir de rester bien sage… Toi aussi, "Troiscépages"… Quant à toi, Arlette, viens par ici et raconte-moi ce qui se passe.

Arlette "Beauxnibbars" ne se fit pas prier. Surtout que Louis "Pissedru" était son ami et, comme c'est Jean "Troiscépages" qui était leur agresseur, elle agrémenta de détails farfelus son récit.

À la fin, les deux policiers se regardèrent, amusés mais pas dupes. Corentin joua :

— Eh bien, Arlette, tu es bien généreuse pour offrir des chaussures aussi chères à ton Jules. On peut voir ?

Sans attendre sa réponse, Corentin Le Moal appela Louis "Pissedru".

— Amène-toi ici, Louis, que je zieute tes pompes… Des fois que ta copine nous promènerait…

Il ne se fit pas prier. La tête toujours baissée, les bras devant, en protection des faisceaux lumineux, "Pissedru" remonta la source éblouissante. C'est alors que Jean "Troiscépages", avec calcul, tenta une échappée. Mais il se trompa. Le vieux policier l'avait à l'œil :

— Toi, "Troiscépages", je ne t'ai pas sonné, tu restes où tu es… Surveille-le Marcel, c'est un rusé.

À la vue des chaussures portées par le clochard, Corentin fut époustouflé :

— Eh ben dis donc, Arlette, c'est bien vrai que tu ne t'es pas foutu de sa gueule... C'est y que t'aurais gagné au loto ou fait un héritage, hein ? Car, c'est au moins une paire à 1 000 balles çà... Fais-moi voir tes tatanes, Louis... Une odeur particulière remonta vers les narines du policier quand le clodo les ôta de ses pieds. Corentin eut un mouvement de recul.

— Oh ! Putain, Louis ! qu'est-ce que tu "camenbérises", dis ! Allez, rechausse-les vite tes grolles... Bon, qu'est ce que tu en penses, Marcel ?

Le jeune Cornen ne goûtait guère la compagnie de la cloche. Et puis, il avait plutôt hâte de rentrer :

— Pour moi, ils ont dû les voler. Et on pourrait peut-être les embarquer et éclaircir cette affaire au poste... De toute façon, si on les laisse, ils vont de nouveau se foutre sur la gueule, alors...

— Bien, jeune, tu as raison. Allez, on les embarque.

# IV

*Brest, vendredi 05 février. Hôtel de police, rue Colbert. 09 h 40.*

Louis “Pissedru” venait de tout raconter. À l’arrivée au poste, Le Moal, bon samaritain, leur avait préparé une soupe instantanée épaissie de tranches de pain. Gloutons, ils l’avaient ingurgitée en quelques secondes. La dernière goutte lapée, ils avaient murmuré quelques bredouillis qui pouvaient passer pour des remerciements. Cela ne les avait pas dessaoulés bien sûr. Pour ça, c’est une longue cure qui s’imposait mais Corentin œuvrait comme il pouvait. Il les regarda, intérieurement satisfait. Il décida de les laisser dormir. Savoir comment Louis “Pissedru” s’était procuré ces chaussures pouvait attendre quelques heures.

*

Les commentaires du marginal ne méritaient pas grande attention et ce fut par habitude, chez les policiers, que son histoire fut enregistrée.

Alors qu’ils les regardaient disparaître dans la cité, Marcel glissa à son mentor :

— Il a quand même eu un coup de bol, le Louis, elles auraient pu être trop petites.

— Oui. Bah, souhaitons qu'il ne se les fasse pas une nouvelle fois disputer. Bon Dieu, il ne fait pas chaud aujourd'hui.

*

* *

*Matinée. Parc naturel d'Armorique.*

La battue en cours avait franchi la ligne de crêtes des Montagnes d'Arrée et des gendarmes abordaient le premier village situé sur le versant ouest du Menez Mikel : Roquinarc'h. Les habitants étaient au courant bien sûr des raisons pour lesquelles les représentants de l'ordre étaient là. Ils en avaient parlé entre eux… Surtout qu'il avait été dit dans la presse du jour que la cause de l'accident était le fait d'un chauffard au volant d'une 406. Or, depuis le 03 février, jour du drame justement, les étrangers logeant dans la maison située à la sortie de leur village n'avaient pas paru. De plus, l'un des deux était costaud et ils avaient aussi une voiture pareille à celle recherchée… « Bizarre quand même », avait dit l'un, « Plutôt suspect que tu devrais dire, Armel, et franchement je ne les sentais pas ces deux-là », avait renchéri un autre…

— Ils étaient pas causants en effet…

— Non, ça c'est bien vrai… Pour sûr que ça devait être des parigots… Ils te regardent de haut ces gens-là.

— Ils sont arrivés quand déjà ?

— Le 30 janvier, un samedi, précisa l'un d'entre eux…

Les langues allèrent donc bon train lorsque les gendarmes les interrogèrent…

*

L'espace environnant la maison suspecte fut très vite gelé sur un rayon de 50 mètres et matérialisé par une tresse bicolore. L'adjudant-chef Boennec appela Fragès et commença la reconnaissance de la zone circonscrite à la maison.

Un peu avant midi, l'officier et son major arrivaient sur les lieux, précédant de peu le camion laboratoire des TIC.

« Un jeu d'enfant », commenta Le Bec à la vue des traces des pneus de voiture dans l'allée et des pas sur le chemin de terre menant à la maison.

— D'ores et déjà, on peut vous affirmer que ce qu'on relève est identique à ce qui a été relevé l'autre jour près de l'ambulance… Mêmes pneus, mêmes pas… Reste la maison. On va utiliser le crimescope*.

---

*Appareil permettant de visualiser les empreintes non visibles à l'œil nu par des sources de lumière à forte intensité (source xénon de 300, 400, 500 watt). Mobile, il est alimenté par un groupe électrogène transporté par le camion des TIC. Applications : Traces papillaires latentes sur surfaces poreuses et non poreuses. Détection des sécrétions du corps humain (sperme, sécrétions vaginales, salive, sang après traitement à la fluorescéine). Autres indices (fibres, cheveux, fragments de verre, peintures, graisses). Photographies d'ecchymoses, de traces de morsures, d'empreinte de chaussures. Détection de fragments minuscules d'ossements, de résidus d'arme à feu. Caractérisation de documents.

Tout de blanc vêtus, les mains gantées et les yeux protégés par un masque anti ultra-violets, ils pénétrèrent dans les lieux. Au fur et à mesure de leur progression, ils relevèrent les empreintes non visibles à l'œil nu et récupérèrent des poils et des cheveux. Le tout bien mis en évidence grâce aux jeux de lumière à très forte intensité émis par l'appareil. La moindre poussière leur apparut.

Ce travail minutieux accompli, leurs collègues fouillèrent les meubles, chamboulèrent la literie, vidèrent la poubelle de cuisine, à la recherche encore d'indices.

*

* *

*Brest, hôtel Continental, après-midi.*

Serge ne décolérait pas depuis qu'il avait appris que cet idiot de Legard s'était promené en ville hier après-midi, et avait de surcroît acheté des chaussures. Il s'en était pris vertement à son complice.

— Tu te rends compte que nous ne maîtrisons plus la situation ? Nous avions pourtant un contrat simple, facile au départ. Il nous suffisait de séquestrer Isabelle Morvan le temps que son mec assure… Aujourd'hui nous avons son meurtre à couvrir et les conneries de deux dangereux irresponsables à gérer… Des meurtriers psychopathes ces deux-là ! Tu les avais pourtant mis en garde, non ? Quand je pense que leurs portraits robots sont peut-être diffusés chez tous les flics à l'heure qu'il est et qu'ils se trimbalent en ville comme si rien n'était, ça me donne des boules ! Si tu veux mon avis, il est urgent que ces crétins se barrent d'ici !

Bruno encaissait mal cette nouvelle foucade de son associé. À croire que c'était son premier deal.

« Tu as beaucoup à apprendre, estimait-il, tu devrais savoir que lorsqu'on te confie une mission, tu as des moyens et ta jugeote pour y parvenir. Entre la simplicité apparente et la réalité il y a souvent des imprévus… C'est notre cas. À nous par conséquent de les assumer et de réussir ce qui nous a été commandé. » Maîtrisant sa contrariété, il abonda :

— Que Legard ait commis une gaffe, c'est évident Serge. Mais, si mes calculs sont bons, ils quitteront Brest demain… Et du reste, nous pouvons peut-être le savoir maintenant… Attends…

Il décrocha le téléphone, composa un numéro. Quelques secondes s'écoulèrent, puis une voix mesurée, jeune, polie, interrogea :

— Permanence du groupe d'essais et de mesures, bonjour.

— Bonjour, monsieur. Monsieur Herlanic. Mon épouse et moi-même avons appris que le *Monge* allait rentrer bien plus tôt que prévu, le dimanche 14 février, nous a-t-on dit, vous pourriez nous le confirmer ?

— Un instant, s'il vous plaît…

Un silence embarrassant suivit… Bruno se troubla… « Merde, qu'est-ce qui se passe… Il ne lui faut quand même pas tout ce temps pour me répondre… À moins que… » Le doute lui vint. « Oh ! Bordel ! Et s'il n'avait pas fait ce qui était demandé ? » Il se massa le cou comme pour s'aider à déglutir… Il hésitait… Raccrocher, pas raccrocher ?… Quand il entendit :

— Monsieur, vous avez obtenu ce renseignement comment ?

La voix avait changé. Il devina, au ton plus ferme, une personne ayant autorité.

Bruno respira. Il s'enhardit :

— Il y a quelques instants… C'est mon épouse qui a été prévenue par une amie… Une personne à bord, un maître d'hôtel, je crois, aurait appelé sa famille… Il a un portable…

Bruno supputa que c'était le moment, il s'engagea :

— Il nous a été dit aussi qu'en ce moment il faisait route vers Las Palmas ou Madère où il arriverait le mardi 09…

— Hum, vous avez de la famille à bord, monsieur ? Vous voudrez bien m'excuser, mais je n'ai pas retenu votre nom ?

— Herlanic. Oui, nous avons un parent, Christian Herlanic, qui est aussi le parrain de notre dernière née. C'est le seul qui est au loin… Et comme toute la famille se réunit dimanche prochain, ça se passe chez nous, voyez-vous, il ne nous est donc pas difficile de reporter d'une semaine… Après, non, c'est plus possible. Il nous faudrait attendre Pâques, voire l'été pour tous nous retrouver…

Le maître principal avait sous les yeux la liste d'embarquement, Christian Herlanic y figurait bien. Il relut le message de mouvements du *Monge*… « Dans moins d'une heure, il sera exploité par le bureau de liaisons avec les familles qui seront alors prévenues du changement de programme du bâtiment… Finalement, se dit-il, pour ce monsieur Herlanic, je ne fais qu'anticiper de quelques minutes la diffusion de l'événement. »

— Effectivement, monsieur Herlanic, le *Monge* devrait arriver au plus tard le dimanche 14 en relâchant à Las Palmas le mardi 09 pour une escale technique… Vous pouvez donc repousser votre fête de famille.

Bruno jubilait. Il avait les renseignements escomptés. Il raccrocha, non sans une réponse sibylline :

— Merci, merci infiniment, monsieur. Vous ne pouvez pas savoir combien vous nous aidez à bien penser la prochaine rencontre avec notre "parent".

*

* *

*Brigade de gendarmerie de Quimper. Soirée.*

Fragès et Paré, confortablement assis dans les

fauteuils bas et ramassés du petit salon du bureau de l'officier, sirotaient une bière. « Une fois n'est pas coutume », avait prévenu le major en optant pour la bière bretonne… Ils relisaient tout ce qui avait été glané sur l'affaire Isabelle Morgan. La description des assassins de la jeune femme faite par les villageois de Roquinarc'h, complétait celles connues. Il leur semblait à présent raisonnable de demander à la section de recherches de Rennes de leur établir des portraits robots.

— Aussitôt réalisés, diffusion sur le réseau d'échange d'informations police/gendarmerie.

— OK, appuya Paré, retenant un rot montant…

Libéré avec discrétion, il prit son verre, le leva et commenta, en fixant le liquide jaune pâle, comme s'il devait justifier sa gêne passagère :

— Vrai que ce n'est pas de la petite bière…

Flatté que son précieux adjoint daigne enfin reconnaître les qualités de la Britt, Fragès rigola :

— Vous évoluez, major, je désespérais de vous savoir assujetti *ad vitam* à vos mauvais goûts… Hum, ce me semble que cette gustation retrouvée vaut bien un toast, non ?

Il joignit le geste à la parole, leva son verre et :

— Allez, Paré, à la nôtre et au succès de notre enquête.

Ils trinquèrent, riants, complices.

— Il ne manque plus que les biscuits de Cornouaille, et ce serait parfait, glissa le sous-officier.

— Peut-être, mais vous avez fini les derniers hier matin. Désolé de ne pas pouvoir juguler votre appétence… Mais voilà ce que je vous propose, finissons notre travail et, après, je vous invite à prendre un pot en ville, ça vous dit ?

Le major n'était pas un homme compliqué, il ne savait pas refuser, surtout pour des propositions de la sorte. Il était donc partant bien entendu !

— Bon. Alors, continuons… La constitution génétique du "gros" nous est maintenant connue. La salive imprégnant les pages des localités de Carhaix-Plouguer et de Sizun, relevée dans le bottin, était abondante selon les TIC. Il devait avoir les doigts frigorifiés le salaud ! Tant mieux, car cela leur a facilité le travail. Les empreintes digitales relevées dans l'annuaire et comparées à celles laissées dans le gîte rural et sur la porte arrière de l'ambulance sont incontestablement identiques.

— Ça, ça va aider nos collègues du Fichier…

— Oui… Nous avons donc, à cette heure, la certitude que les personnes qui logeaient à Roquinarc'h et celles qui ont commis le meurtre d'Isabelle Morgan sont les mêmes personnes… Mais, maintenant, connaissant le lieu où ils séquestraient leur victime, il serait intéressant de rencontrer le propriétaire du gîte, ou le personnel de l'agence qui gère le bien… Et lui ou leur demander à quel moment il a été retenu et pour combien de temps…

— Et aussi comment la location a été acquittée, il

y aurait peut-être un nom et une adresse, compléta Paré. Des fois que…

— Ne nous faisons pas d'illusions, mon vieux… Un nom et une adresse sans doute, mais à fortes probabilités fantaisistes, pronostiqua Fragès.

— Ouais, il y a des chances… Mais, il nous reste également une autre piste, celle des bijoux…

— Exact. Mais les analyses effectuées par nos scientifiques sont minces…

— Quand même, nous pourrions diffuser des appels à témoins dans les revues des professionnels de la bijouterie, qui sait ?

— Hon, hon, pourquoi pas… Bonne idée. Et qui sait, comme vous dites. Ah ! Tant que j'y pense, pour la voiture, une recherche a-t-elle été entreprise ?

— Oui, dès notre retour de Roquinarc'h, j'ai fait paraître dans le fichier des véhicules volés, la description de la 406. A cette heure tous les postes de gendarmerie et de la police sont au courant.

— Bien.

Paré se gratta la tête :

— Tout à l'heure, nous parlions de diffuser les portraits-robots des meurtriers, pourquoi ne pas diffuser celui de leur victime ? Parce qu'aujourd'hui, c'est une parfaite inconnue… A croire qu'elle n'a jamais existé… C'est le silence total sur toute la ligne !

L'officier fronça les sourcils, songeur… Il prit son verre et but goulûment.

— Sûr qu'elle a existé, major… Mais, peut-être

sous-entendriez-vous « qu'Isabelle Morgan n'est pas Isabelle Morgan ? »... J'y ai aussi pensé l'autre jour, figurez-vous... Parce que cette identité, c'est fort quand même, mais c'est à ses assassins que nous la devons !

— Hon, hon... Eh bien pour savoir qui elle est véritablement, et je me répète, diffusons son portrait aux médias et tant qu'à faire, associons les gueules de ses assassins... Qu'ils soient diffusés partout, dans tout le pays et aussi à Europol ! Ça m'étonnerait qu'une personne ne la reconnaisse pas, ne l'identifie pas... Elle avait bien de la famille, des amis, un voisinage ! Et parmi tout ça, il y a quand même un certain Christian... Non, nous cantonner à nos brigades et nos postes de police pour les rechercher est à mon avis une erreur...

— Hum, à voir, Paré... Elle, oui. Mais, eux ? Un physique est aisément modifiable... Et cette affaire, elle ne sent pas bon. Je vous le disais l'autre jour, elle sent le fioul... Avez-vous noté par exemple, que Painots parle de traces légèrement bleutées au niveau des poignets et des chevilles ? Un peu comme si vous vouliez vous assurer de l'immobilisation de quelqu'un, mais de façon mesurée, sans lui faire de mal... Ensuite, au moment où ils vont la saisir, pourquoi ne la descendent-ils pas aussitôt ? Des truands de petit calibre l'auraient fait... Non, pour moi, voyez-vous major, ces deux-là c'est autre chose, ils ne travaillent pas en *free lance*, ils doivent être aux ordres... Et leur job devait consister à garder Isabelle Morgan, le temps d'une opération… Laquelle ? Aux ordres de qui ? Eh bien, ça, c'est à nous de le découvrir. Mais, pour les rechercher, eux, et remonter la filière, je préfère temporiser, tisser ma toile, utiliser discrètement les services de nos collègues gendarmes et policiers.

*

* *

*Brest, soirée.*

Quatre hommes sortaient de l'hôtel Pasteur. Ils s'engouffrèrent dans une voiture rangée à quelques mètres de là, une Peugeot 406.

— Bon, où allons-nous ? Rolland s'était retourné vers les deux hommes assis sur la banquette arrière, attendant une réponse.

— Où il y a du monde, répondit Bruno. Tu vas remonter cette rue, la rue d'Aiguillon, après je t'indiquerai les directions à prendre. Surtout conduis avec prudence.

— Bien sûr. Mais ne vous en faites pas, le véhicule est banalisé. Legard et moi avons toujours aussi des cartes grises adaptables aux circonstances… Ici, nous sommes immatriculés dans le Morbihan… Je ne sais pas si vous avez fait attention à la plaque…

Non, il ne l'avait pas remarqué. Mais intérieurement, il approuvait leur initiative.

Une dizaine de minutes plus tard, la voiture

longeait le quai de la Douane jusqu'au moment où l'enseigne du restaurant “Aux Patrouilleurs” leur apparut.

— Là ! Tu vas te ranger au niveau de ce restaurant.

*

Attablés autour d'un grand plateau de fruits de mer, ils ne pipaient mot, trop occupés à déguster ces crustacés et coquillages… Un bon pain de campagne et du beurre salé leur avaient été servis pour accompagner.

La place qu'ils occupaient, un recoin de la salle, leur permettait d'observer discrètement les allées et venues des clients.

À part Rolland, ils commençaient à caler et mangeaient à présent du bout des dents. Pour aider ils commandèrent une autre bouteille de menetou salon.

Ce repas avait été souhaité par Serge. « Comme ça, avait-il plaidé, nous les aurons à l'œil… » Bruno ne s'y était pas opposé. Dubitatif tout de même, quant à penser que les deux gaillards iraient bien sagement au lit une fois ramenés à leur hôtel… « Mais pourquoi pas… »

*

* *

*Brest, nuit du 05 au 06 février.*

Legard ne trouvait pas le sommeil. Il se sentait

ballonné et avait soif. Il consulta sa montre : 02 heures 10. Il se leva et alla se servir un verre d'eau. La fraîcheur du liquide l'apaisa. Il prit un deuxième verre et alla à la fenêtre. La rue Pasteur était bien calme. Il se dit que peut-être quelques pas, le tour du pâté de maisons lui ferait du bien, aiderait sa digestion…

*

Il franchit le hall d'entrée sans bruit. Le réceptionniste de nuit, s'il l'entendit, ne manifesta aucun signe. La tête tombant sur la poitrine, il paraissait dormir.

Legard prit à gauche et descendit jusqu'au coin de la rue Ducouédic qu'il emprunta, pour se trouver quelques pas après dans la rue de Siam. Là, une bourrasque de nordet le frappa de plein fouet. Il remonta et serra le col de son pardessus puis tourna la tête de côté pour mieux se protéger. Il vit sur sa droite des néons de bars allumés. L'envie d'une bière lui vint.

*

"Le Café de l'Epée" était bondé. Une ambiance gaie, pleine d'entrain régnait dans la place. Legard alla au bar, commanda une pression qu'il but d'un seul trait. Une autre suivit. Autour de lui, des marins français et étrangers, des personnes jeunes, moins jeunes, chantaient, buvaient… Il parcourut la salle du regard et se surprit observé.

Il reconnut la jeune employée du magasin de

chaussures… Il lui adressa un sourire charmeur accompagné d'un petit signe sympathique de la main. Il devina qu'elle hésitait à lui répondre… « Tant pis pour moi, se dit-il, et puis elle n'est pas seule… ». Il la quitta des yeux pour se consacrer à son verre.

Il sortit avec regret, la clientèle était bon enfant et il y faisait chaud.

Le nordet le saisit une fois encore. « Putain, quel courant d'air cette rue ! », maugréa-t-il. Il allait remonter la rue de Siam quand une voix l'interpella. Il se retourna. Elle était là, immobile sur la terrasse du café. Il la trouva désirable, rayonnante des couleurs multiples des enseignes éclairées.

Le cheveu blond, long, au vent, elle portait un ensemble blouson jupe, en cuir, de couleur prune. Les jambes gainées de collants noirs, elle était chaussée de bottes noires.

— Pourquoi partez-vous si vite… Vous ne pouvez pas rester un moment ?

Francine avait passablement bu. Et, lorsqu'elle l'avait aperçu entrant dans le café, elle avait aussitôt souhaité l'aborder, elle voulait savoir.

Legard n'avait cure de l'heure ! Il pourrait toujours se reposer dans l'avion ! Mais retourner dans ce café, non. Ce serait trop imprudent. Il vint vers elle :

— Non, désolé, mais je ne peux pas…

Francine fit la moue, incrédule :

— Vous ne pouvez pas ou vous ne voulez pas… Vous n'avez pas, dix, quinze minutes, le temps de prendre un pot ?

Insistante, elle proposa :

— Venez, je vous l'offre…

Legard la dévisagea, soupçonneux :

— Pourquoi ? Vous êtes avec des amis… Je ne tiens pas à vous déranger et vraiment ça ne m'intéresse pas d'y retourner… Maintenant si vous voulez faire quelques pas…

Sans réfléchir, elle accepta.

*

« Ainsi c'était pour ça ? » Legard n'en revenait pas. Cette petite tenait tout simplement à savoir pourquoi il lui avait foutu les jetons au magasin !

— Quel est votre prénom ?

— Francine… Et vous ?

— Guillaume… Eh bien, Francine, pour satisfaire votre curiosité, disons que j'ai voulu m'amuser, voir si je pouvais vous mettre mal à l'aise, vous perturber dans votre service… Oui, je sais, ce ne fut pas très malin de jouer avec vos nerfs… Mais je l'ai fait.

Ils longeaient le boulevard Jean-Moulin. Francine restait silencieuse. Il vit sur la gauche un monument tout en pierre, une vieille porte, vestige de la ville murée, qui trônait au sein d'un espace vert.

— Voilà un lieu qui me semble abrité des vents… Je vous propose de nous y arrêter et de continuer notre conversation… Qu'en dites-vo…

Francine le cassa dans son élan :

— Attendez ! Dites-moi, ça vous a réellement plu ce que vous m'avez fait ?

Legard ne se démonta pas :

— Oui, ça m'a plu.

— Salaud ! repartit-elle, mais le ton n'y était pas.

Il lui prit le bras.

— Un point pour vous, Francine, ça c'est vrai. Mais, venez, allons nous abriter.

Ils virent un banc coupé des vents et, en partie, caché de l'extérieur. Mus par le même désir, ils l'occupèrent.

# V

*Mardi 09 février, Las Palmas, la Grande Canarie.*

Rolland et Legard stationnaient le long des entrepôts du “Muelle de Santa Catalina”. Ils suivaient du regard les mouvements des lamaneurs qui s’activaient à amarrer l’imposant navire. Rapidement, les ouvriers des quais capelaient les œils des grosses aussières sur les bollards et, d’un lancer assuré, restituaient les lance-amarres aux marins. Des véhicules officiels espagnols, civils et militaires, s’approchaient. Ils parquèrent à proximité du bateau. Quelques dignitaires descendirent, papotèrent dans l’attente de monter à bord. Pour Rolland et Legard, c’était quelque chose de nouveau. Il y a quelques minutes, alors qu’un jeune officier empruntait la passerelle permettant l’accès au bateau, ils avaient perçu des sons aigus et intenses. Ils se demandèrent d’où cela pouvait bien venir. « Vraisemblablement du navire », murmura Rolland…

Ils notaient à présent qu’aux passages montant et descendant des autorités espagnoles ou des officiers du bord, cela se répétait. Curieux, ils sortirent de leur véhicule, une Audi A4, un 2.5 V6/TDI, et se mêlèrent au groupe de curieux à quelques pas de là…

Ils l'aperçurent ; virent le gabier siffleur. Ils discernèrent autour de son cou un cordon blanc finement tressé, duquel pendait un sifflet de marine tenu par un fil de nylon torsadé également de couleur blanche.

Un officier justement se présentait.

Ils entendirent une voix prévenir :

— Sur le bord !

Simultanément, le gabier porta le sifflet à la bouche et modula les trilles et les sons inhérents à la qualité du militaire, le factionnaire présenta les armes. Les officiers présents saluèrent et l'équipage à proximité cessa tout mouvement.

Rolland et Legard, admiratifs devant ce cérémonial, s'attardèrent quelques instants parmi les badauds, puis retournèrent à leur voiture. Un laps de temps, ils s'étaient déconnectés de leur misérable vie.

Vers 10 h 30, un attroupement se forma sur la plateforme hélicoptère… Très vite il se cassa et le groupe se rangea à la queue leu leu. Le temps d'être pointé par le maître de quart, et ils quittaient le bord, permissionnaires.

Ils avaient en mémoire les conseils de Bruno : « Ne faites rien avant la descente à terre de l'équipage. »

— Ça y est. C'est le moment. À nous de jouer. Tu m'accompagnes ?

— Non. Je t'attends ici.

— OK. Je n'en ai pas pour longtemps.

Rolland sortit de la voiture et, d'un pas assuré, se dirigea vers la passerelle d'accès au bateau.

Le maître de quart à la coupée l'aborda :

— Bonjour, monsieur. Vous désirez ?

Le visage avenant, il demanda à voir monsieur Christian Herlanic.

— Un instant, s'il vous plaît. Nous allons l'appeler.

Rolland se mit discrètement à l'écart. Il ne connaissait pas Herlanic… Quelques minutes passèrent avant qu'il n'aperçoive un homme d'une trentaine d'années, le cheveu long, châtain, vêtu d'un costume clair, léger, le col de la chemise ouvert et des mocassins aux pieds, passer sous une porte de hangar remontée à moitié et aborder le sous-officier avec lequel il échangea quelques mots.

« Hé ! peut-être un peu moins que moi, observa Rolland, mais il a aussi de la rotondité. » Il se vit montré par le gradé de quart. Il s'approcha. Herlanic avait le visage blême. Il balbutia :

— Je suis prêt, on peut y aller.

*

Legard avait, aussitôt quitté le quai de Santa Catalina, pris "l'Avenida Maratima del Norte" puis, tout naturellement "l'Avenida Maratima del Sur". Ces voies urbaines longeaient le bord de côte de Las Palmas et débouchaient sur l'autoroute menant à l'aéroport de l'île et Maspalomas.

Christian Herlanic avait comme une boule dans la

gorge. Il lui avait été dit que quelqu'un le contacterait à la première escale du bâtiment, après tir, et qu'il devait se tenir prêt à le suivre… Depuis trois semaines, il ne parvenait pas à se libérer d'une préoccupation constante. Quelques rares fois cependant, il doutait de la réalité de sa situation. Il se rebiffait alors. Il se sentait fort, plus fort qu'eux à ces moments-là, il leur crachait hargneusement un « allez vous faire foutre, bande de connards, je ne céderai pas »… Mais la hantise était là, toujours là, bien ancrée en son cœur, comme tirant profit de ces instants de rémission… Et ceux-ci ne furent plus lorsque, le dimanche 31 janvier, son bateau se trouvant en escale à Funchal, il reçut un appel de l'extérieur. C'était Isabelle… Ce fut très bref. Mais la douleur perçue dans sa voix suffit… Moins d'une heure après, il lui était rappelé ce qu'il devait impérativement exécuter s'il voulait revoir son amie vivante.

Ses repères professionnels, ses relations, tout devint trouble. Ils lui parurent accessoires. Son métier ? Secondaire ! Tout bascula. Sa raison lui échappait. L'affectif gagnait. Seule comptait Isabelle, l'être chéri. Aujourd'hui, il était assis à côté de leurs bourreaux, silencieux. Des questions lui brûlaient les lèvres pourtant, la plus importante bien sûr touchait Isabelle… L'avaient-ils relâchée ?

Comme si Rolland lisait ses pensées, il le renseigna :

— Mon cher Christian - Herlanic eut un haut-le-corps devant ces privautés de langage - vous ne nous l'avez pas demandé, mais nous pouvons deviner que vous devez être impatient d'avoir des nouvelles d'Isabelle, non ?

Herlanic le fixa et jeta :

— Cela vous étonne ? Et évitez-moi cette velléité excessive de familiarité, ça me donne des nausées venant de votre part.

Herlanic se rebellait. Ces hommes qui l'avaient poussé à commettre un acte délictueux, il les voyait enfin, il ne les craignait plus. Intérieurement, il échafaudait un plan d'action… La voix maîtrisée, il se renseigna :

— Comment va-t-elle ?

Rolland éluda la question :

— Nous ne la retenons plus… Puis, comme si la réponse suffisait, il rappela à Legard de prendre la direction de Ingenio et d'Agüimes…

Herlanic n'avait pas prêté attention à la distance parcourue. Il s'agita.

— Merde, mais où on va comme ça ? Moi, je ne tiens pas à aller plus loin. J'ai fait ce que vous m'avez obligé à faire, alors, soit vous me ramenez, soit vous me laissez là… Je m'arrangerai pour rentrer. Et pour être direct, je ne tiens pas à rester plus longtemps en votre compagnie.

Il bouillait de retourner à bord, retrouver l'isolement de sa chambre. Isabelle allait certainement l'appeler !

Legard bifurqua sur la droite et prit la route menant à Ingenio. Sur leur droite, le Pico de las Nieves, majestueux, dominait l'île de ses 1 949 mètres. Herlanic s'énerva :

— Je ne sais pas si je me suis bien fait comprendre, mais je vous demande une dernière fois de me laisser ici ! Vous m'entendez ?

Mais il n'obtint toujours pas de réponse. Pis, le chauffeur se prit à fredonner… Rolland, lui, regardait le paysage… Un début de panique le prit… « Putain, mais qu'est-ce qu'ils veulent à la fin ? » À un croisement, il vit un panneau de signalisation routière : Ingenio 2 kilomètres. Il se raisonna. « D'accord, enfoirés, au prochain arrêt, je saute et vous pourrez toujours me courir après… Si vous ne craignez pas d'aller chez les flics ! »

Les premières maisons apparurent, la voiture ralentit. Herlanic se prépara. Son cœur battait à grands coups… Il avait peine à respirer… « Ralentis, ralentis encore, qu'est-ce que tu attends pour ralentir, commandait-il intérieurement au chauffeur. » Il regardait devant, guettant le moment propice, le moment salvateur… Mais non, ahuri, il vit qu'ils allaient passer la bourgade sans devoir s'arrêter, voire rouler au pas… Herlanic transpirait, empreint de désarroi. C'était foutu ! Ils franchirent Ingenio, Legard accéléra. Herlanic se colla au siège, renversa la tête en arrière, suffoquant. Il ferma les yeux. Il ne perçut pas tout de suite le changement de régime du moteur. C'est au moment où Legard rétrogradait durement qu'il le réalisa. Il ouvrit les yeux et vit à petite distance de la voiture un troupeau de biques qui occupait toute la route.

Il attendit que l'Audi A4 soit presque à l'arrêt pour ouvrir sa portière et sauter. Mais, à son grand désarroi, il eut beau essayer, réessayer, forcer, rien n'y fit. Il bondit à l'autre porte qui resta aussi fermée, verrouillée. Il se trouvait prisonnier !

Toutes griffes dehors, hurlant de rage et de terreur, il se jeta mains en avant et serra de toutes ses forces le cou de Rolland.

Une lutte par trop inégale suivit. Rolland, gêné par sa ceinture de sécurité, peinait à se mouvoir vers l'avant, ce qui lui aurait permis de saisir les avant-bras de Herlanic et de se dégager… « Putain de con », injuriait-il, commençant à suffoquer… Legard, de sa place, ne pouvait pas aider efficacement son camarade ; il stoppa alors l'Audi sans prendre la peine de la ranger sur un des bas-côtés de la chaussée et, ignorant le couple qui guidait son troupeau, sortit précipitamment pour ouvrir la porte arrière gauche du véhicule. Du tranchant de la main, il asséna un coup violent sur la nuque de Christian Herlanic qui lâcha prise, assommé. Rolland souffla :

— Putain, il était temps ! Il m'a fait voir la “voie lactée” ce connard de fantoche !

— Ouais. Bon maintenant, on a plutôt intérêt à se dégager de ce troupeau de bestiaux et se tirer au plus vite du coin, car je ne sais pas si tu as remarqué les personnes sur notre gauche, mais elles, elles n'ont rien perdu de la scène. Et le bourg d'Agüimes n'est pas loin.

Rolland, tout occupé à se masser le cou, regarda dans la direction indiquée :

— Ils ne sont plus du premier âge, mais tu as raison, fonce !

À grands coups de klaxon, Legard se fraya un passage. Les pauvres bêtes épouvantées, coururent en tous sens au grand dam des malheureux chevriers.

*

Après Agüimes, ils prirent la route de montagne menant à Santa Lucia. Un peu avant la localité, ils tournèrent à gauche pour récupérer un chemin juste carrossable qui mène à Forteleza Grande. Cuvette impressionnante, bordée de murailles abruptes et exemptes de végétation, il ne s'y trouve pas âme qui vive. Seuls des lézards y trouvent refuge et pitance.

Ils s'arrêtèrent sur une sorte de plateau séparant deux grands massifs rocailleux. Sur la banquette arrière, leur pantin s'animait. Ils l'ignorèrent. Ils sortirent de la voiture, firent quelques pas et se laissèrent fasciner par la grandeur du site. Du lieu où ils se trouvaient, ils surplombaient un énorme canyon, au bas duquel coule une rivière.

Rolland vit l'heure : 12 h 23. Il se tourna vers Legard.

— Hé, il serait temps de s'en occuper !

— Allons-y…

Herlanic reprenait l'usage de ses sens… Il vit qu'il était seul. Un rayon d'espérance naquit. Il se faufila entre les sièges avant de l'Audi et ouvrit la portière côté passager. Sans chercher à savoir où pouvaient bien être ses tortionnaires, il se mit à courir aussi vite qu'il put dans la direction opposée au sens de la voiture. Hélas, ce qu'il ignorait bien sûr était que Legard avait manœuvré pour se retrouver face à la sortie. Il se retrouva arrêté par une muraille dépourvue d'aspérités et contraint de faire demi-tour. Les deux hommes l'attendaient. La vue brouillée par la sueur, il les entrevit. Il abandonna.

Rolland l'obligea à s'asseoir :

— Regardez, mon cher Christian, regardez comme c'est grandiose… Pensez à Isabelle, imaginez-la près de vous, et tous deux goûtant ce moment magique, ne serait-ce pas quelque chose de magnifique ? Un souvenir inoubliable ?

Christian ne l'écoutait pas. Il savait qu'il allait mourir. Il se livra.

Les deux hommes le saisirent et le ligotèrent. Legard lui attacha au dos un pieu d'environ un mètre cinquante auquel, à l'aide d'une sangle, il bloqua la tête. L'ensemble tête-tronc était maintenu parfaitement droit. Herlanic avait fermé les yeux… Étrangement il pensait à sa mère qu'il n'allait plus revoir. Les larmes le gagnaient. Il regrettait tous ces jours où il lui avait fait de la peine… « Je te demande pardon, maman… je t'aime, si tu savais combien je t'aime. » Le film de sa vie se déroulait en une sorte de flash. Il se rendit compte qu'il n'avait pas fait grand chose, rien de bien méritoire… Et s'il n'y avait eu Isabelle, Isabelle qui lui avait apporté l'équilibre physique, moral, l'équilibre psychique… sa déchéance aurait été inéluctable. « Isabelle, ma chérie, mon amour, que tu me manques, que je regrette de ne t'avoir plus aimée, de n'avoir plus vécu les moments où nous étions réunis… de ne t'avoir crié plus fort que je t'aimais… Je vais mourir, ma chérie, ils vont me tuer… Je ne sais pas ce qu'ils font… Je suis attaché, je ne peux plus faire un mouvement… J'entends des bruits métalliques… Je veux mourir en pensant à toi… Tu sais, j'aurais tant aimé te revoir, avant… entendre ta voix… avoir en vision, posséder l'image ultime de ton regard en partant… Te tenir la main… C'est ça ma chérie, te serrer aussi la main avant le saut dans l'éternité… L'éternité ! Comme c'est bizarre, mon amour, de te parler ainsi de vie future, d'immortalité, comme si, non, je divague… » Une réminiscence d'un passé où on lui enseignait l'existence d'un monde immaculé, un monde si merveilleux qu'il n'y avait pas de mots suffisamment forts pour le définir resurgit… Il se souvint de cet enseignement religieux dispensé à sa prime jeunesse… Que des conneries, disait-il alors… Il se remémora une phrase : « Crois, et tu seras sauvé. » Un frisson désagréable, glacial le fit tressaillir… Il eut peur soudain. « Et si cela était… » Il pensait à “celui” qu'il avait ignoré pendant toutes ces années quand il sentit quelque chose de froid qu'on lui passait autour du cou…

Legard se frottait les mains, elles étaient humides de transpiration. Il prit le garrot et commença à visser. Le collier de fer petit à petit se serra. Herlanic sentit sa glotte pressée… L'esprit encore gardé, il fit acte de contrition…

— Voilà, c'est fini, dit Legard en donnant un dernier tour de vis.

— Bon. Débarrassons-nous-en.

— Non, attends. Pourquoi le balancer dans le ravin… Laissons-le là. Arrangeons-le pour lui faire prendre la position du lotus… Qu'il puisse méditer, ajouta Legard en ricanant.

— Bon, comme tu voudras, mais foutons le camp. Il nous faut encore passer dans une “essencerie” avant de rendre le véhicule.

*

*   *

*Muelle de Santa Catalina, mercredi 10 février, 01 heure.*

L'officier de garde, le lieutenant de vaisseau Kerlac'h, était dans tous ses états. Déjà qu'en temps normal, il vivait à cent à l'heure, toujours sur la défensive, prêt à aboyer, là, il présentait les symptômes avant-coureurs d'une crise. « Putain, il va se péter une durite s'il continue comme ça », pensait, non sans déplaisir, le sous-officier de quart… Acariâtre d'état, de très mauvaise foi, il refusait tout entendement concernant Herlanic. Pour lui, ça ne faisait pas l'ombre d'un doute, si l'intéressé n'était pas encore rentré, c'est qu'il devait traîner ses guêtres dans les boîtes et boire plus que de raison.

Le chef de service de Herlanic, Jacques Gantic, homme réfléchi, habitué à juger la valeur intrinsèque des hommes, préféra ne pas insister. Il demanda au jeune gradé de quart de le prévenir dès le retour de son adjoint et laissa l'acrimonieux en plan. Cette absence l'intriguait… Au cours de la mission, il l'avait trouvé assez irritable, moins coopérant, pressé de s'isoler dans sa chambre… Cette attitude ne lui ressemblait pas… Il avait bien essayé de le soutenir, mais en vain. Il se heurtait à un mur.

Jacques Gantic passa le restant de la nuit pratiquement éveillé. A six heures, il se leva. Il appela la coupée. Mais la réponse restait invariable :

— Non, monsieur, il n'est toujours pas rentré.

« Bon, je vais voir le second », décida-t-il.

*

Debout devant sa table à cartes, le capitaine de frégate Jean Cadet parcourait les collections de messages de la veille. Il s'attarda aux prévisions météorologiques à 24, 48 et 72 heures des zones ouest Portugal, Cap Finisterre, nord Gascogne et ouest Bretagne… « Hum, ça devrait être un transit bien calme… » Il se retourna, quelqu'un toquait à sa porte.

— Ah ! Salut, Jacques, qu'est-ce qui t'amène de si bonne heure, camarade ?

Jacques Gantic hésita. « Peut-être que je suis en train de faire du catastrophisme… »

— Bonjour, Jean. Je peux entrer ?

— Tu plaisantes ou quoi ! Entre, ferme la porte et assieds-toi… Allez, raconte…

*

Le capitaine de frégate l'écouta sans l'interrompre. Quand il eut fini, il souligna quelques points :

— Bon. Depuis notre départ de Brest, tu as senti que quelque chose clochait chez Herlanic. Et plus particulièrement le 31 janvier où il n'a pas quitté sa piaule. Tu dis qu'il aurait reçu un appel de l'extérieur qui pourrait expliquer son comportement… Là, tu vas le voir, tu veux l'aider, il t'envoie paître… Les jours qui suivent n'arrangent rien. Tu ne reconnais plus cet adjoint bien dans sa peau, compétent, ouvert et tu te dis qu'il vit un problème suffisamment important pour qu'il refuse de t'en parler…

— C'est ça.

— Dis-moi, côté familial, il ne connaît pas de soucis ? Sa femme ?

L'ingénieur secoua la tête :

— Non, je ne pense pas. En fait, il n'est pas marié, il vit en concubinage. J'ai rencontré sa femme, enfin son amie, elle m'a paru être très solide. Tous deux forment un couple très uni. Non, tu vois, il doit y avoir autre chose…

— À quoi penses-tu ? A un drame affectif ? parent accidenté, décédé ? Un ami ?

— Si cela était, il me l'aurait dit… Non. Ce que je peux t'affirmer est que Herlanic est depuis notre départ fragilisé, et que je me fais du mouron parce qu'il n'est pas rentré de terre…

— Hum, je comprends çà, Jacques… Tu m'as bien dit tout à l'heure que quelqu'un était venu le chercher dans la matinée et que le gradé de coupée les avait vus partir ensemble ?

— Oui.

— Attends, peut-être qu'entre temps…

Cadet décrocha le combiné, composa le numéro de la coupée. Quelques secondes d'écoute, puis il raccrocha :

— Non, il n'est toujours pas là. Bien, il est un peu plus de sept heures… Dans deux heures, on appareille. Ecoute, je vais en parler au pacha et lui proposer d'envisager de retarder l'appareillage d'une heure s'il n'est pas à bord à neuf heures… et j'aviserai le consul.

Jacques Gantic se leva :

— Merci, Jean, ça me semble judicieux. Je t'ai peut-être dérangé pour rien, mais je tenais personnellement à te prévenir de son absence, surtout que ça ne lui ressemble pas…

— T'as très bien fait.

*

* *

*En mer, mercredi 10 février, transit vers Brest.*

Le *Monge* faisait route au nord-nordet, laissant derrière lui la Grande Canarie. Quelques marins ne quittaient pas des yeux l'île volcanique qui disparaissait, petit à petit, voilée dans un nuage de brume. Certains, le cœur gros, se promettaient d'y revenir.

À la passerelle, le pacha, le capitaine de vaisseau Baillec, assis dans son fauteuil, lisait le message préparé par son chef d'état-major et inhérent à l'absence du TSEF* Herlanic.

— Surprenant ce que vous racontez… Ainsi, notre antenne à Brest n'a pas réussi à prévenir son amie ?

Le capitaine de frégate Marc Rivou haussa les épaules, embarrassé :

— C'est ça. Un chauffeur s'est rendu sur place, a sonné, insisté, il n'y avait personne… Il s'est rendu chez les voisins qui lui ont dit qu'ils ne l'avaient pas vue depuis le dernier week-end de janvier.

Baillec sortit sa boîte de Panthers et en proposa un à Rivou qui accepta. Tout en les allumant, il remarqua :

— Dites donc, Rivou, c'est aussi ce week-end qu'il a reçu un appel de France…

*Technicien Supérieur d'Etudes et de Fabrication. Personnel dépendant de la Délégation générale à l'armement.

— Tout à fait. Le standardiste l'a bien noté dans son journal de quart...

Le pacha soupira un rien agacé :

— Une mission ratée, un homme laissé dans la nature, qu'est-ce qui nous attend encore ?

Rivou tira sur son cigare et relâcha lentement la fumée. Cet échec, cet homme, c'était dans sa gamelle, ça lui incombait au premier chef ! Il éluda en partie ces causes d'irritation.

— Je vous remettrai un compte-rendu de nos recherches avant notre arrivée à Brest... Expliquer cette perte des signaux réception à la télémesure et ces bruits affectant les signaux de poursuite des objets, en phase rentrée, par nos radars de trajectographie, n'est pas chose simple, commandant, surtout que cette perturbation a disparu au bout de 23 secondes... Nous pensons que cet état est dû à une même cause... Un parasitage. Nous recherchons toujours...

— Hé ! n'oubliez pas nos radars de veille et de navigation, eux aussi ont été touchés ! La cause est peut-être la même..., avança Baillec.

Riou n'écartait pas cette hypothèse, et il la souhaitait même car elle blanchirait au moins son personnel.

— Je ne les oublie pas, commandant... Quant à notre absent, le second m'a prévenu qu'il s'apprêtait à adresser une télécopie au consul... Je lui ai proposé de joindre une photo d'identité de Herlanic, son signalement, sa tenue vestimentaire...

Depuis un moment, Baillec observait un bateau sur bâbord avant. Il interrompit son chef d'état major pour jeter à l'officier chef du quart :

— Kerlac'h… Quel est le CPA* du vraquier sur bâbord ?

— Heu, il nous passe sur l'avant à… 1 100 yards.

— Venez de 5 degrés sur la droite.

— Bien, commandant.

Baillec aspira la fumée de son cigare qu'il libéra par la bouche. Jugeant que la distance de passage sera sécurisante, il reprit le fil de la conservation :

— Oui, j'ai visé le fax du second. Il a aussi mentionné le portrait de la personne venue chercher Herlanic et la marque de sa voiture… Bon sang, qu'est-ce qu'il a bien pu nous faire ?

---

**Control Point Approach* : Distance minimale de passage d'un bâtiment par rapport à un autre.

# VI

*Guilers, mercredi 10 février après-midi.*

Les deux couples hésitaient encore. Retraités, ils vivaient sans histoire. Et là, prendre cette décision les embarrassait. Ils craignaient pour leur tranquillité. Jean-Marie Rivoal, 76 ans, ne cessait de rabâcher qu'une histoire comme ça n'était pas catholique et qu'une fois prévenus les gendarmes ne les laisseraient plus en paix. « Ce sera interrogatoire sur interrogatoire, affirmait-il, avec des questions cent fois les mêmes, ils nous feront déposer, non pas ici, mais chez eux ! Comme les voyous. Et puis les flics, moins on les voit, mieux on se porte. Ils n'ont qu'à se démerder, ils sont payés pour ça. » Son épouse, de dix ans sa cadette, ne partageait pas le point de vue de son grincheux de mari, loin s'en faut. Elle le fit taire avec autorité. Elle reprit son journal, *Le Télégramme*, et l'ouvrit à la page présentant le portrait robot d'Isabelle Morgan.

— Nous sommes unanimes pour reconnaître ce portrait, il s'agit bien de notre gentille Isabelle. Ça ne fait pas l'ombre d'un doute, même s'ils ont commis une petite faute d'imprimerie en écrivant son nom,

Morgan au lieu de Morvan. Alors, pourquoi ces réticences… Je ne vous comprends pas. Car contrairement à ce que dit mon ronchon de mari, nous n'avons rien à nous reprocher… Les gendarmes nous interrogeront ? La belle affaire ! Vous ne trouvez pas ça normal qu'ils cherchent à savoir qui elle était ? Et comme il me semble qu'elle n'avait plus de famille, vous rendez-vous compte que nous sommes peut-être les seuls à pouvoir les aider. Et puis quand je lis les malheurs qu'elle a vécus, je n'ai qu'un souhait, que ses assassins soient retrouvés et punis. D'ailleurs, d'accord ou pas, c'est décidé, je vais les appeler.

Surpris et heureux, René et Françoise, ses voisins, se rangèrent à son avis. Jean-Marie hésita, puis grommela, fataliste :

— Bon, puisque vous êtes tous fous, allons-y, prévenons les pandores.

Hervéline composa le numéro indiqué au bas de l'article. Deux, trois sonneries puis quelqu'un là-bas décrocha :

— Gendarmerie de Quimper, maréchal des logis chef Moreau, à qui ai-je l'honneur ?

Hervéline n'hésita pas.

— Monsieur le gendarme, nous vous appelons au sujet du portrait de la jeune femme paru dans la presse et nous avons des renseignements à vous communiquer.

— Je vous écoute, madame… Je n'ai pas saisi votre nom…

— Oui, veuillez m'excuser. Madame Hervéline Rivoal… Ben, voilà. Cette personne d'abord ne s'appelle pas Isabelle Morgan, mais Morvan. Nous le savons bien puisqu'elle est notre voisine, enfin était.

— Ah ? Un instant, le temps de noter… Voilà… Vous pourriez peut-être m'en dire plus… Comment elle vivait… Etait-elle seule, mariée, avait-elle des enfants ? Un métier ?

— Non, non, rien de tout ça. Elle vivait en concubinage.

— Hum… Vous connaîtriez peut-être le nom de son concubin ?

— Oui, il s'appelle Christian Herlanic. Il travaille à la DGA. Il est actuellement sur le *Monge*.

Moreau accusa le coup. « Oh ! putain, mais c'est le jackpot que tu tiens mon vieux ! ». Il avait en mémoire les fragments de mots consignés par l'hôpital, entre autres celui de Mong… Il déduisit que « Mong, c'était pour *Monge* ! » tout simplement.

— Le *Monge*, c'est quoi au juste ?

Hervéline le renseigna, quoique un peu déçue qu'il ne connaisse pas les bateaux de la marine.

— C'est un bâtiment de la marine nationale qui est à Brest.

— Ah ? Et il est actuellement au port ?

— Non. Vous pensez bien que si cela avait été, son ami vous aurait appelé aussitôt… En vous parlant de ça justement, un marin est passé chez nous ce matin, il cherchait après Isabelle… Il ne nous a pas dit pourquoi. Mais à son air, ça avait l'air important… Voilà, je ne crois pas que nous ayons autre chose à vous dire… Ah ! si, peut-être…

— Oui ?

— Il ne nous semble pas qu'elle avait de la famille.

— Vous dites « nous », madame, pourquoi ?

— Ah ! parce que nos voisins, qui connaissent bien aussi Isabelle et Christian, se sont joints à moi et… à mon mari pour vous prévenir.

— Vous pouvez me laisser vos adresses et vos numéros de téléphone ?

— Bien sûr.

*

* *

*Gran Canaria, Las Palmas, après midi. Consulat de France, rue Néstor de la Torre.*

Madame la consul de France, Ghislaine d'Anallis, ne perdait pas de temps. La télécopie reçue, elle avait aussitôt prévenu les autorités espagnoles, gendarmerie et police et proposé qu'une réunion se tienne, dans son bureau, au consulat à 15 heures.

Ghislaine était vêtue d'une robe toute simple, en beau lin mélangé, souple, de couleur jaune pâle, avec des petites manches en mousseline. Le vêtement dévoilait son allure par un mixte d'étoffes opaques et transparentes. La partie inférieure, coupée dans le biais, lui assurait une belle aisance et une bonne tenue. Tombant au-dessus du genou, elle offrait au regard ses jambes nues, longues et bien faites. Des chaussures à talons hauts habillaient ses pieds.

Les cheveux auburn, balayés en arrière, découvraient deux oreilles finement ourlées, ornées de créoles en or. Le visage bronzé, maquillé avec discrétion, les yeux vairons bien dessinés, les lèvres sensuelles relevées avec soin d'un rouge légèrement soutenu, elle se savait belle et désirée.

À chacune des personnes présentes, elle avait remis un dossier aussi complet que possible : Photo d'identité et signalement de Christian Herlanic, portrait *a priori* de son correspondant à Las Palmas, les vêtements portés par les deux hommes, et la voiture utilisée.

Ghislaine d'Annalis était une femme de tête, très appréciée du microcosme diplomatique de l'île et des gouvernants civils et militaires. Femme dans toute l'acception du mot, habillée avec goût et élégance, elle était la coqueluche des hommes. Le timbre argentin de sa voix créait chez ces hommes, familiers des vocables aboyés, une irrésistible séduction. Elle n'eut aucune difficulté à les convaincre qu'elle attachait beaucoup d'importance à ce que Herlanic soit retrouvé.

— Je saurai me montrer généreuse, confia-t-elle, sibylline.

*

* *

*Gendarmerie de Quimper, après-midi.*

Le major Paré était satisfait. Grâce au civisme de madame Rivoal et de ses voisins, leur “affaire” progressait. Il tint personnellement à appeler son vieux camarade Yvon Quémeneur, major de son état, à la gendarmerie maritime de Brest. Que les marins cherchent expressément à rencontrer Isabelle Morvan excitait sa curiosité. Quémeneur saurait peut-être le renseigner. Il lui fit le point.

Quémeneur l'écouta sans l'interrompre. Puis :

— Ben, Raymond, tu sais que tes recherches vont peut-être te faire voir du pays ? parce que, vois-tu, la Marine recherche ta petite pour lui apprendre que son concubin avait disparu. Il n'est plus à bord, mon vieux. Il est quelque part sur la Grande Canarie… ou peut-être ailleurs, va savoir.

— Tu pourrais m'expliquer… et aussi me dire qui il est, qu'est-ce qu'il fait ?

— Simple. Permissionnaire, il n'est pas rentré de terre. Son bateau a appareillé sans lui. C'est pourquoi les marins se sont rendus à son domicile, pour prévenir sa concubine… Ils ne pouvaient pas deviner qu'elle avait été occise ! Quant à ce qu'il fait, c'est un permanent de la DGA, il est technicien supérieur des études et de fabrication. Il œuvre au service “télémesures” du bâtiment.

Paré se gratta la tête. Il avait l'impression de passer à côté de quelque chose…

— Tu as su ça par message ?

— Oui. Il est tombé en fin de matinée.

— Mais, le *Monge*, lui, a appareillé quand ?

— Ce matin à 10 heures locales. Mais qu'est-ce que tu as, Raymond ? Tu me sembles agité…

— Oui, non, c'est… Enfin Yvon, Herlanic, il n'a pas disparu comme ça, il y a bien quelqu'un qui l'a vu à un moment donné ?

— De l'équipage nenni. La dernière fois qu'il a été aperçu, c'était à bord, avant qu'il s'en aille.

— Seul ?

— Non. Avec un civil qui l'attendait et qu'il ne semblait pas connaître… Un civil que le message mentionne de bonne taille, gros, chauve, le visage rond, de grosses lèvres, le nez épaté…

La glotte de Paré se bloqua :

— Hein ! qu'est-ce que tu me racontes ? Tu peux me répéter ça !

Quémeneur relut le passage du message.

— P'tain, Yvon, le type que tu me décris est un des assassins d'Isabelle Morvan ! A moins d'un sosie… Non, ce n'est même pas à envisager… Oh ! bordel ! …il est fait le mec ! Eh bien, Yvon, si tu veux mon avis, ils ne retrouveront pas Herlanic vivant !

Quémeneur resta coi. Paré reprit :

— Regarde le fichier des personnes recherchées, nos clients s'y trouvent depuis ce matin. Tu verras que l'un correspond bien au signalement que tu m'as lu… Ce sont des mecs dangereux… S'il te plaît, ne perdons pas de temps, retransmets-nous le message des marins, moi, je vais prévenir Fragès. Et si tu as du nouveau, fais-nous signe.

— T'inquiète. De mon côté, je vais aller faire un petit tour à la permanence du groupe d'essais et de mesures dont dépend le *Monge*, il y a peut-être des tuyaux intéressants.

— OK, Yvon. Je te remercie. À plus…

— Kenavo.

*

Raymond Paré, le combiné aussitôt raccroché, appuya sur la touche "Directeur" de l'interphone :

— Paré, mon commandant, je suis au PC opérations, nous avons du nouveau sur Isabelle Morvan et…

— J'arrive.

Fragès relut ses dernières réflexions portées dans son calepin :

*« …Compréhension des brisures des mots prononcés par Isabelle Morvan :*

*Prévenir Christian que j'ai échappé au danger. Le prévenir à bord du* Monge.

*Retenue prisonnière, situation vraisemblablement connue de son ami. Pourquoi ? Chantage probable. De quelle nature ? Profession de l'intéressé sensible. Travaille au sein de la Défense. »*

Il referma son carnet et se rendit au PC, songeur.

*

* *

*Quimper, appartement de Fragès, quai de l'Odet. Soirée.*

Fragès était confiant. Son enquête prenait corps. La base était bien scellée. La connaissance de l'identité de la victime et de son milieu obtenue, il lui fallait chercher la raison de son kidnapping. Il écrivait :

*« La recherche d'une rançon ? Difficile, séparés pour raisons professionnelles, l'espace temps est relativement important et aléatoire pour la retenir. De plus, Herlanic se trouve dans l'incapacité physique et géographique d'y répondre… Une tierce personne ?*

*Ne rien négliger toutefois, voir train de vie et biens patrimoniaux du couple.*

*Assassins d'IM à Las Palmas pour rencontrer CH est de mauvais augure :*

*1°) Est-ce parce que supprimée ils appréhendent qu'en l'apprenant, il révèle leur manigance et s'assurent qu'il ne parlera pas ?*

*2°) Que peuvent-ils pourtant craindre, il m'étonnerait que CH les connaisse… Les racketteurs ne se montrent généralement pas ?*

*Donc l'aborder aussi brutalement, au vu et au su de tout le monde, indiquerait qu'il y ait autre raison, autre raison qui leur serait plus importante qu'une séquestration dévoilée… Celle-ci ne pourrait-elle pas être le moyen de l'obliger, lui, le TSEF, à être la clé d'accès... et pénétrer son milieu professionnel ?*

*Le bateau rentre au port plus tôt que prévu. La gendarmerie maritime avancerait que sa mission ne se serait pas très bien déroulée.*

*La permanence à terre du* Monge *aurait reçu un appel téléphonique concernant CH le 05-02. Voir provenance. Si nécessaire, dépêcher binôme pour récupérer les marins à la porte Cafarelli de l'arsenal. Prévenir Gendmar* de cette éventualité.*

*Envisager également mission à Las Palmas. Voir procureur pour délivrance commission rogatoire internationale.* »

Il posa son stylo. Il se renversa en arrière et s'étira en bâillant. Le réveil de bureau indiquait 23 h 37. « Bon, ça suffit pour aujourd'hui... *To morrow is an other day.* » Il se leva et alla se servir un Knockando 14 ans d'âge... Il erra sur la modulation de fréquence et tomba sur le Prélude de *Tristan et Ysolde* de Wagner diffusé par Radio classique. Il se laissa porter par le long et puissant crescendo suivi d'un rapide decrescendo évoquant les aspirations et les extases passionnées des deux amants... « Ah ! Amour, songea-t-il, tu es si fort que quiconque est en ton pouvoir ne saurait rien te refuser... »

---

*Gendarmerie maritime.

## VII

*Brest, commissariat de police, rue Colbert.*
*10 février, 23 heures.*

Corentin Le Moal et Marcel Cornen, après une journée de récupération, se préparaient à prendre leur service. Fidèle à ses habitudes, Corentin, suivi de son ombre, se rendit à la salle de commandement.

Il consulta le cahier de consignes, prit les fichiers des personnes recherchées et celui des véhicules volés. Dans le premier, un portrait récent, en date du jour, attira plus singulièrement son attention. Il interrogea Marcel :

— Dis-moi, jeune, parmi tous ces portraits, il n'y en a pas un qui te ferait tilter par hasard ?

Cornen les regarda... Non, ils ne lui disaient rien. Il regarda Le Moal, les yeux ronds :

— Pourquoi, chef, je devrais en reconnaître un ?

Corentin hésita quelques secondes avant de lui demander :

— Tu peux me récupérer la déposition de Louis “Pissedru” ?

— Sans problème...

*

Le Moal, en attendant, cliqua, double cliqua sur l'écran d'un des ordinateurs de la salle. Les mouvements des dernières 24 heures s'affichèrent… Il ne releva rien de particulier intéressant la place de Brest et ses environs immédiats. Il se leva, prit un chewing-gum qu'il mâcha assez bruyamment et alla converser avec un vieux camarade… Il savait celui-ci dans une passe difficile. Sa femme ne supportait plus la BAC* et insistait pour qu'il la quitte.

— Alors, François, t'as décidé de ce que tu allais faire ?

François souffla, un pauvre sourire au visage :

— Ben, tu sais, Corentin, j'ai le choix entre la Brigade et le divorce… Simple, hein ?

Corentin aimait bien François, ils avaient fait équipe ensemble au temps des BSN**… Il risqua :

— Sauve ton foyer va… Tu en as déjà fait suffisamment… Tes années de service sont là et élogieuses, tu sais, elles parlent pour toi… Tu n'as pas à en rougir, François… Et si ta femme a craqué, c'est pas surprenant, elle voit bien ce qui se passe aujourd'hui, ce n'est plus pareil… La police n'est plus respectée. Nous vivons une époque où le premier qui dégaine a raison, à la différence que toi comme moi, il nous faut attendre d'être tiré avant de tirer… Et évoquer la légitime défense au cas où tu allonges ta putain de frappe, c'est une autre paire de manches… Au fond,

*Brigade Anti Criminelle.
**Brigade de Surveillance Nocturne.

et tu le sais bien, cette légitime défense ne prévaut que si tu es étalé, raide mort… Sylviane ne vit plus parce qu'elle craint pour toi, tu es tout pour elle… et il y a tes enfants, ils sont là aussi, ils t'aiment, ils ont tous besoin de toi… Alors raccroche, vieux, suis le conseil de ton pote… Fais ça pour eux, bon Dieu ! Tiens, regarde, voilà mon jeunot de poulain qui se pointe, vois comme il a l'air décidé, c'est tout nous il y a deux dizaines d'années, mon vieux… Allez François, je te laisse et… ne fais pas le con.

*

Marcel jouait avec la déposition de "Pissedru". Le sourire narquois, il remarqua :

— Vous avez voulu me tester, hein ? Vous vouliez savoir si je me rappelais la description du mec aux belles godasses, eh bien, vous avez gagné, elle colle bien au salaud du fichier.

Corentin soupira. Paternel, il prit son assistant par le bras et feignit :

— Vois-tu, je n'étais pas trop sûr, mais maintenant que toi aussi tu confirmes, nous allons prévenir nos collègues militaires de Quimper.

*

La voiture descendait la rue de Siam et se dirigeait vers Recouvrance quand, au niveau du pont, elle fit demi-tour.

— Hé ! Où allez-vous chef ? C'est pas le circuit qui a été défini !

— T'inquiète !

Mû par une impulsion soudaine, il remonta la rue phare de la ville, tourna à gauche dans la rue Traverse, puis aussitôt à droite dans la rue Pasteur. Il stoppa devant l'hôtel du même nom.

— Viens, Marcel, allons voir le veilleur de nuit. C'est un cas. Il ne dort que d'un œil. Rien ne lui échappe. Et si notre homme a logé ici, il saura nous le dire. Tu vas voir, observe son œil gauche.

Arzel entendit pousser la porte. La paupière de l'œil gauche cilla. Cela lui avait suffi pour reconnaître les arrivants. Sans bouger il grommela :

— Que me vaut ta visite Corentin, c'est-y que tu voudrais découcher cette fois ?

Le Moal rigola de bon cœur :

— Sacré vieux renard va. Non, c'est pas encore pour cette fois… Je viens pour ça.

— Quoi ça ?

Le veilleur s'obligea à regarder ce qui lui était présenté. Il se leva de son fauteuil. Il reconnut le portrait d'un de ses clients de la semaine passée.

— Oui, c'est bien ça. Il est arrivé le 3 du mois et est reparti le 6.

— Seul ?

— Non, ils étaient deux.

Corentin lui présenta un autre portrait :

— Qui pourrait ressembler à celui-ci ?

Arzel n'hésita pas :

— Tout à fait, c'est bien lui.

— Tu peux nous en parler ?

— Sûr, Corentin. Mais quelque chose de chaud ça vous dirait ? Et il y a ce qu'il faut pour aller avec !

Corentin ne se fit pas prier :

— Va pour un café arrosé. Tu as du lambig ?

— Tu plaisantes ou quoi, il y a tout ici.

Marcel était en admiration devant son chef. « Merde alors, comment a-t-il pu savoir ? »

*

À peine rentrés dans leur véhicule, Cornen demanda :

— Dites-moi chef, comment vous avez pu deviner qu'ils avaient été hébergés dans cet hôtel ?

Corentin prit le temps de démarrer et descendit vers le pont de Recouvrance. Il était plutôt satisfait.

— C'est bizarre à quoi ça tient, Marcel... Vois-tu, tout à l'heure, en repensant à la déposition de Louis "Pissedru", je me suis dit que notre gaillard pouvait ne pas être Brestois, qu'il se trouvait alors dans la cité pour une durée indéterminée et peut-être logeant dans un hôtel... Comme Louis l'avait aperçu disparaissant dans la rue Pasteur, le premier hôtel en descendant la rue est...

— L'hôtel Pasteur...

— Ouais. Un coup de chance que nous avons eu, tu vois, parce qu'il aurait pu crécher chez l'habitant... Maintenant, comme il s'est lourdé d'une paire de grolles, nous pouvons penser qu'il s'en est offert une autre, et dans un magasin proche de la poubelle, non ?

— Euh, si.

Marcel était sensible. Il appréciait que son chef l'associe à son heureuse initiative.

*

* *

*Gran Canaria, le 11 février.*

Encore quelques efforts et ils arriveraient au bout de leurs peines. Ils avaient bien choisi leur journée. Au cours de leur ascension, et plus particulièrement après 600 mètres, pas un petit brouillard ou une petite pluie n'avait gêné leur progression.

Vêtus de chemises en coton, de chandails en laine, de pantalons en velours côtelé et de chaussures de grande randonnée, ils avaient quitté Maspalomas très tôt pour être à sept heures au village de Artedara. Le sac au dos, ils avaient longé la gorge de Los Caserones et commencé à gravir les pentes du pic de Garita culminant à 1 099 mètres. Le pied assuré, ils fredonnaient ou parlaient afin de prévenir l'essoufflement, aussi pour surmonter les difficultés, mieux appréhender la fatigue et s'entraider.

Karl ouvrait la voie. L'exercice lui plaisait. Le cheveu châtain, ras, le visage allongé, les yeux expressifs, le corps bien proportionné, tout dégageait chez le jeune homme une allure de sportif et de battant. Il se retourna. Eva suivait, le souffle accéléré. Le cheveu blond clair, long, le corps joliment bâti, généreux, elle avait le visage ovale illuminé d'un regard pétillant. Le nez mignonnet, à peine retroussé, les lèvres pleines, elle attirait les convoitises. Elle n'en avait cure, seul comptait Karl. Elle leva les yeux, elle le vit debout, tout sourire.

— Nous avons gagné, ma chérie, nous sommes au sommet.

Il lui tendit la main pour l'aider à franchir le petit mètre restant.

Debout, ils restèrent sans voix. Ce qu'ils voyaient, le panoramique qui s'étalait devant eux était magique : Une bonne partie de "l'île Vieille"* s'étalait à leurs pieds. Un patchwork de couleurs et de lumières - les blancs et les bruns des sables des roches des montagnes et des lits des rivières ; les jaunes et les verts des premiers herbages et des quelques agrumicultures ; les ocres des maisons - habillait les saillies et les creux, s'offrait à leurs regards. A l'infini s'étalait le bleu cru de l'océan. Ils se retournèrent. Là, régnait la montagne, avec sa majesté le Pico de

---

*L'île de la Grande Canarie se divise en deux parties : Au nord-ouest, « l'île Neuve », aux côtes rocheuses et escarpées, englobe des régions humides et fertiles, propices aux cultures diverses. Au sud-ouest, « l'île Vieille », avec ses longues plages de sable, ses dunes, ses oasis, fait penser au grand erg saharien. C'est la partie la plus touristique de l'île. Le sable provient du sol même de l'île. Les terrasses sableuses se sont formées à la suite de l'élévation des terres et ne sont donc pas d'origine éolienne. Le sud de l'île est balayé par les vents venant du désert africain.

las Nieves et ses gardiens, le Roque Redondo et le Roque Nublo*.

Karl prit Eva dans ses bras. Ils s'embrassèrent, animés d'un même désir et, très vite se déconnectèrent de l'espace et du temps…

Ils furent surpris dans leurs ébats amoureux par le vol bas d'un charognard. Le rapace tenait dans son bec un morceau de chair dégoulinant, qu'il abandonna à contre-flanc dans une cavité, avant de reprendre son vol. Ils le suivirent du regard et virent qu'il rejoignait une horde d'oiseaux semblables agglutinés en un point. Une masse indescriptible, faite de mouvements d'ailes et de corps, se disputait une curée. Karl prit ses jumelles, des super zoom Carson, 20-80X25.

— Mon Dieu, quelle horreur ! Eva, regarde ! Non. Attends ! Mais… C'est un être humain ! Et il est attaché !

Eva à son tour découvrit l'abominable !

— Oh ! Non ! Ils sont entrain de le déchiqueter ! Karl, il faut faire quelque chose !

Mais Karl avait déjà pris son portable et composait le numéro de la police nationale de Maspalomas. Il doubla en alertant aussi la gendarmerie.

"Leur" charognard revenait. Dans son bec, il y avait un doigt…

*

* *

---

*"Le rocher des nuages", sacré pour les Guanches, est le monolithe basaltique le plus haut du monde.

*Gendarmerie de Quimper, soirée.*

Au PC opérations, tous étaient confiants. Ils se disaient que le commandant avait bien tissé sa toile. Régulièrement des renseignements leur parvenaient sur l'affaire "Isabelle Morvan". Les derniers en date émanaient du commissariat de police de Brest.

Cela étant, leurs camarades de l'Intérieur portaient à leur connaissance que les assassins de la jeune femme s'appelaient Gilles Legard et Etienne Rolland, qu'ils avaient logé à l'hôtel Pasteur et eu des liaisons téléphoniques avec des individus descendus à l'hôtel Continental. Ces derniers, inscrits sous les noms de Bruno Duponti et Serge Martini, étaient arrivés le 30 janvier et repartis le 7 février à bord d'une Peugeot 406 de couleur bleue, immatriculée dans le Morbihan. En plus des appels de voisinage, Duponti et Martini avaient téléphoné à :

- Paris les 2 et 6 février. (Des numéros de cabinets conseils à Versailles, inoccupés).

- L'antenne "essais-mesures" du *Monge* le 5 février après-midi.

La description physique des deux hommes suivait. Un complément, ajouté au bas du rapport, proposait les services du commissariat de police de Versailles pour enquêter sur les cabinets conseils précités.

*

Fragès, debout, face à la fenêtre donnant sur la cour intérieure, se tenait le menton, pensif, l'œil fixe… « Nous sommes le 11, ça fait huit jours qu'elle a été trucidée et 48 heures que son ami a disparu… Tiens, à ce propos, celui-là, est-ce qu'il a eu connaissance du meurtre de sa compagne dès son arrivée à Las Palmas ? La presse a bien diffusé la photo montage et sa pseudo-identité les 9 et 10 mais, le matin du 9, il était déjà appréhendé par Rolland… À mon avis, il n'a donc pas dû l'apprendre… Et puis, qui aurait pu le lui dire ? Sa famille ? possible, encore faut-il qu'elle ait eu connaissance suffisamment tôt du numéro de téléphone attribué au bateau… Quoique, en appelant la permanence marine… Quant à ses voisins, non. Ils ont déjà hésité à nous prévenir… Et puis, ce n'est pas de leur ressort… L'AFP* ? La synthèse de presse quotidienne diffusée par la marine ? Je doute. En général elles sont diffusées au plus tôt en fin de matinée… et en sus avec le nom « Morgan » ! Bon Dieu ! Pourquoi cet empressement à l'intercepter… pour le museler, c'est probablement la raison… mais pour quelles raisons ? »

L'officier se retourna. Il se demanda quelles pouvaient bien être les réflexions de son major et des gendarmes présents… Il les provoqua :

— Hum, quand je vous disais que cette affaire puait… Deux tueurs, deux sous-fifres, un échelon parisien… Et tout ça pour un kidnapping ! Vous ne trouvez pas que c'est un peu beaucoup ? Vous ne trouvez pas que cette affaire est un peu trop hiérarchisée ?

*Agence France Presse.

Les gendarmes se taisaient. À quoi pouvait donc penser leur chef ? Ils le savaient fonceur et, s'il le fallait, homme à ne pas lésiner sur les moyens pour parvenir à ses fins*, mais ici, Isabelle Morvan avait bien été séquestrée… maintenant que l'affaire soit si cloisonnée, pourquoi pas ? Le brigadier Derrien remarqua :

— Je ne sais pas à quoi vous pensez, mon commandant, mais, moi, il y a une chose que je ne m'explique pas. C'est le déplacement de Rolland, et sans doute de son acolyte… Sauf, et j'en ai parlé avec le major et mes collègues présents, si les deux tueurs ont eu pour mission de supprimer Herlanic.

Le visage de Fragès s'ouvrit. Intéressé, il encouragea son gendarme :

— Continuez, Derrien.

Mais c'est Paré qui répondit :

— Attendez, il faut quand même que vous sachiez que ce qui m'a été rapporté par Quémeneur est important. Car le coup de fil passé par Duponti et Martini le 5, à la permanence du GROUPEM*, avait pour but de connaître la date d'arrivée du *Monge* à Brest, mais aussi, et peut-être surtout, s'il allait relâcher avant de rentrer, et où, dans quel port… Pour moi, cette information est capitale parce qu'ils ont en effet l'opportunité de contrer rapidement Herlanic ! Et apparemment, il y a urgence car ils l'exploitent…

---

*Voir « *l'Occise des Landes* » dans la même collection.

* Groupe d'essais et de mesures.

Fragès s'appuya contre un bureau, les deux mains en appui.

— Hon, hon… Oui, je vous suis… Et le *Monge*, il est prévu arriver quand à Brest ?

— Le 14, dimanche prochain.

— OK. Vous pensez donc, vous, comme moi, que s'ils n'attendent pas cette date pour joindre Herlanic, c'est tout simplement parce qu'ils ne veulent pas qu'il apprenne la mort de son amie.

Des signes d'acquiescement ponctuèrent son point de vue.

Fragès et ses hommes étaient au diapason. Bien des questions lui venaient à l'esprit. Il se leva, fit quelques pas dans la pièce :

— Bien. Mais pourquoi, dans quel but ? Car, comme nous raisonnons, séquestrer Isabelle Morvan avait alors pour objectif d'avoir la main mise sur Herlanic, non ?

— Tout à fait, confirma Paré, qui observa :

— Et Isabelle Morvan disparue, le moyen de pression n'est plus… Il devient embarrassant, dangereux. De fait, rien ne le retient plus pour tout raconter et peut-être les confondre… Du moins, s'il les connaît, bien sûr, ce qui n'est pas évident… Nous, oui. Enfin, leur physionomie. Ils se rendent donc là-bas pour, comme dit Derrien, le réduire au silence, définitivement. Ceci dit, l'objectif visé par ces salauds reste entier, quel est-il ?

Moreau, qui se servait un café, en proposa à chacun.

Fragès le but d'un trait. Il pensait à cette idée folle qu'il avait rejetée la veille. « Et si cela était ? » Il éprouva le besoin de se retirer.

— OK. Paré, appelez le BRI*, et demandez-leur de nous mettre en communication avec notre officier de liaison près l'ambassade de France à Madrid. Je serai dans mon bureau. Le juge d'instruction m'a averti qu'une CRI** m'était adressée. Renseignez-vous sur les horaires des vols vers Madrid et les correspondances pour Las Palmas, je m'y rendrai par la première liaison. Voyez également quels sont les hispanophones du groupement, l'un m'accompagnera... Prévoir les ordres de mission... Remerciez aussi nos collègues de l'Intérieur pour leur proposition de concours que nous acceptons bien volontiers. Ah ! Autre chose, la fouille du domicile d'Isabelle Morvan, ça a donné quoi ?

— Rien. À toutes fins utiles, nous avons récupéré des photos de Herlanic.

---

*Bureau des Relations Internationales.

**Commission Rogatoire Internationale

# VIII

*Gran Canaria, 13 février.*

À leur descente d'avion à l'aéroport de Gran Canaria, Fragès et l'adjudant-chef Auffret, hispanophone, furent accueillis avec cordialité par un officier de la guardia civile*.

*

La veille au soir, à Madrid, le colonel Roger Lang de la gendarmerie nationale, officier de liaison près l'ambassade de France, accompagné de son homologue, le colonel Alphonso de la Torre, les avait reçus chaleureusement à son domicile. Lang et Fragès se connaissaient depuis quelques années et s'appréciaient beaucoup*.

Assoiffés, les deux Bretons, aussitôt arrivés, avaient accepté, sans chichi, son invite à prendre un rafraîchissement et demandèrent une bière. Il leur servit un Porter bien frais. Ce qui apaisa leurs glottes.

Quelques instants plus tard, alors qu'ils échangeaient des mondanités, des propos en l'air, un

* Gendarmerie nationale espagnole.

** Voir « *l'Occise des Landes* » dans la même collection.

maître d'hôtel se présenta, porteur d'un plateau d'argent garni de flacons, de bouteilles et de verres. Lang les invita à « passer aux choses sérieuses ».

— Fragès, et vous Auffret, qu'est-ce que je peux vous offrir ?

Les deux hommes optèrent pour un Knockando, 12 ans d'âge, qu'ils allongèrent d'une pointe d'eau plate, fraîche.

— Et toi, Alphonso ?

— Un Jerez blanc, bien frappé.

Lang sourit :

— J'aurais dû m'en douter. Un Andalou bouder un xérès, ça ne doit pas exister, n'est-ce pas amigo… Bon. Eh bien pour moi… ce sera également un malt.

Les quatre hommes servis, le maître d'hôtel retiré, le colonel de la Torre aborda le sujet “Herlanic”.

L'Espagnol leur brossa la situation en un excellent français. Au fil du récit, Fragès ne pouvait que se féliciter de la coopération exemplaire entre leurs deux pays. La guardia civile et la police nationale avaient mis le paquet !

De la Torre, sensible à l'intérêt très vif que les trois hommes portaient à leur action, précisa :

— Le corps trouvé est à la morgue de Las Maspalomas. Au vu des renseignements en notre possession, il correspond à monsieur Herlanic. Sa mort remonterait au 9 février…

L'Espagnol fit une pause. Il but avec délectation ce vin si particulier et sortit sa boîte de cigares :

— Un pur produit de l'île de La Palma, précisa-t-il. Savez-vous que la prestigieuse marque d'Alfred Dunhill fabrique cinq modules de cigares aux Canaries ? Comme l'île a longtemps entretenu des rapports étroits avec Cuba, en raison de l'immigration au siècle dernier, ce cigare n'a pas grand chose à envier à ses homologues d'outre-Atlantique… Il est tout bonnement délicieux… Mais, je vous en prie, si le cœur vous en dit…

Lang et Auffret se servirent. Chacun humecta la cape et alluma son petit rouleau de feuilles de tabac avec des gestes mesurés… De la Torre, après une longue goulée de fumée aspirée et relâchée lentement, vida son verre de vin. Il souligna :

— Nous cherchons toujours son assassin, ou plutôt devrais-je dire aujourd'hui ses assassins. Dommage, commandant, que nous n'ayons pas eu plus tôt leurs portraits robots… Les éléments en notre possession étaient bien trop minces pour les choper… Et je serais bien étonné d'apprendre qu'ils sont toujours sur l'île. Demain, un officier vous attendra à votre descente d'avion. Il vous aidera en quoi que ce soit.

*

Leur guide portait un uniforme impeccable et des chaussures noires, éclatantes. Des Ray Ban sur le nez, il eut la courtoisie de les ôter en s'adressant aux deux hommes.

— Capitaine Juan Izquierdo, de la guardia civile. Bienvenue à Gran Canaria, commandant. J'ai pour mandat de vous servir de cornac pendant la durée de votre mission. Si vous voulez bien me suivre, le temps de récupérer vos bagages, nous nous rendrons à la morgue de Maspalomas. À quel hôtel êtes-vous descendus ?

— À l'Astoria.

*

Ils longeaient la partie sud de l'île. Sur leur droite, ils apercevaient une chaîne de montagnes dominée par le Pico de las Nieves et en contre-bas, des bananeraies sous serres.

— Dommage que vous n'ayez pas le temps de découvrir l'île… Les montagnes que vous voyez sont le centre de l'île. Très accidentée, la région centre fut le dernier bastion des rebelles Guanches* en lutte contre la couronne d'Espagne. C'est plus bas, à peu près à mi-chemin entre les sommets et notre position que le corps de votre compatriote a été découvert… La région des montagnes est aujourd'hui accessible par des routes excellentes mais terriblement sinueuses et est peu fréquentée. Dommage, car la vieille cité guanche d'Aterore, ou Teror vaut le détour. C'est la capitale religieuse de l'île. La Vierge serait apparue à plusieurs personnes en 1515…

« Marignan », percuta Fragès qui regretta aussitôt cette quasi impiété…

---

*Nom donné aux indigènes des Canaries par les marins génois et portugais.

— ...Un grand nombre de pèlerins viennent chaque année révérer la Vierge del Pino*.

Le capitaine Izquierdo respectait la limitation de vitesse. Bientôt, il ralentit et quitta l'autoroute un peu avant Nueva Europa. L'agglomération franchie, ils pénétrèrent des complexes touristiques à perte de vue, longeant des kilomètres de plages de sable blanc.

— C'est ici que se trouve la grande station balnéaire de l'île. Playa del Inglès et Maspalomas ne forment qu'une suite ininterrompue d'hôtels et de résidences de vacances. C'est le Holiday Word. Heureusement que les dunes qui sont la fierté de l'île ont échappé à cette urbanisation. Elles ont pu être épargnées grâce à la création d'un parc naturel... Ces dunes sont aussi appelées le petit Sahara. Elles sont le résultat de l'accumulation de sable marin. Elles peuvent atteindre une dizaine de mètres... Mais nous sommes presque arrivés...

*

La vue du corps les glaça. Le crâne labouré par les serres des oiseaux de proie, les joues et les lèvres déchirées, les orbites béantes, la tête quasiment détachée du tronc, des doigts manquants aux mains, Christian Herlanic, dans sa roideur cadavérique, effrayait. Le médecin légiste commenta, placide, ces mutilations :

---

*La Vierge des Pins. Ainsi appelée par les personnes présentes qui auraient aperçu la silhouette de la Vierge se dessiner entre les branches d'un grand pin.

— Elles sont l'œuvre des charognards… Plus longtemps exposé, c'est un crâne pelé que nous aurions trouvé…

Il désigna le cou :

— Il a subi le supplice de la garrotte*. Ce qui explique l'écrasement de la circonférence du col. L'instrument est sur la table derrière vous…

Les trois hommes se retournèrent. La vue du collier les fit frémir d'effroi. Fragès fut submergé de pensées meurtrières… Il savait dès cet instant qu'il n'aurait de cesse qu'il n'ait obtenu la peau des assassins. Le légiste riait sous cape. Il reprit :

— L'exposition prolongée au soleil a nui aux relevés d'indices. Par chance, la partie supérieure de la face avant du collier, protégée des rayons solaires par la base du visage, nous a permis de relever de la matière biologique. L'identité génétique de l'assassin a pu être déterminée…

Fragès, les yeux plissés, l'arrêta :

— Dans ce cas, vous pourriez comparer nos travaux et les vôtres ?

— Sans problème, c'est l'affaire de… moins de deux heures.

L'adjudant-chef Auffret confia les dossiers ADN de Legard et de Rolland au médecin pour transmission au laboratoire de génétique moléculaire.

— Parfait.

*Supplice par strangulation. Le garrot, instrument du supplice, est composé d'un collier de fer serré par une vis, pour étrangler.

Fragès s'enquit de savoir s'il avait été trouvé des papiers, des objets sur le cadavre… Mais, non, rien. Le disséqueur crut bon de préciser :

— Peut-être portait-il une alliance, mais comme l'annulaire a disparu…

Fragès esquissa une mimique qui se voulait sourire et prit congé du légiste.

— Hum, eh bien, en vous remerciant docteur.

— À votre service.

Puis, en aparté à Auffret :

— J'irais bien prendre un petit remontant, qu'est-ce que vous en dites ?

— Oh, que oui ! Le lieu ne me sied guère.

— Quel doux euphémisme, Auffret. Confidence pour confidence, à moi non plus il ne me plaît pas tellement.

Juan Izquierdo qui, lui également, se sentait plutôt mal à l'aise sauta sur l'occasion :

— Je connais une cafétéria à proximité.

*

Sur l'autoroute menant à Las Palmas, Fragès commanda à son guide de le conduire au consulat de France avant de gagner l'hôtel Astoria.

Ghislaine d'Annalis, le visage rayonnant, pimpante, sûre d'elle, de son charme, les reçut avec sympathie. Sans perdre de temps, elle leur proposa de se retirer dans son bureau.

Les deux hommes la suivaient. Une odeur agréable et pénétrante accompagnait sa démarche. Elle séduisit Fragès qui, pour mieux s'en imprégner, humait à se forcer les narines. Les effluves l'exaltaient.

Le cheveu assez flou, en carré dégradé méché, des pendeloques aux oreilles, la consule était vêtue d'un chemisier en soie, blanc, décolleté, et d'une courte jupe bleu marine. Les jambes nues, bronzées, joliment galbées, elle portait aux pieds des escarpins assortis à la couleur de la jupette. Un foulard Hermès aux tons dominants bleu et or, disposé assez lâchement, habillait son cou. Les pensées des deux hommes étaient quelque peu empreintes d'attirance…

La porte du bureau refermée, la senteur du parfum, plus présente, chatouillait agréablement les sens olfactifs de l'officier qui n'avait de cesse de les capturer. Cette fragrance l'enivrait. « Hum, quel délice ! » Un court instant, il s'évada, fantasma.

Ghislaine, sensible au trouble généré par sa personne, les civilités et banalités débitées, demanda d'une voix claire s'ils avaient reconnu le corps.

Fragès se racla la gorge et la pria de bien vouloir l'excuser. Il devina à ses yeux rieurs qu'elle en connaissait la cause. Tel un enfant pris en défaut, il se sentit rougir. « Bon Dieu, Fragès, réveille-toi, tu n'es pas ici pour ça ! »

— Je vous répondrai par l'affirmative. Nous l'avons reconnu, non par sa physionomie, qui n'est que plaies, et en partie dévorée par les rapaces, mais par son anthropométrie, son groupe sanguin et son empreinte digitale… Fort heureusement il lui restait le majeur gauche… Ses assassins, nous sont aussi, j'oserai dire, familiers. La comparaison de nos résultats ADN* respectifs ne trompe pas. Ils sont absolument identiques et désignent avec certitude l'un d'entre eux, un certain Legard.

Ghislaine hésita. Ce n'était pas la première fois qu'elle entendait parler d'ADN et des méthodes scientifiques employées pour confondre les criminels… « Pour une fois que j'ai quelqu'un en face de moi qui peut m'en parler de vive voix, pourquoi m'en priver ? », avisa-t-elle.

— Et ces ADN, ces empreintes génétiques, vous les obtenez comment ?

— À partir d'un échantillon organique. Dans le cas qui nous intéresse, c'est le même homme qui strangule et qui doit connaître une jouissance particulière, une exaltation morbide avant de passer à l'acte, car il se dégage une forte sudation au niveau de ses mains… Ses mains transpirent et laissent de la matière biologique au niveau du col de ses victimes, que nous relevons et analysons pour identification du patrimoine génétique.

— Mais, remarqua-t-elle, si l'assassin sue si abondamment, il doit laisser également des empreintes digitales sur le corps de sa victime ?

— Hum, oui bien sûr, mais qui ne sont pas exploitables sur la peau, du moins pas encore.

---

*Acide DésoxyriboNucléique (constituant essentiel des chromosomes, support matériel de l'hérédité).

La consule restait pensive… Un fait la tarabustait.

— Tout à l'heure, vous m'avez parlé de l'empreinte digitale du cadavre… J'ignorais que la gendarmerie avait accès au fichier central des identités ?

Fragès la regarda avec plus d'attention, « futée, la consule, un petit détail qui aurait échappé à beaucoup… ». Quoique sensible à l'intérêt porté à leur travail, il prit le temps de lui répondre :

— Vous avez raison. Ce sont nos collègues de la police qui nous ont transmis le fichier Herlanic… Le laps de temps avant notre départ pour Madrid était bien trop faible pour que j'obtienne une commission rogatoire ou une réquisition du procureur.

Enjouée, Ghislaine jeta :

— Eh bien c'est une chance que Herlanic ait été trouvé si vite… Parce que aux lieu et place où il se trouvait, il aurait pu échapper à tous regards et y séjourner longtemps… Vous n'auriez sans doute pas pu alors confondre l'assassin ni peut-être identifier le corps ?

Les gendarmes balancèrent leur tête de droite à gauche, comme pour indiquer qu'ils n'étaient pas encore, à ce stade, démunis de moyens.

Surprise qu'il puisse encore exister des procédés pour aborder ce cas dégradé, et toujours aussi avide, la jeune femme se pencha en avant. Ce faisant, son chemisier lâcha et laissa apparaître en partie ses seins, embarrassant un tantinet les deux hommes.

— Et qu'auriez-vous comme recette pour examiner ce corps oublié, commandant ?

— Avez-vous entendu parler de l'entomologie ?

— Oui, c'est la partie de la zoologie qui traite des insectes, non ?

— Tout à fait. Eh bien, dans les cas où aucun indice n'est trouvé, la méthode zoologique et plus particulièrement la méthode entomologique peut permettre, sous certaines conditions, des estimations plus ou moins précises. Nous récoltons alors les insectes sur et autour du cadavre et tout ce qui s'y rapporte, les œufs, les larves, les pupes, la terre en la prélevant par carottages sous le corps et autour du corps dans un rayon d'un mètre et sur une profondeur de quinze centimètres environ… Ce sont nos seuls indicateurs du moment du décès… Il faut savoir que dès la mort et au fur et à mesure qu'interviennent les altérations cadavériques, les différents groupes d'insectes ou escouades*, sont attirés et se succèdent suivant les modifications du substrat.

— Substrat ? Vous parlez du cadavre ?

— Oui.

*C'est un Français, P. MEGNIN, qui, en 1894, mit en évidence sous notre latitude, huit escouades successives d'insectes depuis la mort jusqu'à la minéralisation complète d'un cadavre humain. Les diptères et les coléoptères y ont une place prépondérante. En 1991, en raison du besoin exprimé par les enquêteurs et les magistrats de connaître, dans le cadre d'une affaire criminelle, la date de la mort et compte tenu des réelles possibilités offertes par l'entomologie, la gendarmerie nationale décida de créer à l'IRGN (Institut de Recherche criminelle de la Gendarmerie Nationale), un département entomologique.

Les yeux de Ghislaine d'Annalis brillaient, gourmands d'en savoir plus.

— Et ?

« Curiosité morbide, friande de sensation », catalogua Fragès qui ne se fit pas prier.

— Eh bien, ces insectes intervenant peuvent être classés en quatre catégories : premièrement les nécrophages, deuxièmement les nécrophiles, des prédateurs qui se nourrissent des nécrophages ou des parasites des nécrophages, troisièmement les omnivores qui se nourrissent de tout et enfin les opportunistes qui utilisent le cadavre comme refuge. Ce sont les odeurs particulières dégagées au cours de l'altération du cadavre qui attirent sélectivement les insectes. Après avoir prospéré pendant un certain temps, l'escouade trouve des conditions défavorables dues aux modifications du substrat et est progressivement remplacée par la suivante. En résumé, l'entomologie médico-légale consiste en l'étude des liens qui existent entre la présence d'insectes et l'état de décomposition d'un cadavre humain. Elle est fondée sur l'analyse chronologique d'arrivée des insectes sur le cadavre et sur l'étude des cycles de développement de ceux-ci.

Ghislaine d'Annalis était fascinée par ces trésors d'ingéniosité déployés. Bien des questions lui venaient encore à l'esprit, la titillaient, « mais, ça peut attendre ce soir », se dit-elle. Elle se redressa. C'est alors qu'elle aperçut les boutons défaits de son corsage. Elle ne se rajusta pas. Sans se démonter, elle se leva, imité en cela par les gendarmes.

— Extraordinaire, commandant, cette recherche de datation d'un cadavre… J'aimerais bien que nous en reparlions dans la soirée et… Oh ! Mon Dieu ! Déjà cette heure !

La mimique de circonstance, elle les pria de bien vouloir l'excuser de les avoir retenus si longtemps et revint à l'essentiel :

— Dites-moi, commandant, le rapatriement du corps peut dès lors être envisagé ?

— En effet.

— Parfait. Je vais faire le nécessaire pour prévenir notre ambassade et les militaires… Il vivait en concubinage, me semble-t-il… Peut-être que son amie et ses parents demanderont à assister à la mise en bière ?

Les gendarmes firent un signe de tête négatif. Elle les regarda l'un, l'autre, l'œil interrogatif :

— Ah ? Et pourquoi cela ne serait pas ?

Les sourcils froncés, le regard sombre, Fragès la renseigna, la voix grave. La nouvelle la figea sur place. À mesure qu'il racontait, Ghislaine pâlissait. Une tristesse mêlée à l'écœurement se lisait dans ses yeux :

— Mais c'est horrible ce que vous m'apprenez !

— Hélas…

L'agent consulaire le regard baissé, songeuse, se rapprocha de la porte. La main sur la poignée, elle se retourna, le visage dur :

— Arrêtez ces salauds, commandant, arrêtez-les vite et ne les épargnez pas ! Les gens de cette espèce ne méritent pas de vivre et ne devraient par conséquent pas s'attendre à quelque clémence de notre justice… Non, ils devraient être supprimés ! Ce sont des gens nuisibles à la société. Ah ! si la peine de mort n'avait pas été abolie…

Les gendarmes éprouvèrent une extrême surprise. Ces mots prononcés avec une fermeté inattendue par cette si jolie bouche les laissèrent cois. Ils la fixèrent, intéressés. Le regard de Ghislaine d'Annalis exprimait sa pensée, tranchant comme une guillotine. Grave, l'officier murmura :

— Hon, hon, comptez sur nous, nous les aurons, et là…

Fragès avait serré les poings. Imaginer le moment où il les choperait, déclencha chez lui une myriade de picotements dans tout le corps. Il appréhendait déjà la situation. Il rajouta :

— Oui, soyez certaine, madame la consule, il ne leur sera pas fait de cadeau… Ça non. Je vous en donne ma parole.

Ghislaine d'Annalis acquiesça d'un mouvement de la tête, soulagée. Elle était déjà assurée du sort réservé à ces individus méprisables… « C'est bien que ce soit cet homme qui soit chargé de l'enquête », se dit-elle. « Décidément il me plaît bien ce gendarme… » Elle ouvrit la porte et s'effaça pour les laisser sortir. Au passage, Fragès souhaita :

— Si vous m'autorisez, j'aurais un fax à adresser à mon unité.

— Je vous en prie, le secrétariat est à côté.

*
* *

*Résidence du Général Alonso de Lopez. 20 heures.*

Les lourdes portes en bois verni franchies, ils se trouvèrent dans un patio fleuri. La voiture stoppa devant le perron. Un jeune homme en uniforme qui se tenait en haut des marches alla à leur rencontre.

— L'aide de camp du général, le sous-lieutenant Cabrera, murmura Izquierdo.

Alonso de Lopez et son épouse les accueillirent dans un très grand hall aux murs couverts de vastes peintures et au plafond entièrement ouvragé. Un escalier en fer à cheval, aux larges marches et rampe de bois sculpté, une merveille !, menait à l'étage.

Les présentations faites, le général les prit à part. Ils se réfugièrent dans une pièce attenante au hall.

— Nous avons quelques minutes devant nous. Je tenais à vous apprendre que dans l'après-midi nous avons eu connaissance du départ des deux hommes que vous recherchez. L'agence Air Ibéria, à l'aéroport, les a formellement reconnus. Ils ont quitté l'île pour Madrid le 10 en soirée.

Fragès se tourna vers son adjoint dont l'étonnement écarquillait les yeux. L'espoir de choper leurs nervis s'évanouissait. Il haussa les épaules, résigné.

— Hum, c'est bien fâcheux, appuya-t-il. J'avais pourtant cru comprendre, mon général, que vos services avaient interr…

Alonso de Lopez l'interrompit, un zeste agacé :

— Tst, tst, tst, ce qui s'est passé est simple. L'hôtesse qui les a reconnus était absente lorsque nos hommes sont passés. Comme c'est elle qui avait enregistré leur départ et qu'elle se trouvait en congé jusqu'à ce matin…

Un ange passa. Les gendarmes s'interrogeaient. « Bon OK, ils se sont donc envolés pour Madrid, mais après, où sont-ils allés ? »

L'Espagnol, observateur habile, devinait leur tracas. Il les renseigna :

— À Madrid, vos clients ont pris le premier vol en partance pour Paris.

La nouvelle les rasséréna quelque peu. Ils allaient se retrouver au pays.

— Eh bien, mon général, cela va écourter notre présence aux Canaries. Nous repartirons donc demain… quoiqu'il soit un petit peu tard pour réserver un vol. Mais, avec un peu de chances, à la première heure…

Alonso de Lopez lui tapota l'épaule :

— Ne vous faites donc pas de souci, commandant, nous avons une liaison logistique avec le continent demain matin… Deux places vous seront réservées. Mais, à présent, venez. Allons rejoindre nos invités…

Les Français suivirent leur hôte. La succession des

pièces coiffées de plafonds à caissons décorés retint leur attention. Ils débouchèrent dans un salon où étaient présents trois couples et Izquierdo. Celui-ci alla aussitôt au-devant d'eux. Le général les pria alors de bien vouloir l'excuser « mais, leur glissa-t-il, l'œil amusé, je me dois d'accueillir votre charmante consule ».

À l'instar du hall, la salle à manger était également de belle taille. Un lustre de cristal, énorme, et des appliques portant chacune plusieurs branches de candélabres éclairaient la pièce. Des tableaux, présentant des scènes bucoliques et des chasses à courre attiraient le regard.

Fragès et Auffret n'avaient plus grand faim. Les nombreuses tapas* ingurgitées à l'apéritif, et accommodées de *mojo verde* et de *mojo picon*** les avaient déjà calés. À cela ils n'avaient pas boudé le fameux vin "Canary", le malvoisie de Teneguia... encouragés par leurs hôtes et Ghislaine d'Annalis.

*

La coupe de cheveux invariable, un maquillage parfait, des pendentifs en or gris sertis de diamants taille brillant, le collier et le bracelet assortis, rehaussaient sa peau resplendissante qui semblait rayonner

---

*Amuse-gueule constitués d'olives, de jambon, de fromage de chèvre, de poulpes ou de calmars.

**Le *mojo* est une sauce réalisée à base de persil et de coriandre, douce au goût (*mojo verde*) ou de piment mélangé à l'ail, au cumin et au safran, épicée au goût (*mojo picon*).

de l'intérieur. Une robe en mousseline de soie noire, asymétrique, drapée et fendue sur le côté, la couvrait. Un film diaphane noir parfaitement ajusté, également en soie, moulait ses jambes qu'elle avait fort belles. Les pieds dissimulés en partie par des mules en cuir, aussi de couleur noire, la consule faisait sensation.

*

Le repas, typiquement canarien, ne déplut pas aux deux Bretons. Un *potaje canario*, sorte de bouillon de pot-au-feu de légumes de l'archipel (pommes de terre, carottes, pois chiches, choux) et de petits morceaux de viande, suivi d'un délicieux jambon cru de montagne, le *jamon serrano* et d'un mérou noir leur furent servis.

Assis à la droite de madame la générale, Fragès tout en s'intéressant aux occupations, aux activités, et sans se montrer indiscret, à la famille de la maîtresse de maison, avait peine à quitter Ghislaine d'Annalis du regard.

*

Ils quittèrent la résidence un peu avant minuit, non sans avoir sacrifié au souhait de leur hôte de prendre un digestif à l'après-repas. « Purs produits de la Grande Canarie », avait-il insisté.

À l'exception des dames qui avaient dégusté, pour certaines, une liqueur de banane, pour d'autres, un punch au miel, les hommes avaient privilégié le rhum d'Arucas.

*

Jacques Fragès et Ghislaine d'Annalis descendaient côte à côte les marches de la résidence. Au moment où ils s'apprêtaient à monter dans leurs véhicules respectifs, le gendarme murmura :

— Puis-je vous accompagner ?

La consule se retourna. Elle se sentit rougir. Au fond d'elle-même, elle s'était pourtant préparée à cette proposition, elle la souhaitait ! Elle éprouva une sensation profonde, physique, sourde qui, comme une onde, parcourut son corps. Elle frémit, le corps légèrement vacillant. Elle désirait cet homme. Elle le fixa ardemment. Elle vit aussi qu'il était troublé.

La gorge contractée, les yeux brillants, il soutint le regard de Ghislaine. Après quelques secondes qui lui parurent interminables, il l'entendit, comblé :

— Montez, je vous reconduirai.

Le temps de prévenir l'adjudant Auffret de ne pas l'attendre et il était déjà aux côtés de la merveilleuse jeune femme. L'habitacle de sa Peugeot 306 cabriolet respirait son parfum. Il se laissa porter par les effluves, à s'enivrer. La consule conduisait nerveusement. Elle n'avait aucune envie de terminer la soirée en boîte, encore moins en un quelconque piano bar… Elle proposa au gendarme de prendre quelque chose de bien français chez elle :

— Qu'est-ce que vous en pensez ? J'ai tout ce qu'il faut, vins, alcools… Entre autres, un excellent calva, et peut-être encore mieux un vieux lambig… Il n'est pas tard et… nous ne sommes pas attendus.

Le gendarme avait bien reçu le message. Excité à la pensée de se retrouver en tête-à-tête avec Ghislaine d'Annalis, chez elle, en toute intimité, d'une voix qu'il maîtrisait mal, il accepta.

# IX

*Paris, lundi 15 février, 2 rue Royale.*

Les quatre VIP* de la marine nationale, présents autour de la table ovale, n'eurent pas à attendre. À 09 h 30 précises, annoncé par un raclement de gorge soutenu - dû sans doute aux cigarettes, cigares et pipes déjà consommées depuis son lever - leur chef, l'amiral Joseph de Boutegant, trégorrois de vieille souche, faisait son entrée. Dans les eaux suivait l'âme damnée du *Monge*, le vice-amiral Quadraigenêt, major général. Tous se levèrent et saluèrent leur patron bien respectueusement.

Grand, mince, le cheveu blanc coupé court, le visage ovale, buriné à vie, les yeux bleus, vifs, il répondit à leur salut d'un regard appuyé et les invita à se rasseoir. Manifestement il n'était pas de bonne humeur. À son corps défendant, cela pouvait se comprendre. Depuis l'échec du suivi du tir balistique du *Terrible***, il ne vivait pas une journée sans un appel téléphonique de la Présidence et du ministère de la Défense.

Le capitaine de vaisseau Baillec prit la parole :

*Very Important Person.
** Sous-marin nucléaire lanceur d'engins.

— Amiral, les événements qui nous rassemblent et que je vais vous exposer et tenter d'expliciter, concernent notre dernière campagne de tir d'un missile balistique lancé par le *Terrible*. Campagne qui s'est soldée par un échec. C'est en réalité à mi-parcours de la trajectoire du cortège balistique que nos radars de veille air-surface et de navigation ont été brouillés, et nos moyens de télémesure rendus inefficaces… Après moult réflexions et analyses de ces phénomènes, et même si cela peut vous paraître incroyable, je suis arrivé à la conclusion qu'ils sont le fait… d'une source extérieure. Tout me porte à avancer que nous avons subi assurément un tir de LAD*. C'est la seule explication que je retiens.

Un silence gêné, glacial ponctua le propos de Baillec. L'incrédulité se lisait sur les visages. Manifestement chacun attendait d'autres éclaircissements… Alors que là, il se voyait proposé une histoire invraisemblable ! Une histoire où interviendrait un tiers ! Le geste suspendu, tous observaient Baillec, comme le suppliant de trouver d'autres causes…

Quadraigenêt s'agita. Il semblait jubiler. Petit, hâbleur, fourbe, une face de rat, il se pencha en avant, l'œil plissé :

— Que dites-vous, Baillec ?

Baillec soutint son regard. Il n'aimait pas Quadraigenêt, pis il le détestait. Il n'était pas sans savoir

* Leurre Actif Décalé.

que celui-ci était le chef de file des pourfendeurs du *Monge*. À l'écouter, le bâtiment serait plus rentable amarré au fond de la Penfeld… « Pour les rares missions qu'il a à remplir », alléguait-il… « Connard, songeait Baillec, on dirait que ça te fait jouir de nous voir dans la merde… Et là, je parierai que tu es en train de te masturber l'esprit pour savoir comment tirer profit de cette situation… Sache pourtant que tant que j'occuperai ce poste, tu me trouveras au travers de ton chemin. Moi, le *Monge* j'y crois. C'est un outil formidable, un concurrent sérieux dans le suivi des vols de missiles et de fusées… Ça, tu ne devrais pas l'ignorer. Je ne sais pas qui te renseigne, mais il est à côté de la plaque, et toi avec ! Si tu n'étais pas ce que tu es, je serais enclin à penser que tu as des intérêts à vouloir nous nuire… »

— Je dis que l'échec rencontré n'est pas dû à un mauvais fonctionnement de nos moyens de détection et d'analyse, mais à une cause autre, qui pourrait être des LAD ! Des LAD qui pourraient être du type SIREN*. D'une manutention très élémentaire, de faible poids, ils peuvent être lancés à partir d'une rampe très simple, rustique.

"Face de rat" eut une moue critique :

— Mais mon cher Baillec, il faut un porteur pour ça, un bâtiment de surface ?

Le Breton cracha :

*SIREN : Produit par BAC et conçu en coopération avec Thalès.

— Pas nécessairement un bâtiment de surface, et ici, certainement pas ! Car ce que je peux assurer est que la zone de réceptacle en était exempte au moment du lancement, comme après d'ailleurs… Alors ? Eh bien oui, il faut quand même un porteur. Et il reste un moyen, un moyen qui pourrait être un sous-marin par exemple, un sous-marin qui discrètement planque sur notre arrière, fait une brève remontée, lance ses LAD, plonge et disparaît.

La pilule LAD non encore avalée, Baillec en rajoutait ! Un sous-marin ! L'assemblée fut anéantie. L'inconcevable leur était avancé ! Des regards douteux et des mimiques rapides s'échangèrent. Quelques suppositions sur les facultés intellectuelles de l'officier traversèrent l'esprit de quelques uns… Baillec les observait, il n'ignorait pas qu'il en faisait les frais, mais il n'en avait cure ! Il savait que c'était la seule explication plausible aux brouillages subis. Et après s'être pressuré le cerveau, lui aussi avait longuement hésité avant d'arriver à cette conclusion…

Le chef d'état-major sentait le regard désapprobateur de son major général fixé sur lui. Il fit comme si rien n'était. Il subodorait l'homme hilare et prêt à mordre.

— Allons, allons, messieurs, un peu de calme, je vous prie… Continuez Baillec. Vous parliez d'un sous-marin… Grands dieux, commandant ! Qui voudrait donc aujourd'hui contrer nos essais balistiques ? Ils sont une réalité, et ce depuis des décennies ! Tenez, supposons que votre hypothèse soit fondée, que les soucis rencontrés soient le fait d'un sous-marin, il appartiendrait à quelle puissance, je vous le demande ? Car ici, il est hors de question de soupçonner nos alliés ?

Le Breton murmura :

— La Russie ? Et dans la foulée appâta et ferra : L'Inde, la Chine ?

Le poisson avait mordu à l'hameçon. “Face de rat” aboyait :

— Impensable ! Si une puissance nucléaire de l'Est voulait saboter nos essais balistiques, elle utiliserait des moyens autres, plus simples. Elle pourrait par exemple rendre inopérant le centre d'essais des Landes ou ses annexes de Quimper et d'Hourtin…

Baillec jubilait. Il vomit à l'attention de Quadraigenêt :

— Oui, bien sûr… Mais si l'objectif de notre adversaire était autre ?

— Ah ! Et ce serait quoi ? hurla “Face de rat”.

Le commandant du *Monge*, le visage serré, préféra l'ignorer. Il observa à la ronde et martela :

— Eh bien, amiral, messieurs, pour moi, notre adversaire en profitant de tirs balistiques chercherait peut-être à discréditer la plate-forme *Monge*, la base flottante d'essais et de mesures ?

Boutegant connaissait bien Baillec. Il le savait sérieux, réfléchi, solide, opérationnel. Et il ne pouvait pas concevoir un seul instant que son subordonné n'ait pas analysé toutes les causes possibles, humaines, matérielles, avant de retenir et d'avancer une telle assertion. Alors ? Il encouragea son officier :

— Vous supposeriez que ce sont les équipements à bord du *Monge* qui seraient ciblés ?

— Ça m'en à tout l'air, amiral.

— Mais pourquoi, alors que cela fait une vingtaine d'années que nous œuvrons dans ce domaine serions-nous emmerdés aujourd'hui ? Qu'est-ce qui aurait changé en février 99 ?

— Apparemment rien, amiral, si ce n'est que le *Monge* est enfin retenu par l'agence spatiale européenne pour participer au suivi d'une fusée Ariane 5.

Baillec ne put se retenir. L'occasion ne se représenterait pas. « Tant pis », décida-t-il. Il précisa :

— Je dis "enfin", car une précédente mission civile, toujours au profit d'Ariane-espace, et alors que nous avions tous les moyens pour la remplir, ne nous a pas été confiée, et ce par méconnaissance du dossier à l'échelon parisien… Ce sont les Américains qui ont assuré…

Boutegant en avait entendu parler. A l'époque, il n'était pas encore à la barre du bâtiment Marine nationale… Il éluda les propos acerbes de Baillec. Il savait le responsable de cette malheureuse décision présent, à ses côtés. Il devança son major général, le visage rouge comme une pivoine, déjà bondissant :

— Hum, Baillec, ne nous égarons pas… Nous

ne nous sommes pas réunis pour régler des comptes… Mesurez vos propos, je vous prie, et revenons à notre affaire. Donc, pour le groupe naval d'essais et de mesures ce serait une première. Et qu'est-ce qui vous serait demandé ?

— Trajectographier et analyser le vol de la fusée. Un rôle important où la télémesure a la tâche prioritaire.

Boutegant prit sa bouffarde et mâchonna l'embout du tuyau… Le corps en arrière, il nota :

— La télémesure, hein ? La télémesure qui est la cause de nos soucis… Hum… Eh bien pour cela il faut que vous soyez au top mon vieux… Car pour que la marine décroche le contrat, il ne faut pas effectivement que l'ESA* ait quelque doute sur la fiabilité de nos moyens…

"Face de rat" coupa l'amiral :

— Ce qui n'est pas le cas aujourd'hui !

La colère gagnait le Breton. Il se maîtrisa et le propos bien articulé, asséna :

— Nos moyens fonctionnent parfaitement. Et si vous aviez pris la peine de lire mon rapport, vous ne devriez pas ne pas savoir que des essais de poursuite sur satellites, débris de satellites, cibles et échanges de données entre le centre d'essais des Landes et l'OME** ont été conduits après tir et les jours suivants. Tous se sont avérés concluants. Aucune anomalie

* ESA : European Space Agency
* OME : Organisation Mesures Essais à bord du *Monge*.

technique n'a été relevée ! Ce qui me permet d'affirmer que nous sommes aptes à cette mission.

"Face de rat", de mauvaise foi, ricana :

— Aucune anomalie technique peut-être... mais vos problèmes pourraient être consécutifs à une erreur de vos personnels... Oui, je sais, pour vous cela ne peut être... Pour vous, la cause de vos malheurs se trouve sous l'eau... Ben ça, mon cher commandant, il va vous falloir étayer votre argumentation !

Une énième fois, Baillec passa outre et se tourna vers son patron :

— Il est clair, amiral, que réfuter la disponibilité du *Monge* pour ses missions, refroidira nos clients potentiels... À commencer par le CNES* et l'ESA... La convention avec le mandant n'est pas totalement verrouillée.

Boutegant se redressa et tritura sa bouffarde. Machinalement, sans doute agacé, il prépara une pipée.

— Je sais, je sais cela Baillec... Et je voudrais croire en vos capacités de réussir votre job... Mais il y a tout de même cet échec... Bien sûr vous avancez une explication... Un peu extraordinaire tout de même ! Un sous-marin ! C'est pas rien Baillec ! Vous rendez-vous compte que si cela est, c'est un *casus belli* ! Alors que si, comme le suggère le major général, vos ennuis étaient le fait d'une bourde d'un de vos ingénieurs ?

* CNES : Centre national d'Etudes Spatiales.

L'officier supérieur se rendait bien compte que personne ne créditait sa version des faits. « Bon Dieu, comment les persuader ? »

— Amiral, ce serait, bien sûr… plus commode, plus raisonnable… Mais je ne peux pas retenir une maladresse d'un ingénieur ou d'un technicien… Pour une raison très rationnelle. D'abord, il aurait fallu qu'ils soient plusieurs - au minimum quatre - et que chacun d'entre eux déposât une source de brouillage à proximité des radars et des antennes de télémesure… Et ce au même moment… Cela porte alors un nom, sabotage !

Le chef d'état-major ne fut pas surpris par la réponse… L'homme n'avait pas changé. Coriace, opiniâtre, il avait épluché à l'extrême toutes les causes possibles à ses embêtements. Boutegant se sentait quand même en ce moment un peu ébranlé par l'assurance à tous crins de son bougre de Baillec. « Bon Dieu, serait-ce possible, un sous-marin ? »

— Hum… Dites-moi, quels sont les moyens qu'utiliserait le CNES si la marine ne pouvait pas assurer le suivi du vol de la fusée ?

— Simple. Le CNES positionnerait une station mobile sur une île proche de notre zone de travail… Une île de l'archipel du Cap-Vert par exemple… Il est à noter quand même, et permettez-moi d'insister, que si la marine participe à ce tir, son BEM* sera

*BEM : Bâtiment d'Essais et de Mesures.

l'outil précieux du programme spatial futur européen pour le suivi des fusées, des satellites, la rentrée des capsules, voire leur récupération.

— Ouais, ouais, et en allant jusqu'au bout de votre pensée, quelqu'un pourrait ne pas le souhaiter ?

Baillec opina du bonnet :

— Tout à fait.

— C'est bien ça. Mais, et ici j'insiste, comme ce ne peut pas être - en retenant votre sous-marin - un coup tordu de nos alliés, quelle puissance autre que celles de l'Est trouverait intérêt à nous écarter ?

Le patron de la DGSE*, le vice-amiral Tanguy, qui observait depuis un moment un silence absolu, paraissant même sommeiller, sortit de sa pseudo-torpeur :

— Amiral, messieurs, et si le commandant Baillec avait vu juste ? Sans m'étendre sur la politique à long terme de l'agence spatiale européenne qui couvre la première moitié du siècle et qui retient notamment que le lanceur Ariane 5 et ses évolutions devraient être utilisés pendant vingt ans, le programme FESTIP lui prévoyant ensuite un successeur réutilisable, vous comprendrez que les enjeux de ce lancement qui est aujourd'hui programmé en juin prochain - c'est très très proche - sont très prometteurs. Et c'est également une mission décisive pour le *Monge*. Vous n'ignorez pas non plus que l'Europe en a assez de payer les Américains à suivre les tirs de sa fusée. En

*Direction Générale de la Sécurité Extérieure.

vous disant qu'on les soupçonne de jouer le jeu de la NASA* et d'omettre de donner à leur client toutes les données recueillies après chaque décollage, vous ne serez pas non plus surpris. Agacée, l'ESA a donc décidé de s'affranchir des moyens yankees, en modifiant le cap de tir de sa fusée au nordet et non plus au nord ou à l'est, axes sur lesquels nous trouvons respectivement les stations suivantes :

- Au nord, Wallops, en Virginie, un des centres de la NASA ; Prince Albert, situé dans la province canadienne de Saskatchewan ; l'île du Spitzberg occidental dépendant de Svalbard, une possession norvégienne de l'océan Arctique. (particularité de cette station, elle est financée par l'ESA) ; et parfois, un bâtiment de mesures US…

- À l'est, Natal, au Brésil, l'île britannique d'Ascension, Libreville au Gabon - une station annexe de Kourou.

- Et Maundi au Kenya…

Choix capital donc pour l'Europe et qui a pour corollaire de voir ailleurs… Or, ailleurs, il n'y a rien, hormis le groupe naval d'essais et de mesures et son bateau, le *Monge*. Toutefois, si nos renseignements sont exacts, une menace se profilerait à l'horizon…

Boutegant se débarrassa d'une mucosité par une expiration brutale et, soulagé, remarqua, comme faisant fi de la mise en garde du patron de la DGSE :

*NASA : National Security Agency.

— Pas très confortable pour l'ESA, Tanguy, car, si je vous ai bien compris, c'est nous ou le retour outre-Atlantique. Avec peut-être l'abandon de l'axe nordet ?

— Pas nécessairement, amiral. Mais un retour chez les américains certainement avec le concours des avions TLM* de l'US Airforce... Baillec, avec prudence, nous a rappelé que la convention marine nationale/agence spatiale européenne n'était pas verrouillée, c'est exact, mais que je le rassure... Le *Monge* présente des critères qui prévalent à la fois sur l'emploi des avions US et sur les inconditionnels des yankees... Car malheureusement ceux-ci existent aussi au sein du dispositif Ariane... Pour Arianeespace et l'agence européenne donc, notre bateau représente : - Des facilités de négociation en termes financiers. - La sûreté. - La disponibilité. - Une autonomie européenne. Intéressant, non ?

Et, se tournant vers le capitaine de vaisseau Baillec, il poursuivit :

— Soyez donc rassuré, commandant, cette mission vous l'assurerez. Je peux vous l'affirmer... Quant à la suite, c'est une autre paire de manches. Voyez plutôt...

Le vice-amiral ouvrit son portable, un Pentium 2 et le brancha au Barco associé.

— Bon, je souhaiterais à présent vous présenter

*TLM : TéLéMesure.

quelques diapositives sur une société qui pourrait nous inté…

L'emmerdeur "Face de rat", dépité que Baillec et le *Monge* aient un allié dans la place, ne put s'empêcher d'observer :

— Attendez, vous n'allez quand même pas nous avancer que le *Monge*, à lui tout seul, va assurer le suivi de la fusée au-dessus de l'Atlantique ?

Tanguy soupira, affligé. « Pauvre con, se dit-il. Tu es vraiment marqué à vie. Te supporter est vraiment méritoire parce que t'es un calvaire à toi tout seul, mon vieux ! » Il se fit un petit plaisir :

— Non, Quadraigenêt. Non, bien sûr. Nous savons que les moyens à bord sont très puissants, mais jusqu'à preuve du contraire la terre accuse toujours une rotondité… Ça crée des zones d'ombre, non balayées par les faisceaux des radars de trajectographie, et ce jusqu'au lever de la fusée… alors, au départ, l'engin est pris en charge par la station de Kourou, puis le *Monge* et une station mobile disposée à Arcachon.

Le patron de la DGSE savait que son "collègue" ne lui pardonnerait pas cette petite leçon élémentaire… Il n'en avait rien à cirer ! Il l'avait bien cherché ! Il enfonça le clou :

— J'ai répondu à votre question ?

Quadraigenêt émit un grognement qui se voulait affirmatif !

Tanguy reprit le fil de son topo.

— Ces premières vues présentent l'activité du CSG* à la date du 01 février 99, donc avant que le centre ne change ses axes de tirs… Voyez que les tirs de nos fusées vers l'est sont l'activité essentielle du centre avec 90-92 % des lancements alors que ceux au nord, peu fréquents, représentent simplement 8-10 %. Les premiers concernent la mise sur orbite des satellites à trajectoire héliosynchrone, c'est le cas de Spot et de Hélios 1A. Les seconds, les satellites à trajectoire géosynchrone, comme les satellites de communications télécom, météo…

Kourou est très sollicité. Son carnet de commandes est complet pour la décennie à venir. Géographiquement, c'est le spatiodrome le mieux placé par rapport à l'équateur, puisque situé à quelque 600 kilomètres de la ligne de partage des deux hémisphères. Mais, attention ! je voudrais vous mettre en garde…

Aujourd'hui, une société mixte, "Vector's launch", s'est donné comme objectif de venir concurrencer Ariane sur un marché qu'elle domine largement. Comment ? En utilisant une ancienne plate-forme pétrolière reconvertie pour recevoir et faire décoller des fusées en plein milieu de l'océan Pacifique. L'avantage de la formule est de pouvoir positionner le pas de tir juste sur l'équateur et profiter au mieux de la rotation de la terre. Avantage déterminant pour lancer des satellites en orbite géostationnaire… Le

*Centre Spatial de la Guyanne.

premier tir est prévu ce premier semestre, en juin… Six autres sont déjà programmés. Leur but est de pouvoir assurer une cadence de dix lancements par an. Leur carnet de commandes actuel est de 28 lancements dont 18 fermes… Nous assistons là à la naissance d'un nouveau cosmodrome qui risque fort de faire de l'ombre au CSG. Pourquoi ?

Eh bien, c'est un concurrent sérieux, moins cher qu'une base terrestre et qui possède de gros moyens.

Installé aux îles Caïmans pour des raisons purement fiscales, le consortium regroupe plusieurs industriels qui viennent de plusieurs pays : Russie, Norvège, Ukraine, Etats-Unis, Inde, Japon, Afrique du Sud. Chacun de ces industriels est spécialiste dans son secteur d'activités.

L'américain par exemple a eu la responsabilité de la construction du port d'attache de la plate-forme et de son navire d'accompagnement à Long Beach, de la commercialisation, de la promotion et des opérations de lancement des fusées. Le russe, le support technique lors des lancements ainsi que l'étage supérieur de la fusée qui place le satellite sur son orbite définitive. L'ukrainien, la construction des deux étages de propulsion de la fusée. Le sud-africain, la conception et la construction du navire d'accompagnement de la plate-forme de lancement, le norvégien la transformation de l'ancienne plate-forme pétrolière ainsi que toutes les opérations maritimes de Vector's launch, etc.

Ces vues vous présentent successivement :

- La plate-forme de lancement. Autopropulsée et semi-submersible, elle a un déplacement immergé de 46 000 tonnes. Longue de 133 mètres, haute de 43 mètres et large de 66 mètres, elle s'appuie sur 10 énormes piliers fixés à deux immenses flotteurs remplis de carburant et pourvus de ballasts. Ces derniers permettent à la plate-forme de s'enfoncer de 22 mètres dans la mer afin de gagner en stabilité au moment du lancement. Positionnée dynamiquement et télécommandée depuis son navire d'accompagnement, la plate-forme dispose d'une "fourchette de déplacement" maximale comprise entre 1 et 3 mètres. Equipée de moteurs d'une puissance de 24 000 CV, elle se déplace comme un navire à une vitesse de 10 nœuds.

- Le navire d'accompagnement, long de 203 mètres, large de 32 mètres, un tirant d'air de 34 mètres et un tonnage de 34 000 tonnes, est propulsé par deux moteurs principaux de 10 000 chevaux chacun. Ce bâtiment sert d'atelier flottant pour l'assemblage des fusées et de centre névralgique au moment des lancements. D'une autonomie de 18 000 milles nautiques, il peut filer à la vitesse de 19-20 nœuds.

- Quant à la fusée, haute de 62 mètres et lourde de 466 tonnes au décollage, elle devrait pouvoir, grâce à ses trois étages, placer 5,9 tonnes en GTO* ou

*GTO : Orbite de transfert géostationnaire.

18 tonnes en orbite basse (entre 200 et 400 kilomètres d'altitude). Vous voyez par conséquent que cette fusée concurrence sérieusement Ariane 5 dont la capacité d'emport actuelle est, elle aussi, de 5,9 tonnes en GTO…

L'amiral de Boutegant, la pipe à la bouche, émis un vague grognement et fit part de son étonnement :

— Fichtre, c'est du sérieux tout ça ! Mais, dites-moi, Tanguy, cette plate-forme est sujette à l'état de la mer. Comment le consortium peut-il assurer cadencer dix lancements par an ?

— Oui, bien sûr, amiral. Et, pour limiter ces aléas, le consortium a retenu un site de lancement à cheval sur l'équateur, situé près des îles Kiribati, au nord-est des îles Marquises. Zone qui bénéficie d'un temps relativement stable et d'une mer plutôt calme… Des avantages notoires.

— Bon Dieu, Tanguy ! Et vous nous dites que leur premier lancement est programmé ce premier semestre ?

— Oui. Comme Ariane. Coïncidence, me direz-vous ? Non, je n'y crois pas. Nous n'y croyons pas. Ce sera un moment décisif pour l'ESA. L'équation est simple. Selon nos sources, le vol de la fusée Ariane ne doit pas aboutir. Et ce quel que soit le résultat du lancement opéré par Vector's launch… L'enjeu est énorme, le consortium brigue la suprématie spatiale des lanceurs. Pour ce faire, il lui faut éliminer tous ses concurrents, à commencer par le meilleur, le centre spatial de la Guyane. J'ajouterai que le consortium, mais vous l'aurez compris, obéit à une seule loi, le business et fait fi de toute éthique !

"Face de rat", et d'ailleurs comme les autres personnes, demeurait sans voix. Seul Baillec jubilait en cachette. Les informations détenues et communiquées par son supérieur allaient lui donner raison.

Le contre-amiral Perhirin, commandant la FOST*, observa :

— Je ne vois pas en quoi un possible échec d'Ariane 5 coulerait le CSG… La réputation, le savoir-faire, le sérieux, le taux de réussite du centre ne sont plus à prouver !

Tanguy éteignit le Barco et stoppa son ordinateur.

— Vrai Perhirin. Mais vous souvenez-vous de ce cheval de bois gigantesque dans les flancs duquel les guerriers grecs se cachèrent pour pénétrer Troie ? Je vous ai dit à l'instant que le vol Ariane 5 est fragilisé. J'insiste, car c'est l'existence à moyen terme de l'ESA qui est menacé, qui est en jeu. Comment ? Nous avions retenu, dès connaissance du plan échafaudé par Vector's launch, qu'ils tenteraient une neutralisation de la fusée européenne à son départ… Mais après les déboires du *Monge*, et les explications avancées par le commandant Baillec, je pense que nous nous sommes plantés et qu'ils ont retenu de

*FOST : Force Océanique STratégique.

faire échouer la phase couverte par le *Monge*… C'est, à mon avis, le moment intéressant pour un concurrent… Imaginez le climat au sein de l'ESA, du CNES, du CSG ? Les querelles intestines entre la grande majorité du tout européen et les inconditionnels yankees ! Car ce seront bien sûr les premiers qui seront sur la sellette, il leur sera reproché d'avoir choisi notre groupe naval d'essais et de mesures… Ensuite ? Eh bien, il est fort probable qu'avant un retour forcé chez nos voisins outre-Atlantique, l'ESA et les pro-européens lorgneront encore ailleurs, et cette fois du côté de Vector's launch… Vector's launch qui aura mis le paquet, tous les atouts dans son jeu pour réussir le lancement de sa fusée… Une fusée suivie par deux BEM placés sur l'équateur et distants de 1 700 kilomètres, le système international de satellites COMSAT… voire un organisme dépendant du DOD, le centre de contrôle situé à White Sand, par exemple. Et là, Vector's launch ne se fera pas prier pour offrir les services de ses bâtiments, et à un prix forcément concurrentiel ! La société opérera une politique de séduction énergique, pour convaincre les récalcitrants… La suite ? Eh bien, le consortium, une fois dans la place, deviendrait incontournable et fort de cette situation imposerait sa base de lancement… Exit les missions civiles de notre *Monge*, l'utilisation du CSG… Quid de l'ESA ?

Le chef d'état-major, le visage grave, hésitait :

— Dites-nous, Tanguy, ce que vous laissez entendre est que les emmerdements du *Monge* seraient la phase de préparation à celle programmée pour Ariane 5 ? Un test grandeur nature en quelque sorte ?

Le patron des services de renseignement branla du chef :

— Ça m'en a tout l'air, amiral. Et les explications de Baillec sont à prendre en considération. Un sous-marin lançant des leurres actifs, je souscris.

L'ingénieur général de l'armement Delatour, représentant la DGA*, se tortillait sur sa chaise. « Un sous-marin pourquoi pas, réfléchissait-il, mais ce n'est pas si simple que ça néanmoins… ». Il hasarda :

— Bon, admettons cet intrus… Mais il se pose alors un problème, car pour rester le plus discret possible, il doit rester en surface juste le temps suffisant pour tirer ses LAD… Et ce à un moment bien précis ! Comment fait-il ?

— Une fois ses leurres en l'air, il est tranquille, puisqu'il ne peut plus être détecté tant qu'ils sont actifs, renseigna Baillec… Mais ce qui lui est impérieux, effectivement, et vous le rappelez, c'est de connaître le moment précis du départ du missile… Et pour ça, il a besoin d'être renseigné !

Delatour renchérit :

— Oui, c'est ça, commandant, c'est bien le top de départ qu'il lui faut obtenir. Après, c'est de la cuisine

*DGA : Direction Générale à l'Armement.

balistique, il ne lui est pas compliqué de calculer le lever du missile à l'horizon.

Boutegant se débarrassa une nouvelle fois d'une glaire encombrante. Il lui tardait d'allumer sa bouffarde... Il situait parfaitement le synopsis... Restait le moyen utilisé pour prévenir le sous-marin... « Par satellite certainement, mais le submersible doit être alors en immersion périscopique ou utiliser une antenne filaire... De plus, il ne peut pas être très éloigné du BEM pour se trouver à portée de tir de ses leurres... Hum, un observateur aux Glénan, ou sur la côte sud de Bretagne - et là il ne lui est pas difficile de trouver la bonne place -, peut aisément transmettre le renseignement... » Il s'adressa au commandant de la FOST :

— Perhirin, pour juguler la menace vous déploierez sur zone un sous-marin d'attaque. Les règles de comportement et d'engagement seront simples... Tout faire pour l'empêcher d'agir et le couler si besoin est !

Le chef d'état-major allait lever la séance, le briquet déjà paré à être allumé, quand Baillec se manifesta :

— Hum, amiral, vous avez appris qu'un de nos permissionnaires n'était pas rentré de terre à Las Palmas.

— Oui, bien sûr. Vous avez du nouveau ?

— Oui. Il a été retrouvé mort... Il aurait été étranglé.

L'inattendu fit que Boutegant lâcha son briquet. Les autres personnes, bouche bée, dévisageaient Baillec :

— Quoi ?

— C'est ce qui m'a été annoncé hier matin. Je n'en sais pas plus.

— Bon sang de mer, votre rapport indique une personne équilibrée, sans histoire et une tendance récente, soulignez-vous, à l'introversion. C'est plutôt curieux, car si cela est exact, ce n'est pas le genre d'homme à chercher querelle à quelqu'un… Alors, qu'est-ce qui s'est passé, où a-t-il bien pu zoner pour finir comme ça ?… Vous ne la trouvez pas bizarre cette affaire ? Qui s'en occupe ?

— La gendarmerie de Quimper.

Devant les yeux écarquillés de son chef, Baillec avoua que lui-même avait été aussi surpris :

— Pourquoi Quimper et non Brest, je ne sais pas, amiral.

Le briquet en main, Boutegant balaya l'air, marquant finalement son indifférence.

— Bah ! Quimper, Brest, qu'importe, ce n'est pas notre cuisine. Ce qui importe est que nous sachions ce qui s'est passé…

Les sourcils froncés, il regarda le patron de la DGA.

— Dites Delatour, si je me souviens bien, Herlanic, c'est un TSEF, un gars de chez vous, non ?

— Oui, il travaille à la DCE*.

*DCE : Direction des Centres d'Expertises et d'Essais.

— Hum, vous veillerez à m'adresser son dossier dans la journée… Quant à vous, Baillec, tenez-moi au courant dès que vous aurez du nouveau.

Le vice-amiral Tanguy avait froncé les sourcils en apprenant la nouvelle. « Tiens, tiens », se dit-il.

# X

*Gendarmerie de Quimper, lundi 15 février, matinée.*

Fragès regardait la pluie tomber.

Les passants qui cheminaient, bravant les formidables bourrasques, avaient tous l'échine baissée. La démarche mal assurée, ils rasaient les murs, prudents. User de parapluie relevait d'une poigne solide et d'une résistance au vent impétueux peu commune. Certains, abrutis par la violence de la tourmente, s'engouffraient dans les renfoncements de portes d'immeubles… Une mimique rieuse et empreinte d'une douceur presque triste se dessina sur son visage.

Il se souvenait de l'instant où Ghislaine et lui allaient quitter l'immeuble pour rejoindre l'Astoria… C'est alors qu'une pluie diluvienne s'abattit sur la ville. « Attendons, ce ne sera pas long », avait-elle conseillé en se serrant contre lui.

Le contact de son corps chaud et sa nudité sous la robe, la douceur de ses mains et de ses lèvres ne l'avaient pas laissé indifférent et faisant fi du lieu, ils s'étaient donnés l'un à l'autre brutalement.

Fragès, comme à regret, quitta le spectacle de la

rue et les pauvres diables serrés les uns aux autres dans leurs abris précaires. C'est comme s'il commandait le baisser de rideau sur cet épisode merveilleux. À cet instant, il aurait souhaité la présence de Ghislaine d'Annalis. « Ah ! Ce spiral de temps ! Si on pouvait en sortir ! »… Les quelques heures passées près d'elle lui avaient paru si courtes qu'il avait douté de l'exactitude de sa montre lorsqu'elle l'avait prévenu qu'il leur fallait se quitter…

Les propos échangés, les conversations engagées, son esprit vif, sa curiosité l'avaient fasciné.

Le sujet "les Concubins", comme elle se plaisait à les appeler en parlant de Herlanic et de sa compagne, avait réveillé le personnel du consulat. Elle s'en félicitait ! « Enfin, une affaire qui nous sort de notre routine », avait-elle clamé à leur adresse. "Les Concubins" la captivaient. Il se rappelait ses remarques pertinentes sur Herlanic et sa conclusion. « Tu verras, c'est une affaire d'espionnage, ton enquête. »

Il prit son calepin et relut les notes qu'il avait consignées dans l'avion. Elles avaient trait, en partie, à Ghislaine d'Annalis. Il hocha la tête de droite à gauche :

— Hum, une belle digression à mon travail !

À la suite, il avait relevé ce matin :

« *Aucune trace de Legard ni de Rolland à l'aéroport d'Orly. Comment ont-ils fait pour nous échapper ? Ont-ils réellement pris le premier vol en partance pour la France à Madrid ? Il demeure que même en prenant un autre vol, nos services sont omniprésents !*

*Pas d'écho sur les bijoux portés.*

*Précision sur la location du gîte. S'est concrétisée par fax. Origine, un des cabinets conseils de Versailles. Règlement par chèque, au nom de Bruno Duponti !*

*Duponti, Martini ?* »

*

* *

*Brest, au même moment.*

Les premiers gestes du major Yvon Quémeneur en franchissant le seuil de la chambre du TSEF Herlanic à bord du *Monge* avaient été de s'asseoir et d'observer*.

Quémeneur, l'œil fureteur, notait qu'Herlanic n'avait pas quitté le lieu précipitamment. Tout était bien rangé, le lit fait, la serviette de toilette étendue sans pli.

Il se leva. Sur le bureau il ne remarqua rien de particulier. Un document technique sur les ondes radioélectriques, un pot en grès rempli de stylos et, sous

---

*La pièce concernée, qui sert aussi de bureau, n'est pas bien grande, à peine 7 m². Le mobilier, calculé au plus juste, comprend un lit fixé à la paroi du bordé, une table à cartes, une armoire penderie, un coin toilettes avec rangement, un bureau et rayonnages, une chaise, un cabriolet. L'ensemble disposé savamment offre à l'occupant un espace convenable.

une plaque de plexiglas, des photos disposées en cercle avec au centre, plus important, le portrait d'Isabelle Morvan. Les images l'entourant présentaient le couple à la campagne, à la mer, chez lui… « Tout à fait banal », se dit-il.

Il souleva le plastique transparent et prit la photo de la jeune femme. Au dos, une écriture nerveuse :

« *Le Conquet, hôtel Sainte Barbe, 10.08.98. Isabelle rayonnante, mon soleil, mon amour.* »

Il la remit à sa place et ouvrit les tiroirs du meuble. À l'exception de celui du haut à droite, dans lequel se trouvaient la correspondance d'Isabelle, enrubannée d'une étroite bande de tissu blanc, et autres courriers privés, les autres ne lui présentaient pas d'intérêt, trop technique !

Le gendarme, au fur et à mesure qu'il lisait les lettres d'Isabelle, éprouvait de la gêne. Il avait la sensation de pénétrer l'intimité du couple, ses secrets, de violer ce territoire unique fait de tendresse, d'amour, de passion, de complicité qui n'appartenait qu'à lui seul, où nul autre n'avait accès.

Un passage dans le courrier, en date du 25.01.99, le dernier reçu par Herlanic, capta son attention.

« *Christian, mon chéri, ne cède pas. Tu ne dois pas céder. Crois que de mon côté, tu n'as pas à t'inquiéter, ils ne me font pas peur. Et s'ils se manifestent, je cours prévenir la police, la gendarmerie. Ne te laisse pas manipuler par ces gens. Nous ne sommes pas seuls !* »

— Tiens, tiens, voilà qui est intéressant, Herlanic aurait été sujet à menaces… Voilà qui pourrait expliquer le meurtre…

Le reste de la lettre n'offrait pas d'intérêt. Isabelle Morvan concluait en lui rappelant combien elle l'aimait et par une phrase en latin que Quémeneur ne sut traduire. Il la trouva belle :

« *Malo mori quam foedari.* »

Le major glissa le document dans son attaché-case et continua son inspection. Il ouvrit l'armoire à vêtements. Tout était parfaitement rangé, trop peut-être… Bien en évidence, une chaînette portant un triskèle et un ourson en argent était crochée et une photo du couple scotchée contre le battant intérieur droit. Il les prit. Au dos de la photo, quelques mots :

« *Carhaix, Les Vieilles Charrues, 1998* ».

Il fouilla les piles de chemises et de pulls, il ne trouva rien qui vaille la peine d'être retenu. Il se saisit du sac de voyage rangé en bas de la penderie. Un petit flacon, sans étiquette et rempli, était caché dans une des poches. Quémeneur l'ouvrit et huma une odeur assez douce. « Hum, peut-être un médicament ? » Il le rangea dans son porte-documents.

Il quitta les lieux, non sans avoir examiné l'armoire de toilette et les tiroirs de rangement situés sous la bannette. Mais sans résultat.

Le *Monge* quitté, il se rendit à l'hôpital d'instruction des armées de Brest. Là, on lui apprit que le contenu du flacon était un neuroleptique. Perplexe, il n'imaginait pas qu'une personne sous tranquillisant puisse embarquer. Il souhaita rencontrer le chef de laboratoire. Son embarras ne fut plus lorsque le médecin principal des armées Le Quéré l'informait que le médicament en question, du droleptan, était un neuroleptique puissant et qu'administré sans précaution, présentait un danger mortel :

— Le neuroleptique exerce une action calmante globale sur le système nerveux, commenta-t-il, mais comprenez bien qu'ici une dose non contrôlée entraînera chez le patient une somnolence quasi immédiate, une chute de la tension artérielle, des troubles du rythme cardiaque, un coma, la mort s'il n'est pas secouru à temps…

Quémeneur réfléchissait… « *Christian, mon chéri, ne cède pas, tu ne dois pas céder…* » Bon Dieu, quand elle écrit ces mots, va-t-elle jusqu'à lui commander de se suicider ? Ce serait effrayant ! Et au nom de quoi ? Qu'est-ce qui pourrait pousser une personne à cette extrémité ? Quelle menace planait sur ce couple ?

— Une mort douce et neutre en quelque sorte, docteur, pour qui… voudrait se donner la mort, murmura Quémeneur.

— Heu… oui… Ce serait un suicide propre si c'est à quoi vous faites allusion. Ceci dit, il est sidérant qu'une personne soit en possession d'un tel tranquillisant. Je me demande comment elle a fait pour l'obtenir !

Une idée saugrenue vint à l'esprit du gendarme :

— Et ce médicament, docteur, il serait aisé de l'administrer à quelqu'un sans qu'il s'en aperçoive ?

— Oh, oui, major ! Il suffirait de mélanger le droleptan à un jus de fruit par exemple, le buveur ne le saurait certainement pas…

Le gendarme satisfait allait prendre congé, quand il demanda :

— Docteur, seriez-vous latiniste ?

Le visage de Le Quéré rayonna :

— Heu, j'ai encore de très bons restes… Pourquoi cette question ?

— Une phrase que j'ai relevée dans un courrier… un instant, si vous me le permettez… que je retrouve le document… Voilà, j'y suis. Je lis, « *Malo mori quam foedari* » ?

— Très simple, major. Cela signifie : « Plutôt mourir que se déshonorer », devise de notre belle et grande duchesse, Anne de Bretagne.

Le gendarme la répéta et remercia le médecin.

— Merci, docteur, de m'avoir accordé ces quelques instants.

« Bon Dieu, pensa Quémeneur, elle aussi alors… Ainsi tous deux s'y étaient préparés… La fidélité, par amour, fierté, devoir, dans la mort ! ».

Le major frissonna.

*

* *

*Gendarmerie de Quimper, 18 h 50.*

Fragès, assis derrière son bureau, n'était pas de très bonne humeur. Il avait l'impression désagréable que son enquête lui échappait. Après avoir serré de près ses tueurs, voilà que ceux-ci s'évanouissaient dans la nature. Il ne s'expliquait pas comment ils avaient pu opérer… Le général Alonso de Lopez n'était pas homme à avancer une affirmation non étayée, alors ? Le crayon à la main, il se livra à son calepin :

« *OK*, raisonna-t-il. *Il m'est assuré que Legard et Rolland ont été enregistrés, sont bien passés en salle d'attente et ont été contrôlés à l'embarquement à Barajas*… Ils sont dans l'avion… Ils débarquent à Orly… Et là, surprise, personne ne les intercepte… Bon, voyons. Je me mets à la place d'un des gendarmes de surveillance, je recherche des personnes, qu'est-ce que je fais avant tout mouvement ? Qu'est-ce que je vais regarder d'emblée chez des passagers débarquant, sinon de facto leur bouille ? Et, en cas de doute, je vérifierai leur identité ! Mais après seulement… Ouais, c'est peut-être ça l'explication. Legard et Rolland n'ont pas été inquiétés à Orly, parce qu'ils n'ont pas été reconnus physiquement… Ce qui impliquerait qu'ils étaient méconnaissables ou… qu'ils n'ont pas pris ce vol en partance pour Paris, ni probablement aucun vol vers la France, et*

*Aéroport international de Madrid.

*qu'il y a eu alors, dans ce cas, substitution d'identité et de personne au départ de Barajas.*

*Il a été affirmé à la gendarmerie espagnole que les gaillards s'étaient bien envolés vers Paris, parce qu'ils figuraient bien sur la liste des passagers enregistrés et contrôlés au départ ! Informations d'hôtesses ! Sans reconnaissance visuelle !* »

Fragès se leva de son bureau et se dégourdit les membres. L'inactivité physique lui pesait. Son plaisir, la piscine. Bon nageur, il parcourait deux séries de trente longueurs de bassin en entraînement, adoptant un rythme respiratoire de crawl de trois, cinq, six, sept temps ! « Il me faut faire diligence pour y aller plus régulièrement, je m'empâte », constata-t-il.

La pluie avait cessé et le vent du nord faibli. Par la fenêtre donnant sur la cour intérieure, il put voir sous l'éclairage des réverbères l'ordonnancement parfait des véhicules de son groupement. L'ordre, la discipline régnaient. Il regagna son bureau et s'absorba dans ses réflexions :

« Hum, s'il y a eu substitution de personnes, cela signifierait que l'action a été organisée d'avance… Rolland et Legard sont des exécutants lambda, ce n'est pas de leur ressort de trouver deux personnes, moyennant une forte somme certainement, pour jouer ce mauvais jeu, et de leur réserver un vol aller retour (?) Madrid Paris sur AF… Je ne serais alors pas surpris que Martini et Duponti soient les initiateurs de cette putain de farce ! Questions :

- La réservation du vol a été retenue quand ?

- Le retour des faux Rolland et Legard a-t-il été prévu, si oui, quand ?

- Où sont passés mes deux tueurs ? »

Fragès reposa son stylo et se massa les jambes…

« Merde, il me faut savoir ce qui s'est réellement passé à Madrid… Et là, je n'ai pas le choix que d'y retourner… à moins que… » Il regarda sa montre : 19 h 10. « Je vais appeler Lang. »

*

Une, deux, trois, quatre, cinq sonneries… Il allait raccrocher quand, in extremis, il entendit une voix, le maître d'hôtel, interroger :

— Oui ?

Fragès se présenta et demanda à parler au colonel Lang.

Quelques secondes et :

— Salut et fraternité, citoyen commandant. Quel bon vent t'amène ?

En quelques mots, Fragès porta à sa connaissance la disparition inexpliquée de Rolland et de Legard, lui fit part de ses observations et de son intention de se rendre à Madrid pour débrouiller cette dérobade.

Lang temporisa :

— Hon, hon, pourquoi pas, en effet… Mais, tu sais, de La Torre et moi-même pouvons très bien œuvrer, accorde-nous 96 heures et nous saurons te dire si tes spadassins ont pris un avion et pour quelle destination. Qu'est-ce que t'en dis ?

Jacques Fragès, intérieurement, était satisfait par la proposition de son ami. Il savait de toute manière qu'il lui aurait fallu composer avec ses collègues espagnols pour conduire son enquête, alors…

— OK, Roger, ça me va mais à une condition, si tu veux bien. C'est que tu me fais le point de tes recherches tous les soirs ! J'ai besoin de savoir au quotidien.

Lang ne fut pas étonné. Ils se fixèrent rendez-vous pour le lendemain à 19 heures.

# XI

*Quimper, mardi 16 février.*

Vers les trois heures, le vent du nord avait forci dégageant le ciel de toute nuée. Un temps ensoleillé, froid et sec, s'installait sur la région.

Fragès bâilla de sommeil. Il avait passé une nuit agitée, peuplée de rêves bizarres où il se trouvait courant, homme sandwich, promenant les portraits de Rolland et de Legard dans les aéroports ou, les brandissant, les écrasait sur la tête des hôtesses de l'air et des stewards ! ou encore, en compagnie de Ghislaine d'Annalis, il cheminait dans un désert de sable, puis suivait le lit aride d'un oued, à la recherche d'un point d'eau pour finalement se retrouver à flanc de montagne, massacrant les deux tueurs qui retenaient la consule prisonnière…

Les œufs et la tranche de lard avalés, une dernière tasse de thé absorbée, une douche vivifiante prise, Fragès quittait son domicile. Il monta dans son Audi A4 et se dirigea vers son lieu de travail.

*

Il déboucha de la rue du préfet Collignon pour se noyer dans le flot des voitures longeant le quai de l'Odet. Il maugréait intérieurement, troublé par ces cauchemars. « Bon sang, quelle nuit ! Que c'est étrange ! »

*

Le temps de tomber la gabardine et de déposer sa serviette dans son bureau, il se rendit au PC opérations. Paré l'attendait. À la mine fatiguée de son chef, il ne put réprimer sa surprise :

— Hou ! là ! La nuit aurait été, comme qui dirait, mouvementée, commandant ?

Fragès souffla et écarta de la main les sous-entendus de son major. Il demanda qu'on lui serve un café. Une femme gendarme le lui apporta. Il prit le temps de le boire. Le liquide ingurgité, il réclama une autre tasse.

— Paré, n'allez pas imaginer je ne sais quoi. Non, j'ai tout simplement passé une nuit en dents de scie : Cauchemar, éveil, cauchemar… Mais vous, vous me paraissez, je dirais, un tantinet guilleret.

La lueur narquoise du regard piqua sa curiosité. Il ajouta, jouant de la réciprocité :

— Hum, major, il y aurait, comme qui dirait, du nouveau ?

Touché, le major sourit et pour toute réponse, tendit un document. Fragès posa sa tasse de café sur un bureau et le prit. Il avait trait au rapport du major Quémeneur. La lettre du 25.01.99 d'Isabelle Morvan figurait en pièce jointe.

*

Quand il en eut fini la lecture, son visage s'était réveillé. Il était transformé. La pugnacité de l'officier avait effacé les stigmates de la nuit.

— Hum, vraiment intéressant ce rapport, Paré. Un bon travail qu'a fait votre ami. Félicitations ! Nous avons ici la preuve que le kidnapping d'Isabelle Morvan n'est pas une affaire de rançon mais bel et bien une action spécifique pour avoir la main mise sur Christian Herlanic. Ce que nous supposions d'ailleurs…

— Oui. Maintenant, il reste à savoir ce qu'ils recherchaient. Et s'ils l'ont obtenu. Parce que, en lisant la lettre de sa concubine, il n'était absolument pas question qu'il cédât à leur chantage. Et, apparemment, en cas de nécessité, Herlanic n'avait pas exclu de se supprimer, c'est dire sa détermination ! Ici, je serai d'ailleurs enclin à penser que ça avait un lien direct avec son métier et que ça devait être fichtrement important pour que…

Fragès l'interrompit, un peu irrité par sa façon ramassée et elliptique de s'exprimer :

— Tst, tst, tst, attendez. Vous faites allusion au flacon de droleptan et peut-être aussi à l'interprétation de la citation latine, plutôt la mort que la souillure hein ?

Surpris, tant cela allait de soi, le major insista :

— Oui, et ça me semble bien être le cas ici, non ?

Fragès prit une gorgée de café, fit la grimace. « Ha ! il est déjà bien tiède ! » Il se fit servir une troisième tasse et reprit :

— Oui, apparemment... Mais, regardez. Le dernier courrier d'Isabelle Morvan date du 25 janvier... Eh bien au moment où Herlanic en prend connaissance, son amie est toujours libre... Ce n'est que le 31 janvier, Quémeneur le souligne dans son rapport, que Herlanic présentera un comportement étrange, inexpliqué... Et pour cause, il apprend que son amie est entre les mains de ses maîtres chanteurs... Ce qui est tout à fait cohérent avec ce que nous ont déclaré les villageois de Roquinar'ch quand ils nous disent que Rolland et Legard se sont installés chez eux la veille, le 30... Alors, à présent, dites-moi, si son action, si moche fût-elle, pouvait sauver la femme qui était tout pour lui, ne croyez-vous pas qu'il aurait pu alors être tenté de se soumettre, quitte à se donner la mort après ?

— Ah ! peut-être, mais cela signifierait alors qu'à Las Palmas, il n'aurait toujours pas agi ! Et pourtant, me direz-vous, ils l'ont quand même éliminé ! C'est bizarre quand même.

— Non, Paré, cela ne le dédouane pas totalement. Il aurait pu agir. Et au dernier moment, après avoir fait ce qui lui était demandé, il aurait très bien pu reculer de passer de vie à trépas... Se donner la mort, et ici en toute lucidité, n'est pas si facile que ça. Et vous le savez bien ! Des exemples de gens qui se sont dérobés au moment ultime, nous en avons beaucoup dans nos dossiers ! Mais qu'il ait succombé ou non, c'est un fait, ils l'ont éliminé. Pourquoi, à votre avis ?

Paré se massa le front. Le regard baissé, fixant un point imaginaire, il avança :

— Eh bien, de deux choses l'une, soit parce qu'ils n'ont plus besoin de ses services, ce qui laisserait supposer alors qu'il a fléchi, soit parce qu'ils redoutent qu'il ne vide son sac en apprenant l'assassinat de son amie.

— Hon, hon, je retiendrai plutôt la deuxième hypothèse… Maintenant ça peut être l'une et l'autre. Du genre, « il a fait ce qu'on lui demandait, on n'a plus besoin de ses services. Qu'on le supprime avant qu'il ne se mette à causer ! »…

Comme se parlant à lui-même, Fragès murmura : « Il est pourtant important que nous le sachions, nom de Zeus… »

Paré qui gambergeait fort releva :

— Ouais. Et tant que nous ne saurons pas ce qu'ils voulaient lui faire faire, nous resterons dans l'expectative… Alors, a-t-il, n'a-t-il pas cédé ? Nous nous mordons la queue mon commandant. Par contre, il y a fort à parier que ce qui lui était demandé, devait être fait à bord !

Fragès n'avait pas écarté non plus cette possibilité, il se souvenait l'avoir notée dans son calepin… « *…être la clé d'accès… et pénétrer son milieu professionnel* ». Ici, avec les conseils appuyés d'Isabelle Morvan, celle-ci, en effet, pouvait bien être retenue…

— Il y a en effet de bonnes raisons de le penser,

major… Mais pour faire quoi à bord ? Forcément quelque chose d'important comme vous le suggériez.

*

Les deux hommes restaient silencieux, pensifs… « Kidnapper, éliminer l'otage, ne pas hésiter à se déplacer aux Canaries pour occire aussi l'ami, c'est du gros calibre qu'il y a là-dessous… » Fragès prit sa tasse de café qu'il vida d'un trait. Il l'apprécia. La maréchale des logis-chef Bernadette Lozachmeur le lui avait servi brûlant.

— À propos, remarqua-t-il, le *Monge* a dû écourter sa mission. Nous n'en connaissons pas les raisons bien sûr… Mais, dites, Paré, et si le fait était conséquent à…

Paré, incrédule, s'exclama :

— Attendez, attendez, vous n'allez pas penser que Herlanic pourrait être à l'origine du ratage de la mission du *Monge* quand même ?

— Hum, non, mais j'avoue que l'idée m'a effleuré… À moins que ça ne relève du secret défense, il serait quand même intéressant de savoir pourquoi elle a foiré… Vous pourriez tâter le terrain près du major Quémeneur… Des fois qu'il aurait eu connaissance d'informations relatives à l'événement… Il a quand même rencontré les autorités du bâtiment, interrogé les proches de Herlanic… Une indiscrétion est possible…

Une moue presque désapprobatrice, mais nullement surpris par la demande, il connaissait son chef et savait qu'il n'aurait de reste d'obtenir le renseignement attendu, il accepta.

*

Ce ne fut pas long. Quémeneur ne savait pas grand chose. Tout au plus, avait-il laissé entendre que des radars étaient tombés en panne au cours du suivi d'un missile balistique… Un feu Saint-Elme, lui avait-on dit au cours d'une conversation informelle, pourrait en être la cause… Il n'avait pas cherché à en savoir davantage. « Tu comprends, Raymond, une histoire comme ça, c'est pas banal, c'est même très rare disent les marins, et ça s'est passé pendant une mission qui relève du secret défense, alors… »

Paré n'insista pas. Il s'apprêtait à rompre, non sans lui avoir transmis au préalable les félicitations de son patron pour la qualité de son rapport, quand il se demanda quelles pouvaient bien être les fonctions confiées à Herlanic.

— Heu, dis-moi Yvon, dans ton rapport, tu écris qu'Herlanic était certifié électronicien et aussi informaticien. Tu précises qu'il avait exercé au… service référentiel me semble-t-il, puis au service antennes télémesure, c'est bien ça, je ne me trompe pas ?

Quémeneur confirma.

— C'est tout à fait ça. Mais où veux-tu en venir ?

— Eh bien, tu pourrais peut-être m'en dire plus, par exemple à quoi ça sert à bord, si c'est capital, le nombre de personnes qui y travaillent, si le travail d'Herlanic présentait une particularité de premier plan…

Au bout du fil, Paré perçut un léger agacement :

— Précise ta pensée, Raymond.

— Ouais, ouais, j'y arrive… Tu vois, je me disais qu'un gars comme ça, pour un peu qu'on “l'obligeât”, aurait eu la possibilité de commettre des actes délictueux au sein de son travail, non ?

— Ah ! Je me doutais bien que c'était à ça que tu pensais, sabotage, hein ? Bien sûr qu'il aurait pu saboter un matériel bien spécifique à la conduite de la mission, comme beaucoup d'autres ! Mais ici, je te l'ai dit, Raymond, ce n'est pas le cas…

Paré n'insista pas.

— OK, Yvon, je te laisse. Ah ! si, pour ma gouverne, un feu Saint-Elme c'est quoi au juste ?

Quémeneur se racla la gorge. Paré devina, au bruit entendu, qu'il compulsait ses notes. « Attends… » Quelques secondes et son compagnon lâcha un « voilà, j'y suis… »

— Eh bien les marins m'ont expliqué que c'est un phénomène atmosphérique qui a lieu dans les nuits orageuses. Imagine un nuage bas fortement électrisé qui passe au-dessus d'un navire, les bouts des mâts élevés, agissant comme autant de pointes, vont se charger de la lueur électrique, qui va suivre les câbles et se diviser quelquefois pour se répandre sur les vergues, où elle va stationner un moment avant de disparaître.

— Ça peut être grave ?

— Extrêmement. Ça peut foutre en l'air tout ce qui

est radioélectrique. Entre autres les radars de détection.

Paré ne savait que penser… Il était à la fois soulagé et déçu. Soulagé parce qu'Herlanic n'était alors pour rien dans l'échec de la mission du bâtiment, déçu parce que les raisons du kidnapping d'Isabelle Morvan n'étaient pas a priori ce qu'il avait supposé. Il avait la désagréable sensation que la situation lui échappait. Et non qu'il doutât de la véracité des propos de son camarade, mais ce feu Saint-Elme le tracassait. « Ce doit être un sacré feu d'artifice, un truc comme ça », s'imaginait-il. Il claqua sa langue puis :

— Mais dis-moi, Yvon, un phénomène comme ça a dû être forcément vu par les marins ?

— Ouais ? Eh bien figure-toi que c'est à quoi j'ai pensé aussi. Mais il m'a été répondu que personne ne se trouvait à l'extérieur à ce moment-là. Et comme le mât du bateau est nettement sur l'arrière, c'est passé inaperçu. De plus, comme un fait exprès, aucune vidéo des caméras de surveillance des ponts et aériens ne présentait la mâture… Hum, à ce sujet, il y a une chose que j'ai quand même trouvée curieuse… Vois-tu, les caméras et le câblage situés dans le mât ont bien enduré les décharges électriques et les images vidéo n'ont pas été perturbées, pourtant c'est un matériel bien plus fragile que celui des radars…

Paré, tout ouïe, hésitait à se prononcer. Ces matériels, il les ignorait. Il avança une timide remarque :

— Disons que c'est un coup de chance. Tu leur en as parlé ?

Apparemment, ce n'était pas l'avis de son compagnon. Il le devinait incrédule.

— Hum, je te sens sceptique.

— Je le suis, Raymond. J'ai idée qu'on s'est un petit peu joué de moi, et ça, ça ne me plaît pas des masses. Mais, bah ! c'est leur problème aux marins, mais qu'ils ne me prennent pas pour un con ! Pour sûr que je le leur ai dit. Et tu sais ce qu'ils m'ont répondu ? « Un coup de chance, major ! » Comme toi, mon vieux ! Tu parles !

Paré souriait. Il se représentait parfaitement la bonne bouille de son ami s'empourprant.

— Tu veux dire qu'ils t'auraient promené en bateau ?

— Ouais, c'est à peu près ça… Enfin, c'est à quoi je pense… Peut-être aussi que je me goure. Mais, encore une fois, dans ce domaine, nous n'avons sans doute pas à en connaître. Secret défense, camarade !

Ils se quittèrent, se promettant de se retrouver un de ces quatre.

*

*   *

*Après-midi.*

Fragès, bien calé dans son fauteuil de bureau, sentait une inquiétude vague l'envahir. Paré venait de le quitter à l'instant. La conversation que son adjoint avait eue avec Quémeneur le déroutait. Que le loupage de la mission du *Monge* ne fût pas dû à un acte destructeur d'un tiers mais tout bêtement à une aigrette lumineuse qui se serait fixée à l'extrémité des vergues et du mât le rendait dubitatif. Il nota :

« *On se serait planté ? Mais, bon sang, quand Isabelle Morvan écrit : « Christian mon chéri, ne cède pas, tu ne dois pas céder… » et « …ne te laisse pas manipuler par ces gens… » que veut-elle dire ? Si je retiens encore l'hypothèse que ce que devait faire Herlanic n'avait rien à voir avec sa profession, que pouvait-il donc bien posséder pour subir un chantage si odieux ? Les recherches engagées sur le train de vie et les biens patrimoniaux du couple sont sans intérêt. Ils vivotaient. Que pouvait-il bien alors représenter pour ces salauds ? Et puis, pourquoi le tourmenter alors qu'il se trouvait en mer ? Où il leur échappait physiquement ? Hum, oui, mais pas moralement… Et c'est peut-être pire de se trouver dans l'incapacité de réagir autrement que par… la soumission.*

*Non, pour autant, cette hypothèse ne me satisfait pas. Herlanic possédait une valeur incontestée, celle d'un technicien supérieur de premier brin. La réponse se trouverait alors à bord. Et il existerait un corrélat entre tous ces événements. Il a agi, mais en quoi faisant ? Indubitablement de manière très discrète puisqu'il était libre de tous mouvements à l'escale de Las Palmas.*

*Cette fin de lettre, « Malo mori quam foedari », n'a-t-elle pas été un élément détonateur chez ce malheureux tiraillé entre la résignation pour sauver Isabelle et la révolte ? Refuser, ils la tuent. Accepter, c'est elle qui se supprime...*

*Il serait opportun de rencontrer le commandant du* Monge, *de l'entretenir de "l'affaire IM". Lui proposer de nous rencontrer à bord ou à la gendarmerie de l'Harteloire ?*

*"Affaire IM" singulière. Mon domaine d'action ne va-t-il pas être limité ? Je ne souhaiterais pas qu'elle m'échappe. Appeler le général Hautière.* »

Il posa son stylo et tendit ses membres à l'extrême. Il ne put retenir un bâillement. La montre de bureau affichait 17 h 07. « Et si j'appelais le *Monge* maintenant ? »

Il consulta l'annuaire téléphonique et composa le numéro du standard du bâtiment. Quelques instants d'attente, et il se trouvait en ligne avec le capitaine de vaisseau Baillec.

Fragès lui expliqua le pourquoi de son appel. Rendez-vous fut pris le lendemain 11 heures à bord. Il ne refusa pas l'aimable invitation de Baillec de l'avoir à sa table pour déjeuner.

# XII

*Mercredi 17 février.*

L'entretien Baillec/Fragès s'était avéré intéressant. D'emblée, les deux hommes s'étaient appréciés. Le visage ouvert, radieux et résolu, l'uniforme impeccable du gendarme avaient plu au marin. Celui-ci n'avait pu masquer son étonnement en lui tendant la main. Celles de son visiteur étaient terribles. Il n'avait pas souvenance d'en avoir rencontré de si fortes. Il le jugea redoutable.

Fragès n'était pas à proprement parler un familier des marins, mais il avait eu, au cours d'une enquête difficile, besoin de leurs services*. Il ne manqua pas de le dire à son vis-à-vis, en précisant sans fadeur l'importance capitale de leur action…

Baillec, d'abord assez froid, sourit, attentionné :

— Eh bien, commandant, si nous pouvons une nouvelle fois vous être d'une quelconque utilité, sachez que nous ferons diligence, dans la mesure de nos moyens, pour y répondre.

---

*Voir « *l'Occise des Landes* » dans la même collection.

Fragès le mit au courant de son enquête. Il lui fit part de ses réflexions :

— Dans tout ça, commandant, Herlanic est, ou était, je ne m'explique pas autrement les faits et crimes de ces canailles, le bras nécessaire pour exécuter une action importante et nuisible à votre bâtiment. Maintenant l'a-t-il commise ? Vous seul pouvez me le dire.

Baillec scrutait son interlocuteur. Il y lisait l'honnêteté, la droiture. Il interrogea :

— Dites-moi, commandant, ce souhait de me rencontrer résulte, il me paraît, d'une démarche personnelle. En avez-vous fait part à quiconque ?

— Non pas. Je vous avouerai que j'avais songé un moment à informer un de mes supérieurs, le général Hautière.

— Ah ? Et qui se trouve à quelle direction ?

— À la DST*.

Baillec ne réagit pas. Intérieurement ce qu'il apprenait pouvait parfaitement s'ancrer dans son scénario « sous-marin lanceur de LAD ». Une personne à bord aurait communiqué au sous-marin tous les renseignements nécessaires à sa mission ! Que celui-ci fût aussi renseigné à partir de la terre, ne devait pas pour autant être écarté. Il savait, vu l'étendue de l'Atlantique, qu'un sous-marin avait besoin d'être guidé pour mener son interception, qu'en conséquence il recevait régulièrement la position dégrossie de son

*DST : Direction de la Surveillance du Territoire.

objectif… « Ainsi j'aurais eu une taupe à bord, voilà qui est intéressant… Pourtant ce n'est pas si facile que ça, crénom… Le sous-marin et l'émetteur doivent être parfaitement en phase, des périodes de vacations définies… Ce qui commande à la taupe de devoir s'isoler à coup sûr pendant ces moments-là… »

Il chercha sa boîte de cigares. Il en proposa à Fragès qui déclina l'offre.

Il l'humecta à souhait, l'alluma et aspira aussitôt la fumée qu'il relâcha par la bouche. Une fumée bleu pâle, douce, agréable, inonda très vite la pièce.

— Hum, je souhaite, commandant, que notre entretien reste strictement confidentiel… Je ne sais pas répondre à votre question, mais ce que je peux vous dire c'est que les événements vécus me feraient avancer qu'il aurait pu agir… Oui, c'est ça, il aurait pu agir. C'est tout.

— Hum, mais le feu Saint-Elme ?

Baillec chassa cette explication d'un revers de main et, avec mesure, renseigna le gendarme.

Il était un peu plus de 14 heures quand Fragès quittait le *Monge*. Baillec l'accompagna à la coupée.

Au moment où il s'apprêtait à franchir le bord, Baillec lui glissa :

— Je ne saurais vous dire pourquoi, mais il me semble que vous avez vu juste. Vous savez, un bateau comme le *Monge* est vulnérable, surtout si l'adversaire use de moyens que nous ne pouvons que vomir… La voix à peine perceptible, grave, le regard tendu, il martela : Chopez-les Fragès, écrasez-les… avant qu'ils ne recommencent.

*

De retour à Quimper, il se retira dans son bureau et consigna ses états d'âme.

« *Entrevue avec capitaine de vaisseau Baillec a été payante. Ses propos sibyllins me confortent dans mon interprétation des faits. Il me paraît évident que la cause de l'échec de la mission n'est pas un feu Saint-Elme, mais un acte malveillant commis par Herlanic. Il a opéré. C'est bien fâcheux de ne pas savoir quoi, ni comment.*

*Pourquoi ces propos inquiets en se quittant ? Baillec paraît ne pas être à l'abri d'une nouvelle action hostile à bord. Il m'a parlé de ses prochaines missions dont deux majeures en juin, une mission civile et une mission de développement d'un nouveau missile balistique. Très importantes selon lui. Craindrait-il qu'elles puissent, elles aussi, être sabotées ? Et par qui cette fois ? Une opération similaire pourrait-elle être rejouée ?*

*Si telle est son angoisse, ce n'est plus uniquement l'outil militaire qui est visé, mais les capacités en général des moyens de mesures et d'essais du* Monge *! Non, je me disperse. Le* Monge *est un outil de la Défense. Et ce sentiment d'appréhension d'une nouvelle menace doit concerner la mission militaire…*

*Si cela est, l'affaire IM risque de m'être retirée. Contacter Hautière dès nouveaux éléments.* »

*
* *

*Quimper 19 h 00.*

Fragès sirotait une Britt. Confortablement assis dans un des crapauds de son mini salon, il attendait.

La veille au soir, Lang l'avait appelé pour lui dire que les recherches de Rolland et de Legard étaient en cours et que leur collègue La Torre s'était juré de retrouver leurs traces rapidement. Pour ce faire il n'avait pas lésiné sur les moyens. Pas moins de vingt binômes enquêtaient à *Barajas,* dans les agences de voyage, les hôtels, près des chauffeurs de taxis, etc.

Son téléphone sonna. Il regarda l'heure, sa montre affichait 19 heures. Il décrocha, c'était Lang.

— Salut et fraternité, Roger. J'apprécie ta ponctualité. Tu es pile à l'heure mon colonel. Tu aurais du nouveau ?

— Hon, hon. Je pense que ça va te requinquer.

— Je t'écoute.

— Tes deux nettoyeurs ne se sont pas envolés vers Paris. Effectivement, il y a bien un Rolland et un Legard qui ont pris le premier vol en partance vers la capitale le 11 février, mais qui ne ressemblent aucunement à nos gaziers. Ce qui nous a fourvoyés est que les services de police et de gendarmerie à l'aéroport de *Barajas* ne possédaient pas, le matin du 11, leurs portraits-robots. C'est vraiment un manque de bol, Jacques, parce qu'ils les recevaient quelques heures après.

Fragès accusa le coup. Un peu acerbe, il remarqua :

— Quel doux euphémisme... Ici, nous les avions le 10. Tu m'excuseras, mais ce n'est pas à toi que je vais rappeler qu'à Europol, nous sommes tous en réseaux câblés. Il n'y a donc aucune raison pour que les forces de l'ordre de l'aéroport de Madrid ne les aient pas reçus ce même jour.

Il se retint d'ajouter, « comme toi à l'ambassade peut-être ».

— Ouais, ouais, Jacques, mais les faits sont là. Donc, comme ces noms figuraient sur la liste d'embarquement du vol AF du matin, nos collègues espagnols ont conclu que nos tueurs s'étaient bien envolés pour Paris. Un détail à ne pas négliger, leurs billets d'avion avaient été réservés le samedi 6 février dans une agence de voyages de la compagnie Ibéria à Madrid... Ce qui présumerait que tes assassins auraient un soutien logistique ici.

Fragès percuta :

— Présence possible de Duponti et de Martini à Madrid ?

— Oui, c'est bien probable Roger. Mais les deux gugusses qui ont accepté de s'envoler sous des fausses identités, que sont-ils devenus ?

— Ah ! Eh bien mon vieux, ils possédaient chacun

un billet aller. C'est plus simple comme ça, tu penses. Va les retrouver maintenant !

— Évidemment. Mais, mes deux tueurs alors ? Ils sont quand même bien quelque part !

— J'y arrive. Les sbires de La Torre ont sacrément bien œuvré. Je te le disais à l'instant, les hôtels, restaurants, agences de voyages, de location de voitures ont été visités, les chauffeurs de taxis et de bus interrogés. Tout *Barajas* a été passé au peigne fin. Pas une hôtesse, pas un employé n'a échappé à leurs questions et les portraits-robots de tes clients présentés. Et c'est comme ça qu'ils sont tombés sur une employée de Royal Air Maroc qui a reconnu aussitôt le dénommé Legard. Il paraîtrait qu'il a un regard étonnant. La jeune femme en était encore toute remuée, camarade.

Fragès confirma cette particularité chez Legard.

— C'est notre homme, Roger. L'expression de ses yeux, la manière de regarder les personnes le trahissent. Cela nous a été aussi signalé... Un véritable handicap qu'il porte... Et qu'est-ce qu'elle t'a dit de plus cette jeune pâmée ?

— Tout bonnement qu'ils se sont envolés vers le Maroc le 11 février au matin. Destination Casablanca. Ici aussi leurs billets de réservation avaient été pris à l'avance.

— Ben voyons. Pourquoi faire simple quand on peut faire compliqué, hein ! Putain, Roger, ils se jouent de nous ces mecs. Voilà donc six jours qu'ils sont chez Hassan II ! Enfin peut-être, parce que rien ne nous dit qu'ils se sont installés là-bas ! Hon, hon, visiblement, ils sont bien organisés. Mais nous ne sommes pas sans ressources non plus. Et s'il le faut j'irai aux antipodes, mais, nom de Zeus, crois-moi, je les aurai.

Lang connaissait bien Fragès et il devinait sous ces propos une hargne retenue, une rage de les appréhender.

— Je le sais, Jacques. Mais je ne t'ai pas encore tout dit. Sache que les hôtesses de Royal Air Maroc ont également identifié les sieurs Martini et Duponti embarquant sur le même avion. Alors…

Lang ne put continuer. La nouvelle était de taille :

— Quoi ? Tu as bien dit Martini et Duponti ?

— Oui, c'est bien ça. Alors pour te préparer le terrain chez les Marocains, j'ai communiqué le dossier de tes clients à nos collègues de la coopération en place à Casablanca. Mon homologue là-bas est le lieutenant-colonel Michel. Tu connais ?

Non, Fragès ne le connaissait pas, mais il savait pouvoir tabler sur son aide pour retrouver les assassins d'Isabelle Morvan et de Christian Herlanic. Fragès bouillait d'en découdre. La mâchoire et les poings serrés, des pensées meurtrières le gagnaient.

Dans la foulée de la conversation avec Lang, Fragès appelait le juge d'instruction pour qu'il lui délivre au plus vite une commission rogatoire internationale pour se rendre au Maroc.

Il se renseigna sur les vols. Air France assurait un vol quotidien vers Casablanca.

« Parfait, se dit-il. Si le juge fait diligence, je peux espérer être sur place la semaine prochaine. Hum, il serait peut-être utile de m'adjoindre un arabophone… Quoique le français est aussi usité dans ce pays et il m'étonnerait qu'il y en ait un dans la compagnie. »

# XIII

*Casablanca, mercredi 24 février.*

Fragès, de son hublot apercevait la jetée Moulay-Youssef, longue de 3 180 mètres, et la splendeur monumentale de la Grande Mosquée Hassan II. Construite entre terre et mer, son immense minaret qui culmine à 200 mètres, indique, grâce à un rayon laser visible à 35 kilomètres à la ronde, la direction de La Mecque la nuit. Il devina, plus loin, le phare d'El-Hank construit sur la pointe rocheuse de l'entrée ouest du port.

Il se souvenait quand il était venu au Maroc pour la première fois. Il était à l'époque parachutiste à la 11 DP*. Un exercice combiné avec les troupes aéroportées marocaines lui avait permis de découvrir en partie le Moyen Atlas. A l'issue des opérations, un quartier libre de deux jours leur avait été accordé dans la "Maison de la Blanche"** avant de rejoindre

---

*Division Parachutiste.

**Anciennement *Anfa*, la cité adopte le nom arabe *Dar el Beîda* (Maison de la Blanche) pour marquer sa conversion à l'islam. La légende veut que ce nom ait été attribué à la ville en souvenir du patron des pêcheurs *Allah el-Kairouani* et de sa fille *Lalla Beîda* (la princesse blanche). C'est à partir de 1781, lorsque Mohammed III autorisa l'exportation du blé par une compagnie maritime espagnole, que l'appellation espagnole Casa Blanca (Maison Blanche) se répand.

leur casernement de Pau. Un léger mouvement de la bouche et des yeux trahirent les pensées de l'officier. Des moments savoureux en compagnie de camarades hauts en couleur remontaient à la surface.

*

L'airbus A320 se posa avec douceur sur l'aéroport Mohammed V. De la litanie du commandant de bord précédant l'atterrissage, il avait retenu que le temps était ensoleillé et que la température extérieure était de 14°C. Apparemment, son voisin de siège aussi :

— Ça va nous changer de notre grisaille bretonne, mon commandant. C'est un vrai printemps armoricain qu'il fait ici.

Fragès regarda sa montre, elle indiquait 11 h 40. Leur voyage avait duré trois heures. Il la régla à l'heure GMT, heure légale au Maroc, pour afficher 10 h 40.

*

Les deux hommes furent pris en main par le lieutenant-colonel Michel et son homologue marocain, le lieutenant-colonel Ben Youssef, aussitôt franchi le sas de sortie de l'avion. Sur le parking réservé officiel, une Jeep Cherokee conduite par un jeune gendarme les attendait. Ils montèrent à bord.

*

Il ne leur fallut pas moins de cinquante minutes pour parcourir les 34 kilomètres séparant l'aéroport Mohammed V du centre ville de Casablanca. L'attitude irresponsable des conducteurs qui ne respectent pas les stops, ne préviennent pas quand ils changent de direction, n'observent pas la ligne jaune, doublent n'importe où et n'importe comment, s'arrêtent sans prévenir, ou des voitures qui démarrent au moment où vous arrivez à leur hauteur, l'insouciance des gens qui traversent la route sans regarder, obligeaient le chauffeur à faire preuve d'une vigilance totale, à jouer de l'avertisseur, à faire face à l'imprévisible.

Fragès et Auffret, abasourdis, se demandaient comment tous ces chauffards avaient pu obtenir leur permis de conduire ! Quoique au pays du bakchich…

Ben Youssef, la mine écœurée, se tourna vers ses hôtes :

— Je devine que vous devez penser que nous avons une conduite suicidaire, vous n'avez pas tort ! Mais ceci est encore gérable, il fait jour ! Voyez notre chauffeur qui fait preuve de dextérité et de calme olympien… Il en va autrement la nuit. Les conducteurs n'allument pas tous leurs feux, pas plus d'ailleurs que les cyclistes… Un fait qui perdure, car il y a quelque temps la grande mode était de rouler à bicyclette sans lanterne… Et c'est fou ce qu'on peut aimer la mode ici ! À l'époque, les salles des urgences des hôpitaux ne désemplissaient pas ! Ajoutez à ça les charrettes ou les animaux, ou encore les pirates de la route… Aujourd'hui, nous connaissons toutefois une nette amélioration depuis que les forces de police et de gendarmerie ont multiplié les contrôles sur routes et dans les villes…

« Nom de Zeus ! jura Fragès en son for intérieur, qu'est ce que cela devait être alors, parce que comme gymkhana il est difficile de faire mieux ! ».

Un ange passa, furieux, chargé de procès-verbaux.

*

Porte ouverte sur l'océan, capitale industrielle et économique du Maroc, Casablanca est une grande ville moderne qui a su préserver le charme exquis du beau pays auquel elle appartient. Plus peut-être que toutes les autres grandes villes de cette partie du Maghreb, Casablanca est la ville des contrastes où buildings modernes et constructions traditionnelles s'imbriquent, l'opulence affichée des uns et le modeste mode de vie des autres se côtoient, les traditions ancestrales et le dynamisme industrieux des hommes s'entremêlent, les costumes chics, les lunettes de soleil des couturiers, les hauts talons et minijupes effleurent les robes gracieuses des anciennes *djellabas* et les *burnous*.

La Jeep Cherokee remonta l'avenue Hassan II, prit le boulevard Mohammed V et s'arrêta au pied d'un immeuble cossu.

Richement décoré de belvédères, de colonnes, de balcons, de zelliges, de stucs, de ferronneries et de coupoles portant au sommet des lanternons, l'extérieur des bâtiments bordant la rue présente beaucoup de charme. D'inspiration européenne et orientale, ces immeubles furent construits dans les années 1930.

En descendant du véhicule, Fragès s'attarda pour

contempler les innombrables fragments de faïence qui décoraient les façades.

Michel le renseigna :

— L'art du zellige, Fragès. Bel ouvrage, n'est-ce pas… Vous remarquerez que les fragments de faïence sont de couleurs et de formes distinctes. Ils sont assemblés selon un schéma réalisé par le *maalem*, le maître d'œuvre, pour former une composition qui réponde à des règles bien strictes de construction. À chaque forme de zellige correspondent une couleur et un nom spécifiques…

— Vraiment remarquables ces décors… et qui ont dû certainement exiger beaucoup de patience…

— Oh, que oui ! Mais, à mon avis, ce ne sont pas ces formes géométriques, ces dessins qui sont le plus difficile à réaliser, non, c'est la taille des fragments… Le tailleur de zelliges, voyez-vous, est assis, les bras en appui sur les genoux. Il tient dans la main la marteline* et d'un mouvement continu et précis, il détache le fragment dessiné au préalable sur le carreau émaillé. Et ici, les heures sont élastiques…

Fragès hocha la tête, compatissant.

— Mais, venez, Ben Youssef et Auffret nous attendent. Ah ! si, pour votre culture, à quelques pas d'ici, sur ce même boulevard, se trouve la Brasserie du Petit Poucet. Sur les murs du lieu sont encore affichées des lettres illustrées de Saint-Ex.

---

*Lourd marteau aiguisé sur les deux faces.

Michel s'effaça pour les laisser entrer dans son appartement, vaste, aux nombreuses pièces ; il les conduisit dans le salon. Le sol était recouvert de trois beaux tapis au velours ras, à la texture fine qui plurent aussitôt à Fragès. Au centre, des médaillons en losange pour l'un, octogonaux et cruciformes respectivement pour les deuxième et troisième se découpaient sur des champs rouges et or couverts de motifs compliqués. Un meuble bas, ajouré, semblable à une commode, une table basse sur laquelle trônait un grand et lourd plateau en cuivre repoussé, des coussins et des nattes complétaient le mobilier. Un plafond haut supportait un lustre en cuivre auquel avait été incorporé du verre de couleur.

Michel les invita à s'asseoir. En exorde, il tint à prévenir ses compatriotes que le monde musulman était en période de ramadan, que de ce fait leur ami ne déjeunerait pas avec eux.

— Pendant le ramadan, rappela-t-il, les musulmans s'astreignent à l'abstinence entre le lever et le coucher du soleil. Pas de nourriture, pas de boisson, pas de tabac, pas de sexe, n'est-ce pas, Allal…

L'intéressé confirma.

Machinalement, Auffret regarda sa montre, 12 h 04. « J'aurais bien apprécié une bière quand même », déplora-t-il en lui-même. Sentiment, sans nul doute, partagé par son chef…

— Bon, ceci étant posé, continua Michel, parlons de ce qui nous réunit. Vous savez, Fragès, que Lang m'a mis au courant de l'enquête que vous menez. Il m'a appelé il y a une semaine pour nous informer que les tueurs que vous recherchez étaient arrivés ici le 11 février. Dans la foulée, il me faxait les tronches des mecs que j'ai aussitôt transmises à notre ami Allal, pour diffusion aux forces de l'ordre.

Le lieutenant-colonel Allal Ben Youssef relaya le Français :

— Ce qui a été aussitôt fait... Commandant, nous ne sommes pas aussi bien équipés que vous mais, lorsqu'il s'agit de rechercher une personne, nous pouvons compter sur une multitude de gens. Au moment où je vous parle, c'est toute une armée de l'ombre qui recherche vos spadassins. Quoique la période du ramadan ne soit guère favorable, soyez certain que s'ils se sont réfugiés chez nous, nous les retrouverons.

Les deux Bretons ne demandaient qu'à le croire. « Mais, pensaient-ils, pour pouvoir les dépister, il faut pouvoir les reconnaître... » Fragès craignait le pire. « Pourvu, souhaita-t-il, qu'il n'ait pas remis les portraits aux médias ! » Son visage avait dû le trahir, car Michel lui adressa une mimique appuyée, doublée d'un signe du pouce lui signifiant que tout était OK, qu'il pouvait être rassuré.

Têtu, Fragès tint pourtant à ce qu'on le lui dise :

— Votre “armée de l'ombre”, mon colonel, qui est-elle ?

Ben Youssef ne se fit pas prier.

— Bien sûr. Ici, commandant, la police, la gendarmerie, les forces armées sont, comment dire… sont une grande famille… Nous ne sommes pas nombreux et nous, les officiers supérieurs, nous nous connaissons tous. De plus, bon nombre d'entre nous sont apparentés. Tout naturellement nous nous entraidons si besoin est. Tous les commandants de garnisons, les chefs de la police, la gendarmerie bien sûr, les douanes, ont reçu personnellement les portraits de vos tueurs… Je sais que notre sécurité militaire, les indics, ont été missionnés pour les retrouver… Le pays est ainsi parfaitement quadrillé. Une cellule particulière a été activée à l'état-major général des forces royales où les gendarmes français de la coopération sont présents. La consigne donnée par le lieutenant-colonel Michel est simple, les débusquer et les marquer.

Michel souligna :

— Oui, cette consigne émane de Lang, Fragès. Surtout, m'a-t-il prévenu, ne pas agir sans votre ordre.

Fragès souffla, rassuré par les mesures prises. Lang l'avait bien aidé. Il ne doutait plus de l'efficacité opérationnelle de cette armée de l'ombre. Il savait qu'il n'y avait pas un hôtel, pas un quartier, pas une rue dans ce pays qui n'ait un indic…

— Ça fait du monde tout ça, mais attention, prévint-il, les personnes en question ne sont pas des enfants de chœur. Il ne faut absolument pas qu'elles sachent qu'elles sont recherchées, car à la moindre alerte, au moindre faux pas de votre part, elles risquent de vous échapper. Surtout qu'elles bénéficient d'une logistique solide qui a de la ressource. Donc, prudence. Autre point important, il est nécessaire que les médias n'aient pas vent de vos investigations…

— L'organisation qui les emploie me semble bien structurée et hiérarchisée. Legard et Rolland, sont des exécutants, du menu fretin. Martini et Duponti appartiennent à l'échelon supérieur. Il est probable que s'ils ont retenu l'hôtel comme refuge, ils ne soient pas dans le même établissement. Mais je ne serais pas étonné qu'ils aient été récupérés par un membre de leur organisation… Les propriétés plutôt isolées, perdues dans la nature, seraient, à mon avis, à cibler en priorité… Et comme…

Mais Fragès ne put continuer. Michel, grimaçant, quittait son pouf précipitamment. Un besoin impérieux lui commandait de se dégourdir les jambes. Après une année passée au Maroc, il ne s'était pas fait à cette manière de poser son séant. Cela le fatiguait et au bout de quelques instants, il se levait, sans crier gare, pour prévenir des crampes naissantes. Ses amis marocains le savaient et ne faisaient plus cas de ce manque de convenances. Les trois hommes attendirent que Michel ait enrayé ses contractions douloureuses pour reprendre leur conversation.

— Dites-moi, commandant, posa Ben Youssef, ces hommes apparemment seraient venus au Maroc pour se mettre au vert, donc pour rester quelque temps, n'est-ce pas ?

Fragès abonda, et :

— Pourquoi ?

— Tout simplement, et vous le savez bien, parce qu'il est difficile de maintenir longtemps une surveillance permanente et la plus discrète qui soit sans risquer d'être déjoué.

— Oui, bien sûr, mais cela ne devrait pas être, du moins je l'espère, trop long. Ils sont le bras armé de quelqu'un, d'un organisme que je ne sais pas définir aujourd'hui… Ce que je sais, c'est que je veux les mettre en échec, les écraser. Et pour ça, il me faut pouvoir les surveiller, être au courant de ce qu'ils manigancent, savoir de qui et d'où ils reçoivent leurs instructions, remonter leur filière. Une fois trouvés, ils seront extradés dans la foulée.

Michel ne fit aucun commentaire. Il subodorait une affaire peu commune. Lang ne lui aurait pas tout dit ? « Bah ! après tout, ça regarde Fragès. C'est son enquête. »

Ben Youssef, lui aussi, était pensif. « Mettre les quatre hommes sur écoutes téléphoniques ne me posera pas de difficultés, mais les planquer ? Hum… Il a raison Fragès, il nous faudra être vigilants. »

# XIV

*Brest, 20 mars. Soirée.*

Francine Kervella et Marcel Cornen, sortaient de “Chez Charlot”, le ventre repu, satisfaits de leur choix. Ils avaient hésité entre une viande grillée et un tartare pour finalement opter pour le cru. Qualité remarquable du steak, aromates, condiments, tout était parfait. « Un délice » avait chuchoté Francine.

Serrés l’un contre l’autre, ils longeaient la rue Monge et se dirigeaient vers leur véhicule rangé, un peu plus bas, dans la rue du Château. Un léger pas de danse rythmait leur démarche. C’est qu’ils avaient passablement bu. Un kir, une bouteille de côtes de Beaune et un lambig pour « faire passer » avait dit Marcel, étaient ce qu’ils avaient ingurgité pendant le repas.

Francine se sentait toute chose. Elle se pendit au cou de Marcel et l’embrassa goulûment. Gêné par cette profusion et exhibition de sentiments sur la voie publique, il essaya de se dégager. Mais Francine le serrait au plus près, telle une sangsue, bien décidée à assouvir sa libido. Elle l’entraîna dans un recoin d’immeuble. Marcel ne s’y opposa pas… Sans doute les vertus aphrodisiaques de la purée sanguine de "Chez Charlot"…

*

Leur appétence momentanément satisfaite, ils montèrent dans leur véhicule et se rendirent dans une taverne, rue Algésiras. Une bière, deux bières, trois bières, le couple s'oubliait. Gentiment, la garante de la bonne moralité du lieu, une très belle femme, blonde, leur susurra quelques mots. Apparemment cela avait suffi, Francine et Marcel quittèrent les lieux. Tous deux étaient connus de la ravissante hôtesse. Cela avait suffi.

*

À peine dans la voiture, ils recommencèrent à se peloter. Marcel, peut-être moins abîmé que Francine, se dit qu'ils seraient mieux chez lui que dans la Peugeot 205 à jouer les contorsionnistes. Et puis il avait la vessie qui lui rappelait son existence ! D'ailleurs il allait se soulager quand il réalisa que, à quelque 300 mètres, il y avait l'hôtel de police.

Il stoppa son véhicule devant le perron et descendit suivi de Francine qui, elle aussi, avait grand besoin.

C'était la première fois qu'elle mettait les pieds dans un commissariat. Elle était impressionnée. Les brumes de l'ivresse s'étaient alors quelque peu dissipées. Une réactivité aux policiers en tenue… Elle attendait Marcel qui discutait avec ses camarades. Son regard s'arrêtait sur tout, comme si elle tenait à mémoriser le lieu, les objets, les avis de recherches... Elle fronça les sourcils. Il lui semblait reconnaître un visage. Elle s'approcha. Son sang se glaça en identifiant le dénommé Gilles Legard. Elle appela Marcel.

Elle lui raconta tout - ou presque, ses amours nocturnes ne regardaient qu'elle - l'achat des chaussures, sa rencontre au "Café de l'Epée"...

— Mais tu vois, Marcel, il y a une chose que tu gardes en mémoire une fois que tu l'as rencontré, ce sont ses yeux. Ils sont très expressifs. Ils peuvent être très doux ou froids comme la mort... Ils font peur. Et puis, il y a ce prénom, à moi il m'a dit qu'il s'appelait Guillaume, je crois.

Le policier émergeait, chassant les vapeurs capiteuses de l'alcool :

— Quand tu lui as parlé à "l'Epée", tu te trouvais seule ?

Francine se sentit rougir. Quelques secondes de flottement, et :

— Euh, non, j'étais avec des amis... Pourquoi ?

Marcel hésita. Francine lui avait semblé embarrassée.

— Tu te souviens de la date de cette rencontre ?

La jeune femme n'hésita pas. Malgré tout elle gardait un bon souvenir de cette soirée. Elle broda :

— Oh ! Oui ! C'était le vendredi 5 février. On fêtait l'anniversaire d'un copain. Mais pourquoi toutes ces questions, Marcel ?

Il ne répondit pas. Avec douceur il lui prit la main :

— Viens. Allons chez moi.

*

* *

*Agadir, hôtel Tafouk, soirée du même jour.*

Deux hommes, sensiblement de même taille, le costume mi-saison, cravate, sirotaient un pure single malt whisky au bar de l'hôtel. Ce soir, dérogeant aux directives reçues, ils avaient d'un commun accord décidé de s'encanailler.

Depuis le 11 février, ils séjournaient dans cette région de l'Anti-Atlas marocain. Un séjour à Taroudant, un autre à Tafraoute, aujourd'hui Agadir. Après ? ils ne savaient pas. Ils étaient aux ordres.

Tous les quatre jours, ils recevaient un appel téléphonique leur annonçant un numéro à six chiffres suivi du nom d'un personnage célèbre. À partir de ceux-ci, grâce à une clé, il leur était aisé de connaître le numéro de téléphone de leur correspondant.

Serge présenta sa boîte de mini Davidoff à son équipier qui accepta. Les premières bouffées, tirées puis relâchées lentement, composaient des volutes bleuâtres légères, montantes, aux contours faiblement agités comme une petite houle. Ils prirent leur verre et trinquèrent.

— Hum, vraiment délicieux ce whisky. Qu'est-ce que c'est ?

— Tout à fait d'accord avec toi, une petite merveille… Attends… Garçon, s'il vous plaît ?

— Monsieur ?

— Dites-moi, quel est le whisky que vous nous avez servi ?

Le serveur leur montra une bouteille :

— Un Knockando 14 ans d'âge, monsieur.

— Ah ! très bien. Eh bien resservez-nous cette boisson à la saveur exquise.

Leurs whiskies avalés, un taxi les conduisit au restaurant Darkoum, situé dans l'avenue du général Kettani, non loin de l'hôtel Sud Bahia. Un serveur vêtu d'une djellaba immaculée et coiffé d'un fez rouge les accueillit et les guida à l'intérieur. Tout au fond, un orchestre interprétait une musique arabo-andalouse du compositeur Cheikh Salah.

Admed, le serveur, avait son cœur qui battait la chamade. Son excellente mémoire ne le trompait pas. Les portraits des individus montrés au poste de police et leur description physique collaient parfaitement à ces hommes. Il en était sûr, ceux-là en faisaient partie ! Il parcourut la salle du regard, comme cherchant de l'aide, mais tout le personnel de service était bien occupé. Admed respirait mal et il sentait une fine transpiration se dégager de son corps, il avait peur. Il se rappelait la mise en garde du commissaire, « attention, Admed, ce sont des hommes très dangereux ! » Et ils étaient là, derrière lui ! Il pressa le pas pour rapidement les placer.

Il les fuyait déjà quand Bruno Duponti le rappela :

— Hé ! *min fadlak** !

Il se retourna, le regard apeuré :

— *N'am sidi*** ?

Cela n'échappa pas à ces professionnels du meurtre. Ils connaissaient cette lueur d'effroi, presque plaintive, pour l'avoir déjà perçue dans l'expression des yeux de leurs victimes. Le Marocain s'était métamorphosé en quelques secondes… « C'est en nous voyant, pensaient-ils, c'est évident nous lui faisons peur. » Ils firent comme si rien n'était.

— Apportez-nous un gris de boulâouane bien frais.

— Tout de suite, sidi.

Le Marocain éclipsé, ils se levèrent sans hâte et quittèrent les lieux. Il était 20 h 55***.

De retour à leur hôtel, ils se firent servir un repas dans leur chambre et appelèrent leur correspondant en France.

Dans la nuit, ils furent réveillés par la sonnerie du téléphone :

— OK. Vous avez eu raison. Le mot d'ordre est simple, ne prendre aucun risque. Une voiture vous attendra derrière la résidence Tafouk, sur le boulevard du 20-Août, à trois heures. Ne la faites pas attendre. Laissez à la réception 20 000 dirhams****

---

*Hé ! S'il vous plaît !

**Oui, monsieur ?

***Au Maroc, le dîner dans les hôtels et les restaurants est servi entre 19 heures et 21 heures.

****10 dirhams égal 6 francs français.

ça couvrira largement vos frais et fera taire pendant quelque temps le personnel de l'hôtel. Dès que vous serez à l'abri, nous nous occuperons du serveur du Darkoum. Il nous faut savoir si vous avez vu juste. Vous serez tenus au courant. Maintenant, ne perdez pas de temps, il vous reste quelques minutes pour faire le ménage et vous casser.

Leurs montres indiquaient 02 h 17.

*

Dès qu'il s'était senti à l'abri dans l'arrière-salle, Admed, avait prétexté une urgence et demandé à un maître d'hôtel de porter aux deux clients occupant la table 17 le vin commandé. Il quitta les lieux par la porte de service et s'engouffra dans le premier taxi en attente.

— *Al-bolîs** !

Aux policiers présents, il leur raconta, tout excité, les moments pénibles qu'il venait de vivre. Rencontrer ces deux sbires dans "son" restaurant l'avait affolé et il n'avait pensé qu'à une chose, prévenir le commissaire. Il en rajoutait bien sûr. Il fut félicité néanmoins. Un jeune inspecteur raccompagna Admed au Darkoum. Quelle ne fut pas leur surprise d'apprendre que les personnes en question avaient déjà quitté le restaurant !

— Mais comment est-ce possible, balbutia Admed, ils avaient commandé une bouteille de boulâouane et ils allaient dîner !

*À la police !

L'inspecteur se taisait. Leur indic leur avait, bien malgré lui, donné l'éveil… Il restait les taxis. Les chauffeurs sauraient peut-être… « Sauf si… »

— Dis-moi, Admed, ils sont arrivés comment ici ?

— En taxi, inspecteur.

« Eh bien voilà. Je n'ai plus qu'à interroger ceux qui stationnent à proximité… » Sa montre marquait 22 h 05.

*

* *

*Casablanca, 21 mars, matinée.*

Ben Youssef était fort marri. Voilà plus d'un mois qu'il avait ourdi et tissé sa toile sans qu'elle lui apporte le moindre résultat, et il avait fallu que ce soit un indic pétochard qui reconnaisse Martini et Duponti.

Il avait sous les yeux le rapport du commissariat central d'Agadir. Il relut la deuxième partie, celle ayant trait à l'enquête menée par l'inspecteur Ben Tachfin.

*« - Ma première démarche consista à interroger tous les chauffeurs de taxi travaillant dans le quartier du restaurant Darkoum. Ici, les stations de taxis sont légion, mais les conducteurs se respectent mutuellement et attendent le client dans leur borne réservée. Cela fut alors chose aisée. Une difficulté aurait pu être s'ils avaient hélé un taxi en maraude,*

*utilisé un véhicule de location, mais non. Duponti et Martini ont pris le taxi de tête rangé devant le restaurant.*

*- Retrouver le chauffeur prit beaucoup de temps car il avait quitté son service à 22 heures. Connaître son identité - un certain Mohammed Abbas -, son domicile - pour l'obtenir, il m'a fallu appeler son employeur -, s'y rendre, tout cela m'occupa deux heures. Ce pour apprendre qu'il était parti se restaurer dans sa belle-famille habitant à Oulma, une petite bourgade située à 16 kilomètres d'Agadir.*

*- Le trouvant enfin, il m'informait qu'il avait déposé Duponti et Martini au Sheraton Hôtel. À ma montre, il était 1 h 10.*

*- De retour à Agadir, je me suis rendu à la réception du Sheraton pour apprendre que les deux hommes ne figuraient pas sur la liste de leurs clients. Physiquement inconnus de la maison. Il était alors deux heures passées.*

*- Classique comme procédé mais permettant de gagner du temps en brouillant les recherches.*

*- Je me suis rendu à l'hôtel Miramar, opposé au Sheraton. Sans résultat.*

*- Revenant sur mes pas, je me suis arrêté à l'hôtel Europa Safir puis à l'hôtel Tafouk. C'est dans ce dernier qu'ils sont descendus. Ils figurent sous leur véritable identité. L'horloge de la réception affichait 2 h 47 à mon départ.*

*- Je suis rentré au commissariat non sans avoir*

*mis en garde le portier de l'hôtel de taire mon passage aux sieurs Duponti et Martini.* »

*

Ben Youssef, les bras ballants, le rapport à la main, murmura : « et huit minutes après ton passage, ils se faisaient la malle ! ».

Michel se présentait, il lui remit le rapport, colère :

— Tiens, lis ça. Ton collègue a raison. Ils sont bien soutenus, ces fils de pute !

— Hum, qu'est-ce que ça dit... Ah ! Oui, tu as raison... Mais cette déveine, Allal, nous confirme un fait, les quatre nervis se planquent par binômes, comme le présumait Fragès. Autre renseignement, ils bougent. Duponti et Martini sont arrivés à l'hôtel Tafouk le 18 mars. Après avoir forcément gîté ailleurs... Donnée aussi instructive, le rapport précise qu'ils ont téléphoné en France à 21 h 45 le 20 et qu'ils ont reçu une communication en provenance aussi de la France à 2 h 15 le 21... Cela pourrait se traduire par, premièrement je rends compte de l'événement et je demande des instructions. Deuxièmement je reçois des instructions. Intéressant, non ? Car, vois-tu, à cet instant, il est fort probable qu'ils ne savent pas que les forces de police, de gendarmerie, l'armée, la douane les recherchent...

— Et qu'ils n'ont pas d'informateurs chez nous, extrapola le Marocain.

— Oui, Allal. Mais des complices dans le pays sûrement. Duponti et Martini ont quitté l'hôtel à 2 h 55 et ils n'ont pas pris de taxi, cela suppose qu'ils ont été récupérés à proximité par un complice prévenu depuis la France… Qu'en penses-tu ?

Ben Youssef, les lèvres serrées, le front plissé, fixait un point dans l'espace. Michel avait appris à le connaître, il le savait logique et intuitif. Quelques secondes passèrent, et :

— Un complice ? Oui, certainement. Ces mecs sont assistés et ne sont pas libres de mouvements… Mais cet épisode au restaurant me préoccupe… Notre indic est un poltron. Alors, s'il leur venait à l'idée de le cuisiner, il passerait certainement à table. Ils apprendraient alors que nous les recherchons et que Duponti et Martini ont eu bien du flair en fuyant. Les incidences sont imaginables, les sicaires et leurs complices sont aux abois. Ils se méfient, ils usent de subterfuges, ils se terrent ou ils se tirent… Les rechercher se corserait…

— Tout à fait Allal. Mais ce scénario déplaisant peut être évité. Il suffirait que l'indic prenne des vacances ou soit protégé… Avant tout, il serait, à mon avis, judicieux que les douanes, les postes frontières et aéroports redoublent de vigilance. Ils pourraient en effet ne pas attendre pour fuir le pays.

*

*   *

*Agadir, matinée.*

Au même moment, Admed sortait du commissariat, tranquillisé. Le commissaire Mustapha Nafi allait le protéger. « Jour et nuit, Admed, lui avait-il promis. Et ton domicile placé sous surveillance. Ta famille n'a pas non plus à s'inquiéter. »

Après tout, c'est normal, jugeait-il, il leur avait rendu service. En prime, ils l'avaient bien complimenté ! Non ?

Il prit un "petit taxi"* pour aller au port. Il lui avait été demandé de ramener du poisson à la maison.

Il se fit déposer près des chantiers navals. Rêveur, il s'attarda devant les constructions des bateaux de pêche en eucalyptus. Il huma. Il aimait l'odeur du gommier. Il longea les quais, au milieu d'une foule vêtue, pour la plupart, de djellabas et de caftans blancs, noirs ou bleus. Des européens du nord, aux tenues bariolées, en quête d'exotisme, de dépaysement - soleil, sable chaud, mystères proprets de l'Orient - suivaient avec intérêt l'animation de la foule provoquée par la vente du poisson.

Admed s'approcha et commanda des sardines. À côté, il vit sur un étal des boulettes de ces petits poissons à la sauce tomate pimentée en conserve. Il en prit également, il en raffolait.

— Hum, excusez-moi, monsieur.

*Les « petits taxis » se trouvent uniquement dans les villes. Les « grands taxis », ou taxis collectifs ou encore louages, effectuent les liaisons interurbaines.

Admed fit un bond et faillit laisser choir ses achats. Un inconnu lui avait pratiquement parlé dans le creux de l'oreille !

Il se retourna, en s'écartant, sur la défensive. Mais il vit, lui faisant face, un homme, la quarantaine, blond, de taille moyenne, le visage rond, les yeux malheureux se confondre en excuses pour l'avoir troublé.

— Vraiment, je suis maladroit. Mais, avec tout ce brouhaha, je craignais que vous ne m'eussiez pas entendu. Je cherchais un petit renseignement, c'est tout. Veuillez m'excuser encore.

L'étranger le salua et s'en allait déjà quand Admed le prit par la manche :

— Attends, mon frère, qu'est-ce que tu veux savoir ? Admed peut peut-être t'aider ?

L'homme s'arrêta brièvement, regarda avec bonté Admed avant de reprendre très lentement sa marche. L'Arabe, sans bien s'en rendre compte, lui emboîta le pas.

La voix étouffée de son inconnu - un touriste Alsacien, avait catalogué Admed, à son accent, déjà intéressé par la rencontre - l'obligeait à encore se rapprocher.

— Oh, c'est tout simple ! Il se trouve que j'affectionne moi aussi ces petits poissons. Quand je vous ai vu arriver devant la marchande, je ne vous ai pas quitté des yeux. Vous m'avez amusé par vos gestes, vos exigences… Vous avez acheté en connaisseur…

Si, si, croyez-moi… Vous êtes certainement un habitué des lieux, je me trompe ?

Admed ne le démentit pas.

Leurs pas, tout doucement, les menaient vers la sortie du marché.

— Mais vous exercez peut-être un métier de bouche ? C'est ça, hein ?

L'indic émit un son inarticulé, laissant toute liberté d'interprétation à son vis-à-vis.

— Ah ! je l'aurais parié ! Vous pourriez me conseiller un bon restaurant ? Je vous l'ai dit, j'aime beaucoup le poisson… Et, heu, je saurai me montrer reconnaissant bien sûr.

Le Marocain, cupide, cita sans hésiter son restaurant.

— Il se trouve où ?

— Dans l'avenue du général Kettani. Une rue perpendiculaire au boulevard Mohammed V. C'est très facile à trouver.

L'Alsacien s'arrêta et oscilla sur ses pas, hésitant. Admed, l'œil en coin, se réjouissait malicieusement. Un pigeon l'avait abordé, il allait le plumer ! Il saisit son bafouillage… Il attendait.

— Heu, je ne suis pas très à l'aise, vous comprenez, se justifiait le Français. J'ai une voiture de location, mais la circulation ici n'est pas facile, et en plus quand on ne connaît pas…

« Quel jobard il fait ce roumi… Je vais lui proposer de l'y conduire moyennant un bakchich… » Il n'eut pas à se donner la peine. "Son niais d'Alsacien", la voix confuse, le devançait.

— Si vous vouliez bien accepter de me servir de guide, je...

L'Alsacien lui présentait, geste magique, deux billets de 100 dirhams !

*

Près de la voiture, une Peugeot 406 SV 3,0 E V6, une jeune femme brune au teint mat, le cheveu long, le regard absent, la bouche sensuelle, vêtue d'une simple robe blanche, des sandales aux pieds, attendait.

— Ma fille qui s'impatiente sûrement, commenta l'Alsacien, en riant.

Admed la reluquait.

*

Ils roulaient à vitesse modérée sur le boulevard Mohammed V et arrivaient à la hauteur d'El Moggar. Admed, assis près du chauffeur, jouait le rôle de navigateur :

— Sidi, il te faudra bientôt ralentir pour prendre la deuxième rue à gauche.

Quelque cinquante mètres avant, à son étonnement, l'allure de la voiture n'avait pas varié. Admed s'interrogea, l'avait-il entendu ? Il commanda à "son Alsacien", en le fixant et en élevant la voix de ralentir tout de suite pour tourner dans la première rue à gauche :

— Hé ! Sidi ! C'est là que se trouve le restaurant, il faut vite que tu freines !

Trop tard. Le Marocain, bouche bée, ne comprenait pas. Le chauffeur malhabile le regarda. Admed l'agonisait intérieurement. Pour autant, le visage d'une douceur affectée, le ton suave, il renseigna que deux blocs plus loin, il devra se préparer à obliquer également sur la gauche.

— Et cette fois, sidi, n'oublie pas de ralentir.

L'Alsacien pour toute réponse accéléra et, avec une assurance qui laissa pantois le Marocain, remonta les files de voitures.

— Ce n'est pas important Admed. Tu vois, ton restaurant, on s'en tamponne ! On va aller tous les trois faire un petit tour du côté d'Ameskroud. Il paraît qu'il y a un joli panorama, tu nous le commenteras… "Ma" fille aime beaucoup le bucolique… N'est-ce pas Margrit ?

La voix empreinte d'un trop fumer et d'un trop boire chuchota qu'il lui serait surtout agréable d'entendre Admed leur expliquer les raisons de sa frayeur d'hier soir.

À ces mots, le Marocain fit un bond et se retourna, blanc comme un linge. Il vit à quelques centimètres de son visage, un revolver pointé muni d'un silencieux.

Son pauvre cœur une fois encore se mit à battre à grands coups. Les mains tremblantes, le visage décomposé, une sensation atroce l'envahit, Admed vivait la peur, elle le paralysait. Il geignit.

La voiture sortit de la ville et prit la direction de

l'aéroport d'Al Massira. Treize kilomètres plus loin, elle bifurquait vers Marrakech.

*

Tout son corps le faisait souffrir. Il avait peine à le bouger, il lui semblait être du plomb. Seul le conscient demeurait. Le paysage défilait vite. Il connaissait cette route encaissée du Haut-Atlas pour l'avoir souvent prise quand il rendait visite à sa famille habitant Argana… Il savait qu'il ne restait plus que quelques kilomètres avant le belvédère… Il leva la tête péniblement et verrouilla son regard sur “son nigaud d'Alsacien”. Il conduisait avec adresse.

Il se maudit d'avoir été abusé par la niaiserie affichée de ce porc. Il l'aurait saigné !

— Au lieu de te fatiguer l'esprit aux mille supplices que tu nous infligerais, Admed, si tu nous racontais tes émois d'hier soir, tu sais, au restaurant… Ça nous ferait gagner du temps et t'éviterait des désagréments, tu comprends ça… mon frère ?

Admed suffoqua. Non seulement ce chien d'incroyant lisait dans ses pensées, mais en plus il l'insultait ! Il l'accabla d'injures !

— Comme tu voudras. Si tu ne te montres pas compréhensif, tu mourras et ton corps sera mis en terre, les pieds opposés à la direction de La Mecque… Tu sais ce que cela signifie…

Il le savait bien sûr ! Mais il savait aussi qu'« il n'y a d'autre dieu qu'Allah et Mahomet est son Prophète ». Le menacer dans son salut, dans ce en quoi il croyait profondément était une erreur ! Comme par miracle, il se trouva des forces. Il serra les poings, ramassa ses jambes et bondit sur l'infidèle en rugissant ! Ces paroles outrageuses l'avaient débarrassé de sa peur !

La voiture fit une embardée vite maîtrisée par le Français. De son bras droit il parvint à se protéger des griffes de l'assaillant qui, les forces décuplées et malgré les coups de crosse assénés par Margrit, ne lâchait pas prise.

— Bordel ! Descends-le !

Un bruit sourd, un cri aigu, Admed se tortillait, gémissant sur son siège, l'épaule en sang. Margrit avait tiré à bout portant.

*

Il ne résista pas quand ils le saisirent pour le sortir du véhicule. Au belvédère d'Amakroud, ils avaient pris une route non revêtue, discrète. Admed fit quelques pas et s'étala de tout son long. Son épaule, les coups sur la tête, il n'en pouvait plus, il souffrait trop.

— Laissez-moi. Allez-vous en…

— Allons, tu sais bien ce que nous voulons… Ne fais pas l'imbécile, Admed, tu as une famille, des enfants, ils t'attendent… T'es un brave type au fond, pourquoi tu t'entêtes à ne pas nous répondre ?

Tu ne veux plus les revoir ? Bon, c'est comme tu voudras. Margrit, bâillonne-le, prends-lui les couilles et coupe-les ! La comédie a assez duré.

La jeune femme prit un foulard de sa poche et, chevauchant le corps du Marocain, lui prit la tête qu'elle renversa brutalement en arrière.

— NON ! Je ne veux pas, laissez-moi, je vais tout vous dire… Je… j'avais ce que vous appelez la tourista, et j'avais peur… de faire dans la salle et perdre mon emploi… Je n'en pouvais plus, vous comprenez ça ! Et eux qui me retenaient… Je souffrais, je n'osais plus bouger…

Margrit le lâcha. La face contre terre, Admed vivait les élancements de son corps. À côté, ses tortionnaires se taisaient. Il lui avait paru les entendre s'éloigner et aussi rire… « Par Allah ! le Tout Puissant, ils m'auraient crû ? ». Une once d'espoir naissait en lui. Elle fut fugitive. Déjà, il entendait leurs pas se rapprocher.

— Brave Admed, tu nous as beaucoup amusés. Mais nous ne pouvons pas croire en ton histoire. Dès hier soir, il nous a été commandé de te rechercher. Et ce matin, avant que tu n'ailles sur le port, tu te rendais au commissariat. Pour que faire ?

— C'est tout simple. Je suis un de leurs indics. Alors régulièrement je suis appelé…

L'Alsacien et sa compagne hésitaient. Ils eurent un bref conciliabule.

— Il se moque de nous. S'il avait eu une filante, il ne serait pas resté stoïque et aussi lèche-cul à l'entrée du restaurant… Rappelle-toi, ce que Duponti et Martini ont dit ! Il se fout de nous, Franck ! Il ment !

— Ouais, tu as peut-être raison, mais, tu vois, ce qu'il raconte pourrait bien être, après tout…

— Foutaises, il nous ment je te dis ! Laisse-le moi !

Margrit se pencha sur le corps du malheureux et le retourna brutalement, lui arrachant un cri de douleur aigu, déchirant.

— Tu peux brailler tant que tu veux, le moricaud. Ça ne m'émeut pas, tu entends ? Alors, regarde-moi bien, je te les coupe si tu ne me dis pas pourquoi tu avais peur hier soir…

Pour lui montrer qu'elle ne plaisantait pas, elle remonta la djellaba et baissa la culotte. Admed larmoyait.

— Pitié, lalla*, je vous ai dit la vérité…

— Franck, passe moi le couteau !

Insensible aux supplications de sa victime, Margrit prit les burettes et entailla légèrement la peau tout à côté. Admed haletait, il entendait son cœur cogner. Il n'en pouvait plus. Il souffla :

— Oh, non ! Pas ça ! Arrêtez, je vais tout vous dire.

Quand il eut terminé, le couple s'observa, habité par la même pensée. Qui allait s'en charger ? Franck décida de tirer au sort. Il prit une pièce de 10 dirhams.

— Pile c'est toi, face c'est moi…

Du pouce il lança la pièce qui tournoya, une, deux secondes en l'air avant de retomber sur le côté.

— Face…

---

*Madame.

Margrit tourna les talons et remonta vers la voiture… Elle s'adossa à la carrosserie, alluma une cigarette et attendit.

Franck ne tarda pas. Arrivé à sa hauteur, elle remarqua qu'il était livide… Il fuyait son regard.

— Vite, foutons le camp !

En prenant place dans la voiture, Margrit vit le sac de commissions du Marocain. Elle le jeta dans la nature.

## XV

*Quimper, 21 mars, soirée.*

Fragès et Paré se détendaient. Leur journée avait été plutôt mouvementée : un homme abattu en pleine tête par son compagnon de débauche à proximité de Quimper, une jeune femme qui assène un coup de couteau dans l'abdomen de son amant, enfin dans l'après-midi, un carambolage sur la route, provoquant la mort de quatre personnes…

Les gendarmes étaient sur la brèche.

— Et avec tout ça, des nouvelles pas terribles du Maroc…

Paré reposa son verre et se renversa dans son fauteuil. Ce que le colonel Michel leur avait transmis tenait en peu de mots : leurs nervis n'avaient pas quitté le pays et étaient assistés efficacement.

— Ne leur jetez pas l'anathème, mon commandant… Pensez-vous que nous ferions mieux chez nous ? J'en doute… C'est un très grand pays en superficie, plaida le major… Si on excepte le Sahara occidental, il leur reste tout de même 444 850 kilomètres carrés à passer au tamis. Ce n'est pas rien… Mais ce dont nous sommes sûrs est que leur réseau fonctionne… Et puis cela fait un peu plus d'un mois qu'ils les recherchent ! « Il faut laisser du temps au temps » comme disait Fanch Mit*.

Fragès dodelina de la tête. Il ne partageait pas l'optimisme de son major. Il gardait à l'esprit le visage inquiet du capitaine de vaisseau Baillec…

— Ouais, mais si leurs balances ont tous la pétoche en les apercevant, c'est partie perdue. Et le *Monge* appareille début juin…

— Hum, si c'est le bateau qui est ciblé, pensez-vous qu'ils seraient assez stupides pour répéter le même scénario ?

— Stupides, ils ne le sont pas. Mais pour agir, il leur faut bien un bras à bord, non ?

Paré n'en disconvenait pas. « C'est sûr, raisonnait-il, il leur faut un moyen de pression… » Il prit son verre et le vida nerveusement. Il ne put retenir un rot qu'il voulut le plus discret possible. Mais pas suffisamment, l'éructation était encore sonore.

— Veuillez m'excuser, mais ça m'a échappé.

Fragès ironisa :

— Ah ! La bière, Paré ! Breuvage à boire avec délectation… À quoi pouviez-vous penser, nom de Zeus, pour vider votre verre si précipitamment !

Le major ne se démonta pas.

— Vous avez raison et j'en prendrais bien une autre… pour cette fois la savourer.

---

*François Mitterrand.

— *No problem*, vous savez où elles sont. Tenez, ramenez-en donc deux. Je vais vous accompagner…

Leurs verres remplis, l'officier, le menton levé, relança son adjoint.

— Je vous écoute.

— Ouais. Un laps de temps, j'ai pensé que n'importe quel homme d'équipage pouvait servir leurs desseins. En se donnant les moyens évidemment… Mais là ils savent y faire, ils nous l'ont montré… Puis, je me suis dit que c'était absurde… En effet, si tel était le cas, ce serait le bateau, la carcasse avec sa propulsion qui les intéresseraient, ils n'attendraient donc pas qu'il soit à la mer… À quai, ils ont toute latitude pour agir. Mieux, ils ont leur homme sous la main pour lui mettre la pression si c'est nécessaire… Par contre, si ce sont les moyens que le bateau met en œuvre en opérations balistiques, ce n'est plus pareil et le personnel potentiellement capable d'accomplir leurs objectifs se restreint…

— Attendez… Si vous aviez mission de nuire au *Monge*, dans sa globalité, attendriez-vous qu'il soit à la mer ? Vous agiriez pour le clouer à quai, non ?

— Hum, et si le *Monge* était visé pour contrecarrer les tirs de missiles balistiques dans leur phase critique d'acceptation ? C'est bien vous qui m'en parliez il y a quelques jours… Nous comprendrions mieux leur action en haute mer… Mais ce que je voulais dire était que si nous pouvions connaître les personnes capables de malveillance, donc susceptibles d'être serrées, nous pourrions étudier leur cas. Dans le nombre il y a indéniablement des personnes plus fragilisées. Ne négliger aucune piste, aucun renseignement, et qu'importe si par la suite cela s'avère sans rapport avec notre enquête, ça permet de tenir jusqu'à l'obtention de la bonne information - règle que s'était forgée l'officier - la réflexion de Paré tient la route.

— Pourquoi pas, major, les moyens de mesures et d'essais sont mis en œuvre par 80/90 personnes… C'est près de 40 % de la population à bord ! Important, non ? Mais vous avez raison, certains sont plus vulnérables que d'autres… Nos camarades du PPSD* de Brest devraient avoir ces informations.

— Je vais m'en occuper.

— OK. Il est près de 21 heures, ça suffira pour aujourd'hui. Une petite bouffe au Grand Café de Bretagne, ça vous dit ?

— Si ça me dit ? Question superflue, mon commandant !

*

* *

*Agadir, soirée du même jour.*

Le commissaire principal Mustapha Nafi se trouvait bien ennuyé. Comment était-ce possible ? Il avait pourtant donné des ordres pour que l'on ne le lâche pas d'une semelle !

---

*Poste de la Protection et de la Sécurité de la Défense. Dépendant de la DPSD (Direction de la…). L'insigne de cet organisme symbolise le triomphe de la force (armée) sur la ruse.

Aïcha Sedki, la femme d'Admed, accompagnée de ses deux filles et de son beau-frère Abdel se trouvaient dans son bureau. Pour la énième fois, il essaya de l'amener à des dispositions plus paisibles :

— Aïcha, calme-toi. Par Allah, je te le demande. Tu t'énerves, tes filles pleurent, le frère d'Admed t'imite comme un singe et répète tout ce que tu dis comme un perroquet. Alors si tu veux bien, Abdel et tes filles vont accompagner mon adjoint dans le bureau à côté. Toi et moi, nous allons reprendre depuis le début…

Sans attendre la réponse d'Aïcha, Mustapha Nafi fit signe à son subordonné de faire mouvement.

— Voilà. Reprenons. Tu me dis que ton époux n'est pas rentré à la maison… Je t'écoute.

Aïcha oublia le ramadan, ses filles, les parents de son époux qui n'avaient pas mangé et leurs maladies, ses difficultés pécuniaires, pour se cantonner à l'essentiel :

— Admed est parti très tôt ce matin. Tu l'avais convoqué chez toi à 8 heures. Il ne m'a pas dit pourquoi… Après ça, il devait se rendre à la criée pour prendre du poisson et il n'est pas rentré. Tu peux me dire ce que tu lui as fait ? Parce que mon Admed ne m'aurait jamais fait ça, à moi son épouse… Pas plus qu'à ses parents et ses enfants… Tu l'as emprisonné, hein, *zamel** !

---

*Gros pédé !

Sous l'injure, le fonctionnaire fit un bond, devint rouge comme un piment, à faire craindre un coup de sang ! Il lui aurait donné la bastonnade s'il n'y avait eu cette note sur son bureau… « *kahba-ta-oumek**, nous aurons bien l'occasion de nous revoir », pronostiqua-t-il, différant à plus tard la correction.

La voix calme, il jura qu'il n'avait rien à reprocher à Admed. Au contraire :

— Aïcha, ton époux nous a rendu un grand service hier soir. Et pour ça, il a été félicité… Je l'ai convoqué ce matin pour un complément d'information. Je te demande de me croire. C'est la vérité ! Il a quitté les locaux de la police vers 9 heures en nous disant qu'il rentrait chez lui… Il ne nous a pas parlé du port…

Aïcha était consternée… Qu'était devenu son Admed ? Elle sortit du commissariat avec la promesse que tout serait fait pour le retrouver.

La famille avait à peine quitté les lieux que l'inspecteur Moktar Ziraoui se trouvait convoqué chez son chef.

— Tu sais qu'Admed a disparu ? Il n'est pas rentré chez lui depuis ce matin… Il me semblait pourtant t'avoir ordonné de ne pas le perdre de vue et de le protéger… On peut savoir ce que tu as fait ?

D'une bêtise attristante et étonnante, Moktar en voyant son protégé grimper dans un "petit taxi",

---

*La putain de ta mère.

s'était dit qu'il avait le temps de prendre son propre véhicule pour le suivre.

Mais, alors qu'il remontait la file de voitures et qu'il apercevait à petite distance la couleur vive et la plaque distinctive de l'automobile de place*, une voiture utilitaire le dépassait pour, quelques mètres plus loin, ralentir brutalement et stopper, les warnings allumés.

— Ça a créé un bel embouteillage sur la chaussée qui m'a fait perdre le "petit taxi".

— Et après ?

— Ben pour moi il rentrait chez lui. Je suis donc allé l'attendre près de son domicile.

Mustapha Nafi se trouvait désarmé. Et cette note de Casablanca qui lui enjoignait de protéger Admed et sa famille… Lui aussi avait pressenti que son indic courait un danger. Il éleva la voix :

— Si tu avais pris également le "petit taxi", rien de cela ne serait arrivé. Et puis comment pouvais-tu être sûr que le "petit taxi" que tu filais était le bon ? *Ma fi-dikche***. Va. Et ne reviens pas avant de l'avoir retrouvé !

*

*  *

---

*Les « petits taxis » sont de couleurs vives et portent sur le toit une plaque avec la mention « petit taxi ».

**Vraiment tu ne vaux rien du tout.

*Quimper, nuit du 21 au 22 mars.*

Fragès rangea son véhicule. L'officier était satisfait. Le chef du Grand Café de Bretagne, homme discret et de goût, alliant la qualité, le savoir cuisiner et la quantité, présentait une carte sublime. La simple lecture des plats, qui dégageait une poésie pleine de saveurs et de finesse, était alléchante.

Tous deux avaient pris en entrée des "huîtres chaudes au sabayon de vouvray à la carotte" accompagnées d'un vouvray blanc sec, tranquille. Le plat, associant des creuses, fines et douces, aux belons de Bretagne à la saveur plus iodée, et le goût très légèrement sucré de la carotte, était succulent.

Le choix du plat suivant ne les avait pas non plus différenciés. Ils avaient craqué pour un "saumon grillé aux copeaux de lard et pois cassés". Avec un beau riesling de quatre ans d'âge, une perle ! L'accord étonnant entre ces produits rustiques et ce poisson fin, était divin.

*

Fragès n'avait pas sommeil. Il prit un CD de Wagner, ouvertures et préludes exécutés par l'orchestre philharmonique de Berlin, et le glissa dans le lecteur. Il se laissa tomber dans son fauteuil. La lente introduction de l'ouverture de Rienzi, l'appel de trompettes à la révolution, la prière, le transportèrent, il vibrait de tout son être…

Avant de se coucher, il prit son calepin et lut les dernières lignes :

« - *Nature des chaussures achetées par Legard connue. Bottillons et mocassins.*

- *Numéro appel de Duponti et de Martini connu. Rechercher définition.*

- *Le ramadan se termine le 28 mars. Se montreront-ils plus efficaces ?* »

# XVI

*Gendarmerie de Quimper, 26 avril, fin d'après-midi.*

Le MDL Moreau avait bien hâte de terminer son service. Il regarda sa montre, 15 h 20. « Dans moins de deux plombes je retrouve Marie-Elise… » Le seul fait d'y songer le rendait fébrile et cet état d'excitation augmentait avec l'attente. C'est qu'il n'avait pas encore éprouvé des sentiments aussi forts envers une personne, jusqu'à ne plus trouver le sommeil, à perdre l'appétit, à s'isoler presque. Marie-Elise occupait ses pensées, il était envoûté.

Il l'avait rencontrée à la Maison de la Presse… Tous deux faisaient la queue pour régler leurs achats. C'est au moment où il s'apprêtait à payer son hebdo qu'il fut un peu bousculé et entendit une voix féminine, douce et harmonieuse le priant de bien vouloir l'excuser. Il se retourna et vit une jeune femme baissée en train de ramasser ses livres et revues. Il s'empressa de l'aider.

Il l'attendit à la sortie. La taille au-dessus de la moyenne, élancée, le visage régulier, lisse, maquillé avec goût, les cheveux châtain-roux, la jeune femme portait un manteau mi-saison serré à la taille. Elle lui sourit, confuse. Moreau craqua. Il l'invita à prendre un café, elle accepta. Elle tomba le manteau. Il fut séduit par la sveltesse de son corps. Un pull en soie et cachemire, une jupe droite en lainage prince-de-galles dessinaient ses jolies formes. Des collants chair, des escarpins en croco complétaient sa parure.

Ils se retrouvèrent trois jours plus tard, puis deux... Aujourd'hui, ils ne se quittaient plus.

Il se rappelait la date de ce merveilleux jour, « jeudi 8 avril », murmura-t-il.

La sonnerie du téléphone le sortit de sa rêverie.

— Gendarmerie de Quimper, maréchal des logis Moreau, à qui ai-je l'honneur ?

Une voix étrangère :

— Lieutenant-colonel Ben Youssef de la gendarmerie royale marocaine, je souhaiterais parler à votre commandant.

— Tout de suite, mon colonel, je vous le passe.

*

— Mes respects, mon colonel, Fragès.

La voix enjouée de Ben Youssef tranquillisa le Breton... Il l'écouta sans l'interrompre lui rappeler tout ce qu'il avait dû faire pour l'aider. Les relations personnelles qu'il avait engagées, toute sa crédibilité ! Les Forces mobilisées officieusement ! Les personnels des restaurants et des hôtels pour touristes aux aguets, etc.

— C'est un énorme effort consenti par tous ces hommes et mes frères d'armes… Mais nous avons réussi ! Commandant, j'ai une bonne nouvelle à vous annoncer. Les quatre hommes que vous poursuivez ont été logés. Ils se terrent comme des chiens dans une villa à Beni-Mellal, une ville du Moyen-Atlas à environ 200 kilomètres de Casablanca. La propriété appartient à un dénommé Klaus Meyer, un allemand. Parfaitement close, ils ont été dénichés grâce à la servante, une jeune fille choquée par leurs propos et leurs gestes. Elle s'en est plainte auprès de sa famille parce qu'elle ne veut plus y retourner. Sa famille en a parlé à la gendarmerie… Chez nous, quand une femme se sent menacée par un homme ou un groupe d'hommes, elle doit aller trouver un policier ou un gendarme !

— Ils sont intervenus ?

— Non pas. Fatima, la servante, convoquée à la brigade, a parlé des occupants et souligné leurs particularités physiques. C'est alors que nos hommes ont fait le rapprochement avec vos tueurs.

Fragès hésita :

— Hum, ils n'ont pas été formellement identifiés ?

— Non, mais il n'y a pas de doute… La jeune Fatima a parfaitement décrit les quatre hommes.

— Vous les avez placés sur écoute téléphonique ?

— Tout à fait.

— Mon colonel, il me tarde de les attraper par le colback, croyez-moi. Mais il me faut auparavant connaître qui les dirige. Je vous retrouve cette semaine. Je serai accompagné de l'adjudant-chef Auffret.

— Nous vous accueillerons. Ma'as-salam*.

— À très bientôt.

Fragès serrait les poings, il allait bientôt en découdre. Il appela le juge d'instruction.

*

Le lendemain matin il fit réunir son staff et leur brossa la situation. Certains trouvèrent curieux que dans sa litanie il n'avait pas eu une pensée pour ce malheureux Admed. Après tout l'indic était le premier mort de son "armée de l'ombre".

Ils avaient eu connaissance du drame, par Michel, le 30 mars. Le corps avait été retrouvé fortuitement par un berger, grâce à un sac de commissions aperçu sur le bas-côté d'une route de montagne. Dans le sac, il y avait des restes de poissons, des boîtes de conserve et une feuille de papier à en-tête du restaurant Darkoum. La police prévenue, une battue des lieux avait permis de découvrir le corps du malheureux, tué d'une balle entre les deux yeux.

« Pourquoi en effet, ne m'en a-t-il pas parlé ? »

*Au revoir.

# XVII

*Casablanca, vendredi 30 avril.*

Fragès et Auffret se posaient pour la deuxième fois, ce quadrimestre, sur l'aéroport Mohammed V. Ils avaient l'impression de vivre un *remake*. Michel et Ben Youssef les attendaient à la même place, ils montaient dans le même véhicule aux mains du même chauffeur.

Les quatre gendarmes installés, ils prirent la direction de Berrechid, Khouribga et Beni-Mellal.

En cours de chemin, Ben Youssef annonça aux Français qu'ils logeraient chez son frère.

— Il se fait une joie de vous recevoir. Il possède une très belle maison près d'Aïn Asserdoun, la "source du mulet". Le lieu est très reposant. De nombreux touristes s'accordent une halte rafraîchissante dans les grands jardins qui entourent la résurgence…

*

Il n'était pas tout à fait 13 heures quand ils stoppèrent devant une imposante bâtisse aux murs percés de petites fenêtres. Leur hôte les attendait. Ils échangèrent une poignée de mains.

— *As-salam'alaykoum,* Allal*.

— *Wa'alaykoum as-salam,* Rachid**.

— Amis de mon frère Allal, soyez les bienvenus dans ma modeste demeure.

Sensibles à ces politesses, ils emboîtèrent le pas à la suite des deux frères. L'entrée en chicane franchie, un serviteur, sans doute caché car ils ne l'avaient pas aperçu, poussa une lourde porte en bois les coupant de l'extérieur.

Devant eux la maison s'ouvrait largement sur un patio entouré de portiques surmontés d'une balustrade en bois ouvragé. La galerie ainsi formée autour de la cour intérieure donnait accès aux chambres. Au rez-de-chaussée, des passages lumineux conduisaient au jardin. L'ensemble, avec son toit aménagé en terrasse, édifiait une construction isolée, hermétique au monde environnant.

Le temps de prendre possession de leur chambre, de se rafraîchir, ils se retrouvaient dans une grande salle où, en signe de bienvenue, des dattes et du lait leur furent présentés. Michel en prit naturellement. Ses compatriotes se plièrent aux circonstances. Michel en profita pour murmurer quelques conseils à ses collègues :

— Si notre hôte vous propose un morceau de viande qu'il a détaché de sa main, acceptez-le avec

*Bonjour, Allal. Littéralement « la paix soit avec toi, Allal ».
**Bonjour, Rachid. Littéralement « et avec toi soit la paix, Rachid ».

reconnaissance. Ne gâchez pas le pain, il est considéré comme un don de Dieu. Enfin, les Marocains mangent avec les trois doigts de la main droite. Surtout pas la gauche qui, dans les pays musulmans, sert à l'hygiène corporelle… Bon, je vous ai dit l'essentiel. Ah ! Si ! Autre conseil que vous aimiez ou pas le thé, refuser un verre ne se fait pas… Bon appétit.

Avant de partager le repas, deux jeunes servantes portant respectivement une aiguière et une bassine s'approchèrent de leur maître. Il sacrifia à ses ablutions, imité en cela par ses convives. Le rituel accompli, les mets servis dans des plats communs furent apportés.

Assis sur des poufs, la table leur arrivant aux genoux, ils attendaient, silencieux. Le maître se recueillait. Quelques secondes passèrent puis il prononça le mot magique repris par les initiés :

— *Bismillah**.

Chacun puisa alors dans le plat commun, une pastilla merveilleuse et un ragoût de mouton excellemment préparé. Le tout arrosé d'eaux minérales plates, gazeuses et de limonade… Cela va sans dire, ils auraient préféré un gris de boulâouane ou un kerouane…

Ils se levèrent de table, non sans avoir rendu grâces à Dieu :

— *Hamdou'llah.*

---

* Au nom de Dieu.

Le repas était clos. Il s'ensuivit la cérémonie du thé. Le maître de maison ébouillanta la théière dans laquelle avaient été placées des feuilles de thé vert. Il jeta cette première infusion amère et ajouta trois variétés de menthe, du sucre et de la verveine. Il arrosa le tout d'eau bouillante et transvasa plusieurs fois le liquide avant de le servir, chaud et léger.

Rachid Ben Youssef le leur versa très haut afin d'en développer l'arôme. Les verres remplis à moitié, tous en reprirent.

Les quatre convives, rassasiés, prirent congé de leur hôte. Ils avaient à faire. Ils se rendirent à la brigade de gendarmerie où ils étaient attendus. Le jeune officier commandant le poste prit la peine de leur présenter ses hommes et leur rappeler dans quelles circonstances ils avaient appris que les quatre hommes recherchés logeaient tout à côté.

— Mais je vous propose de nous entretenir dans mon bureau, si vous voulez bien me suivre…

Une pièce honnête, un mobilier suffisant, les quatre hommes furent invités à prendre place autour d'une desserte. Fragès regardait le plan de la ville. Elle était traversée par une artère principale…

— Vous pouvez nous indiquer la maison où ils logent ?

— Bien sûr. C'est une maison isolée qui se trouve au sud de la médina. Plus exactement ici.

— Des échappatoires ?

— Oui, sûrement. Ils sont libres de mouvements

et nous nous contentons de les surveiller. Ce qui n'est pas difficile, ils ne sortent pas. Mais si nous devons les arrêter, il faut le faire pendant qu'ils sont au bercail, sinon ils nous échapperont... Ici nos moyens sont désuets et notre effectif réduit comme vous avez pu le constater.

— Hon, hon... Attendez, nous n'en sommes pas à ce stade... Dites-moi, pour bouffer, car il faut bien qu'ils bouffent quand même ! Comment font-ils puisqu'ils n'ont plus de femme de service ?

Le visage du jeune homme s'illumina.

— Eh bien, n'ayant plus de servante, j'ai commandé à une courtisane qui travaille pour nous de leur proposer ses services...

L'ambiguïté de la phrase amusa l'assistance. Ben Youssef, moins édulcoré, voulut savoir :

— Ta cocotte, Hakim, elle est sûre ?

— Oui. De plus Mina, c'est son prénom, est une femme très belle, intelligente. Ils l'ont prise aussitôt.

— Embauchée, Hakim, embauchée, corrigea Ben Youssef en plaisantant.

Un ange passa auréolant Marie-Madeleine... Fragès reprit :

— Hum, vous avez des renseignements sur Klaus Meyer ?

— Oui. À la mairie on se souvient d'un homme discret, presque effacé, blond, le visage rond... Il a acquis cette propriété en janvier de cette année...

— Fatima, la servante, en a parlé ?

— Oui, il est là en ce moment. D'ailleurs dans cette maison se trouve également sa fille…

— Ce qui fait six personnes. Heu, Mina, vous la voyez régulièrement ?

— Tous les soirs après son service chez elle…

— Jamais suivie ?

— Non. Mais ça ne fait que quatre jours qu'elle s'y trouve…

— OK. Eh bien, nous la verrons ce soir… Placer des micros ne vous a pas été possible. Mais vous assurez une écoute téléphonique, avez-vous enregistré quelque chose ?

— Oui. Le 26 en soirée, ils ont reçu une communication, oh ! très lapidaire… Un instant, je l'ai notée sur mon carnet, il s'agit d'un numéro suivi d'un nom… Voilà… Leur correspondant leur annonçait ceci…« 240.301 de Gaulle » et il a raccroché.

— Il n'a rien dit de plus ?

— Non.

— Et depuis ?

— Rien.

— C'est qu'ils se trouvent en sécurité, Fragès ! Vous me direz que ça ne me regarde pas, mais pourquoi ne les cravatez-vous pas ? Ce ne sont pas les preuves qui vous manquent pour qu'ils aient la perpète !

Les saisir le démangeait bien sûr. Mais il savait aussi qu'en les arrêtant il se coupait toutes les chances de remonter cette nébuleuse du crime. Le temps lui était compté. Il restait persuadé que de nouvelles actions préjudiciables au *Monge* se préparaient… Il ne doutait pas non plus que dès connaissance de l'assassin d'Admed, Ben Youssef serait moins coopérant… « S'il ne m'en a pas parlé c'est qu'il juge que son soutien tous azimuts et quasi officieux a pris une mauvaise tournure. Ce meurtre l'ennuie, il ne passe pas. Encore qu'il saura très bien se débrouiller pour le classer dans la catégorie des crimes crapuleux s'il reste non élucidé… Mais si demain c'est un gendarme qui tombe… »

— Vous avez raison Michel, mais il me faut attendre encore…

Fragès se garda de leur dire qu'il espérait les voir quitter les lieux le plus tôt possible et gagner la France, en ne les perdant surtout pas de vue.

*

*   *

*Quimper, après-midi.*

Gilles Moreau et Marie-Elise Caudan étaient blottis l'un contre l'autre, les sens apaisés. Moreau ne se lassait pas de regarder et de saisir ce corps gracile, si aimant, de caresser cette peau si douce, de la couvrir de baisers. Ce corps qui répondait à ses attentes, il aurait voulu s'y fondre, le pénétrer toujours et toujours pour qu'il ne fasse plus qu'un à jamais avec le sien. Il l'embrassa goulûment. Elle répondit à sa fougue puis se dégagea délicatement pour se retrouver la joue contre la sienne. La main caressant la nuque de son amant, elle susurra, la voix chaude :

— C'est chouette que t'aies pu sortir plus tôt aujourd'hui… Depuis que je t'ai rencontré, je ne vis plus, je ne pense qu'à une chose quand tu me quittes le matin, c'est de te retrouver le soir… Les journées sont si longues sans toi, j'ai l'impression que le temps ne passe plus… Ah ! si cela pouvait être tous les jours comme ça, je me languis tellement de toi…

Moreau n'avait jamais aimé pas plus qu'il n'avait été aimé. Et là, ces paroles, ces caresses, ce corps qui vivait au rythme de son corps le transportaient dans un monde jusque-là ignoré, un monde où il se découvrait capable d'amour passionné, capable de donner et de recevoir.

— Tu sais, je le voudrais tellement. Ce que tu ressens, je le ressens aussi. Mais j'ai un patron qui s'absente très peu souvent… Alors aujourd'hui, comme c'est le cas, j'ai prétexté une course urgente… C'est pas joli, joli, mais tu vois, je l'ai quand même fait… Moi aussi je compte les heures, les minutes, les secondes qui me séparent encore de toi… Je t'aime, Marie-Elise. Oh, si tu savais combien je t'aime ! À en crever…

Marie-Elise lui mordillait l'oreille alors que sa main glissait lentement le long de son corps, l'effleurant à peine. Il aimait. Il répondit à ses attouchements.

— Je t'adore mon Gilles à moi…

Petite fille, elle minauda :

— Et j'espère que ton patron est parti très loin et qu'il ne reviendra plus.

Il sourit. Il goûtait à un bonheur jusque-là inconnu. Marie-Elise était son soleil.

— Folle que tu es ! Oh, que si il reviendra. Et dans pas longtemps sans doute… Et puis tu sais, il n'est qu'à trois heures d'avion. Tu vois, c'est tout près.

Les caresses de Marie-Elise plus précises, lui faisaient petit à petit oublier la réalité. Il ne contrôlait plus son attention.

— Ah ! Laisse-moi deviner, tu me dis à trois heures d'avion… En vacances, une semaine… Voyons… Où aurait-il pu aller ? Dans un Club Med ? C'est ça ?

Moreau ne l'écoutait plus. Seul satisfaire sa libido prévalait. Marie-Elise se rendait bien compte. Il était à point et il lui fallait pourtant savoir. Elle le mordit, avec mesure, dans le creux de l'épaule. De douleur il s'arracha à son étreinte pour se retrouver sur le dos.

— Tu m'as fait mal, tu sais ?

Elle s'excusa avec douceur et feignit une affliction désarmante de sincérité. Il la reprit dans ses bras. Il soupira :

— Je t'aime.

Elle gagnait quelques secondes… Elle se pelotonna tout contre son corps, promena ses lèvres sur sa poitrine, remonta le cou, trouva les lèvres.

— Gilles chéri, tu ne m'as pas encore répondu… Non, attends, ne sois pas si pressé… je veux savoir avant si j'ai bien deviné… c'est un Club Med hein ? Et un Club Med qui se trouverait en Tunisie ou au Maroc ! C'est ça ?

Mais l'impatience grandissante de Gilles fit qu'il ne l'entendait plus. Il lui prit la bouche. La jeune femme résista à son pétulant gendarme par une attitude ludique :

— Tst, tst, tst, ce ne sera pas tant que tu ne m'auras pas donné la réponse, mon Gilles adoré.

Pressé, il lui souffla, inconsciemment :

— Il est au Maroc, non dans un Club Med mais au Moyen-Atlas pour travail ! Voilà. Tu sais tout. Et maintenant, c'est moi qui reprends la main…

Elle abandonna son corps à l'impétuosité de l'homme qui rapidement se déconnecta de son environnement…

Marie-Elise, tout en simulant avec art le plaisir, chercha la petite aiguille cachée sous le matelas. Elle lui caressa la nuque, devina les cervicales, s'y attarda. D'un geste assuré, elle lui enfonça l'aiguille entre la première et la deuxième.

Le corps de Moreau se raidit, foudroyé !

Elle quitta son appartement, sis, boulevard des Frères Maillet un peu avant 18 heures. En sortant de l'immeuble, elle salua d'un charmant sourire la concierge en grande discussion avec sa voisine.

À la sortie de Quimper, elle prit la direction de Lorient. Elle s'arrêta à la première erre et appela un numéro sur son portable…

*

* *

*Beni-Mellal, soirée.*

Les abat-jour des lampadaires diffusaient une lumière pâle, sans éclat, créant des zones d'ombre propices aux mauvais coups... Les cinq hommes longeaient des ruelles étroites bordées de murs continus, uniformes, impressionnants. Fragès et Auffret découvraient la médina et ses maisons, ses dédales inextricables de passages, de carrefours, de culs-de-sac, un labyrinthe ! Sans Hakim, ils se seraient mille fois perdus.

La maison de Mina ne se distinguait en rien des autres, toutes impersonnelles.

Mina les accueillit, craintive. Les yeux baissés, elle écouta Hakim lui expliquer la raison de leur présence. Fragès, ne comprenant rien à ce qui se disait, l'observait. De temps en temps, elle hochait la tête pour tantôt acquiescer, tantôt refuser. Mina avait un corps élancé, généreux. Le visage doux, basané, noyé dans une chevelure abondante noire comme jais, des yeux bleus, grands, en amande, les lèvres pulpeuses, le nez droit, elle portait un caftan de brocart léger lui couvrant les chevilles. Les boutons défaits à l'encolure laissaient entrevoir la naissance de sa gorge.

Hakim l'avait visiblement rassurée, Mina portait son regard sur les étrangers. Tel le maître de maison, Hakim les invita à s'asseoir. Mina hésita. Femme soumise de par sa culture et non mariée à vingt-huit ans, elle était traitée par son entourage avec condescendance, voire avec des regards pleins de suspicion quant à sa sacro-sainte virginité, également de concupiscence… Sa place n'était pas près de ces hommes importants. Il insista. Elle obéit et s'assit en retrait. Sa robe, fendue sur le côté, découvrit ses jambes au galbe parfait.

— Mina, sois sans crainte, raconte-nous tout ce que tu as vu.

La jeune femme, d'une voix étouffée, parla longuement des personnes présentes. Elle les décrivit si bien que Fragès ne doutait plus de leur identité.

— Dis-nous, Mina, ils ont reçu un appel téléphonique de France vers les 19 heures, tu étais toujours là-bas, tu as entendu ce qu'ils disaient ?

— Oui, un peu… Lorsqu'ils ont raccroché, je les ai entendus parler de la débâcle française et de l'initiative heureuse qu'avait eue le général de Gaulle…

Les Français furent surpris par les propos rapportés. Entendre Mina leur rappeler ces événements douloureux aussi clairement, les interloquaient… Pouvaient-ils s'y fier ? Ils doutèrent.

L'attitude des Français déplu à Mina. Qu'avaient-ils à la regarder avec ces airs incrédules, presque moqueurs ? Son visage s'assombrit. Elle les toisa, vexée.

Michel se leva. Il lui avait semblé apercevoir des livres par le bâillement de la porte de la pièce voisine… Curieux, il s'approcha. Il put lire sur des tranches, *Il était une fois la France* et trois tomes de *La Seconde Guerre mondiale*… Il se retourna admiratif :

— Vous aimez l'histoire, Mina ?

La Marocaine ne bougea pas. Elle évitait le regard de cet homme indiscret. Elle répondit d'une voix dure :

— Oui. Ce sont des livres qui ont appartenu à mon grand père et qu'il m'a offerts. Il a combattu en France, dans VOTRE armée !

Elle se leva brusquement et se retira quelques secondes… Hakim leur fit un geste d'apaisement. Il devinait ce qu'elle était partie chercher.

— Vous l'avez peinée, c'est très regrettable. Mina est une personne sensible, cultivée, qui a aussi sa fierté.

La jeune femme revint, présentant avec orgueil un cadre dans lequel étaient accrochées des médailles de décorations françaises… Légion d'honneur, médaille militaire, croix de guerre 39-45, valeur militaire, croix de guerre TOE… Elle leur cita de mémoire tous les combats vécus par son héros de parent !

Les Français se sentirent penauds…

Hakim aimait beaucoup Mina. Il la voyait et la traitait comme une sœur. Il lui parla doucement avec affection. La jeune femme petit à petit se décrispa et se rassit.

— Hum, Mina, veuillez nous excuser, mais les

propos que vous nous avez rapportés sont si curieux… Ils ont certainement une signification… Heu, dites-nous, que s'est-il passé ensuite ? Se montraient-ils différents dans leur comportement ?

— Non, je ne vois pas… Chacun a regagné sa chambre et *Sidi* Meyer m'a donné congé.

Elle se garda bien de préciser qu'il lui avait été remis 1 000 dirhams.

— Congé ? Pour ne plus revenir ?

— Non ! non, bien sûr. Il m'a donné congé pour ce soir. D'ailleurs, j'avais tout préparé. Le tajine mijotait lentement… Il me restait à dresser la table.

Elle omit ici aussi de raconter qu'avant qu'elle ne parte, l'homme aux yeux froids l'avait appelée dans sa chambre pour un prétexte futile, il la désirait… Comme elle refusait ses avances, il avait usé de la force… Elle s'était débattue et avait élevé la voix si fort qu'il l'avait immédiatement relâchée !

— Mina, arrête de crier ! C'est fini, on ne va plus se voir !

Mais, colère, elle n'avait pas porté attention à ce qu'il disait.

— *Sirkaoud, hmar** ! lui avait-elle craché au visage.

Elle avait quitté la chambre, le laissant en plan.

*

Les cinq hommes quittèrent Mina vers les 21 h 30.

* Va te faire voir ! Espèce de bourricot !

Ils récupérèrent leur véhicule aux abords de la médina. Sur le chemin qui conduisait à la gendarmerie, Ben Youssef devisa sur la situation des femmes au Maroc. Il brossa leur place misérable, pérenne, au sein de la société marocaine.

— L'origine de cet état de fait se trouve dans le Coran. Il est écrit que « les hommes doivent prendre les femmes en charge car ils leur sont supérieurs ». Et les Marocains prennent cette assertion au pied de la lettre, la place de la femme est au foyer ! Ici, vous savez, les choses évoluent lentement. À l'heure actuelle, la plupart des femmes ont toujours un statut peu enviable. Il faudra sans doute quelques décennies pour que leur situation change... Il faut y croire... Et d'ailleurs, comme partout sur ce continent, pays musulmans ou non, femmes esclaves ou non, ce sont elles qui feront que les choses bougeront, que nos sociétés évolueront... Elles se libéreront de leur carcan j'en suis convaincu... Elles sont courageuses... Chez nous quelques femmes refusent déjà cette situation en optant pour le célibat. C'est le cas de Mina... Vous qui n'êtes pas marié, savez-vous que c'est un délit pour un non musulman d'avoir des relations sexuelles avec une Marocaine non prostituée ? Alors grande méfiance, commandant, vous aussi Auffret, si vous ne voulez pas vous retrouver au gnouf ou la bague au doigt ! Une anecdote à ce sujet... Lors de la construction du port de Jorf el Asfar, les entreprises françaises employaient un important personnel européen, surtout des célibataires (réellement ou de fait). Un jour, quelques-uns se retrouvèrent en taule et le procureur leur donna le choix : mariage ou conversion, sinon condamnation ! Le mariage implique la conversion mais la réciproque n'est pas vraie. Combien d'épouses restées au pays ont ignoré que leur homme s'était converti à l'islam et pourquoi…*

— Hum, très édifiant…

Fragès était perplexe. Pourquoi cette mise en garde ? L'idée qu'Auffret ou lui ait pensé à retrouver Mina l'avait-il effleurée ?

La salle de transmissions de la brigade de gendarmerie de Beni-Mellal qui servait aussi de PC opérations était équipée d'un mini central téléphonique, un téléimprimeur, des postes de liaisons VHF et HF. Une table de travail, des chaises trônaient au milieu de la pièce. Les gendarmes présents ne pipaient pas. La conversation entendue à l'instant occupait leur pensée.

Hakim repassa l'enregistrement téléphonique. Un gendarme écrivait au fur et à mesure le texte sur un tableau blanc :

— *Bonsoir Klaus. Comment vas-tu ?*

— *Bien. Nos vacances sont agréables, c'est une région très calme. Il fait beau. Et chez toi ?*

— *Le temps s'est assombri vers 17 h 30. Il semble qu'une dépression s'est installée sur l'Irlande pour*

* *Guide du routard*, édition 98/99.

*durer quelques jours et couvrir le pays. Seule la région PACA y échappe. Toi qui voulais découvrir la celtitude, tu devras attendre un peu. En général il fait beau vers la mi-mai. La capitale est épargnée. Mais assez parlé du temps. As-tu commencé à lire cette excellente biographie du général de Gaulle ? Sais-tu qu'il s'est rendu à Casablanca en 43 ?*

*— Non. Je t'avouerai que je n'ai pas pris la peine de l'ouvrir. Mais je suppose qu'il ne venait pas pour faire du tourisme.*

*— Evidemment. Mais féru d'histoire, il s'est quand même rendu dans la plus ancienne des cités impériales. Mais tu imagines bien que là n'était pas la raison de son déplacement. Si tu as l'occasion de t'y rendre, visite les tombeaux Mérinides, un site grandiose ! Mais de Gaulle, c'est un géant, mon cher Klaus, un dinosaure ! Sa décision de rallier l'Angleterre par avion et ne plus revenir tant que la France serait occupée, il fallait oser !*

*— Pourquoi n'a-t-il pas choisi le sud ? En passant par l'Espagne, il évitait la Luftwaffe. Et une fois à Gibraltar…*

*— Oui, oui… Tous les chemins mènent à Rome… Disons qu'il était pressé de quitter ce guêpier et qu'il a choisi la ligne droite.*

*— OK. Je te promets de lire son histoire. By.*

Ben Youssef se grattait la tête. Les yeux ronds, la bouche en cul-de-poule, il se demandait ce que pouvait bien signifier cette salade… Il n'était pas le seul.

— Il y a une chose qu'on pourrait tout de suite vérifier, mon commandant.

— Oui, Auffret ?

— C'est le temps qu'il a fait chez nous aujourd'hui...

— Bonne idée. Puis s'adressant à Hakim : On peut ?

— Bien sûr.

Ce ne fut pas long. Un temps printanier, chaud pour la saison, s'était installé sur la Bretagne... Ils en conclurent que si à Beni-Mellal, les sicaires se sentaient en sécurité, il n'en allait pas de même en Bretagne. Un fait nouveau s'était produit à 17 h 30, apparemment fâcheux, mais limité dans le temps...

— Faut-il comprendre que dans l'immédiat leurs têtes pensantes se replient sur la Côte d'Azur en attendant l'accalmie et que les personnes qui se trouvent ici quitteraient le Maroc à la mi-mai pour se rendre en France ?

— C'est une interprétation possible...

— Ils parlent de celtitude, il paraîtrait logique de le traduire par Armorique. Alors la question se pose, à la mi-mai, Klaus Meyer se rend à Paris ou en Bretagne ?

— Heu, le mot *capitale* peut évoquer un autre lieu, pourquoi pas Rennes ? Il y aurait là cohérence entre la région et la ville.

Fragès et Michel se regardèrent :

— Pourquoi pas en effet, Auffret ?

La seconde partie de la conversation les embarrassait... Parler du général de Gaulle ?

— Hum, quand il parle du mode de déplacement utilisé par de Gaulle pour rejoindre l'Angleterre, ne sous-entendait-il pas là le moyen retenu pour les faire transiter en France ?

— Ce serait l'avion alors... Mais pourquoi préciser la présence du général au Maroc en 43 ? Son exil à Londres et sa venue ici ne sont pas liés...

— Quand il parle de la plus ancienne des cités impériales, il fait allusion à quelle ville ?

— Fès, Fragès.

*

* *

*Nuit du 30 avril au 1er mai.*

Klaus Meyer vérifia une fois encore que tout était en ordre. Il parcourut toutes les pièces, ouvrit les armoires des chambres, les tiroirs des commodes, des chevets, les armoires de toilette, à pharmacie, les placards de rangement... Il commanda à Rolland et Legard de préparer le sac poubelle, à Duponti et Martini de charger les bagages dans le 4X4, à Margrit de vider la cheminée...

Ces tâches remplies, il déposa une enveloppe à l'intention de Mina sur la table de la cuisine. Elle contenait 5 000 dirhams. Il regarda sa montre, 1 h 57.

— OK. Nous partons.

Il laissa les éclairages des chambres allumés.

La lumière du garage éteinte, ils ouvrirent les portes. Bien huilées, elles pivotèrent sur leurs gonds sans bruit. Margrit s'était mise au volant. Les cinq hommes poussèrent tout doucement le véhicule jusque l'amorce d'une pente douce située à quelques mètres. Klaus referma précautionneusement le garage, le verrouilla. Les portes du véhicule ouvertes au préalable, les cinq hommes se glissèrent à l'intérieur sans les refermer. Margrit desserra le frein à main délicatement. Le véhicule, libéré, commença à rouler doucement puis de plus en plus vite. Margrit, quelque cinquante mètres plus bas, les portières fermées, une vitesse enclenchée, démarra le moteur. Elle emprunta la route P24 et fonça en direction de Fès où ils étaient attendus à 5 h 30 pour recevoir des instructions et changer de véhicule.

Mina, comme chaque matin à 9 heures, ouvrait la porte d'entrée de la villa. Quelle ne fut pas sa surprise en constatant qu'elle était vide ! Nerveuse, elle parcourut toutes les pièces et éteignit les éclairages. C'est au moment où elle récupérait son sac qu'elle vit l'enveloppe. Elle ouvrit, fébrile. Les billets comptés, elle glissa l'enveloppe dans son corsage soulagée. « *Choucrane, sidi Meyer. As-salam'alaykoum.** »

Elle appela Hakim de la villa et lui rendit compte de la situation.

— Ne bouge pas, nous arrivons !

---

* « Merci beaucoup, monsieur Meyer. La paix soit avec vous »

Fragès ne savait à quel saint se vouer ! Une nouvelle fois, ils lui échappaient. La chance paraissait lui tourner le dos.

Le gendarme de surveillance avait beau répéter qu'il n'avait rien vu, rien entendu, sa hiérarchie ne le croyait pas. Ce qu'il affirmait était qu'il y avait de la lumière bien visible dans les chambres. Il avait fait le tour de la propriété vers les 1 heure, tout était calme.

— Et après ?

Après, comme c'était toujours éclairé, il ne s'était pas inquiété… Lui-même s'était assoupi. Mais là, il resta muet.

*

Fragès ne fut pas surpris que Ben Youssef lui dise qu'une fouille sommaire n'avait rien donné. La seule information qu'ils possédaient était la marque et le type de leur véhicule. « Ah ! si j'avais eu présents mes dieux en identification criminelle », rêva-t-il…

— Ce sont des professionnels, Allal. Et nous nous retrouvons une fois encore à la case départ. Mais, à mon avis, cette fois ils vont sortir de chez vous… Est-ce que Hakim a prévenu Casablanca ?

— Naturellement. Et le 4X4 Mitsubishi recherché. De plus les personnels de surveillance dans les aéroports et aérodromes vont recevoir des renforts…

Michel remarqua :

— Dis, Fragès, si tu penses qu'ils sont en train de

se tirer, comme ils le font dans un premier temps en voiture, ils ont probablement pris une direction nord…

— Ou une direction vers un aérodrome ou un aéroport, mon colonel.

— J'allais le dire Auffret. Alors regardez la carte… Hypothèse, ils sont partis vers les 1 heure… Retenons une moyenne de 70 kilomètres/heure… À 9 heures, le chemin parcouru leur permet d'atteindre Casa, Rabat, Marrakech, pour les lignes internationales, Kénitra, Ifrane, Fès, sont des lignes intérieures… Il est facile de savoir s'ils ont pris un zinc ou sont en attente de le prendre dans l'une ou l'autre de ces places. Si ce n'est pas le cas, il faut penser Tanger, Al Hoceima, Melilla… mais dans ce cas, ils sont toujours sur la route. Allal, qu'est-ce que t'en penses ?

— Il ne faut pas perdre de temps.

— OK. Allons-y.

Malheureusement les services de police, les agences de voyages, les compagnies aériennes de ces places ne les avaient pas vus, leurs noms ne figuraient sur aucune liste d'embarquement. Le temps passait. Fragès appela Quimper. Il lui fallait se rendre à l'évidence, il avait échoué. « Dans un mois le *Monge* prend la mer… ».

*

* *

*Fès, ce même jour, 1er mai.*

Margrit et les cinq hommes arrivèrent à 5 h 40 au point de rendez-vous. L'endroit était désert. Leur contact les attendait au pied de la nécropole. Aussitôt, l'inconnu leur remit une enveloppe et les clés du Peugeot 806 rangé à quelques mètres du Mitsubishi. Il récupéra les papiers et les clés du 4X4, leur fit un petit signe d'encouragement et s'en alla.

Klaus Meyer décacheta l'enveloppe à l'abri dans le monospace. Un plan avec un itinéraire tracé, le point de rendez-vous, un lieu près d'Al Hoceima, l'heure, 13 heures, des adresses où se restaurer, la photo du commandant, celle des quatre hommes d'équipage, le nom du cabin-cruiser au mouillage, sa photo. Un mot à son intention :

*« Je savais compter sur toi. Bonne chance. »*

Il sourit. Depuis qu'ils travaillaient ensemble, leur mode de communication ne changeait pas. Hier soir, ils ne doutaient pas qu'ils étaient écoutés pourtant. Mais ils savaient aussi que le temps passé à restituer le sens du texte leur garantissait une liberté d'action.

Il remit les documents dans l'enveloppe, la passa à ses complices et démarra.

Rapidement, il se trouva sur la route menant à Ketama. À environ 40 kilomètres de Fès, ils petit-déjeunèrent à l'adresse prévue…

À 10 heures il entrait dans Ketama. Il leur restait à peu près 120 kilomètres à parcourir. Le temps de se restaurer, de restituer le véhicule à leur antenne, il ne leur fallait pas traîner. Legard le remplaça…

*

* *

*13 h 20.*

Le cabin-cruiser quittait son mouillage, cap sur Almeria.

# XVIII

*Gendarmerie de Quimper, lundi 3 mai.*

Paré était plus matinal. D'habitude il arrivait au PC opérations sur le coup de 8 heures-8 h 15. Le brigadier Derrien l'accueillit, la mine maussade.

— Hé ! Ça n'a pas l'air d'aller, on dirait… Qu'est-ce qui vous arrive ?

Derrien hésita, puis :

— Ben, c'est que j'ai dû remplacer Moreau au pied levé. Il n'est pas rentré pour prendre son service hier matin… J'ai appelé le poste de garde, il n'est pas encore arrivé.

— Bizarre ça… Il a sa piaule en ville, rue Guillaume Bougeant, vous êtes allés voir ?

— Oui, il n'y était pas.

— Bon. On réglera ça tout à l'heure… Quelles sont les nouvelles ?

Derrien prit ses notes.

— Un casse nocturne dans une bijouterie de Lannion, les voleurs sont en fuite, ils auraient pris la direction de Guingamp… Trois retraités agressés en ville, du sérieux, ils sont hospitalisés à Laënnec… Des chapelles près de Guerlesquin, de Plougonven et de Plusquellec pillées. Tous les détails de ces méfaits figurent dans la liasse des messages… Autre chose, le chef est rentré hier au soir. Visiblement colère. Il a retenu un briefing de tout le personnel travaillant sur “l'Affaire IM” à 9 heures.

— Il ne vous a rien dit de plus ?

— Non. Et vu son air je me suis bien gardé de lui demander s'il avait fait bon voyage !

Paré était ennuyé. Il lui avait été rapporté qu'il avait téléphoné le samedi en fin de matinée, qu'il l'avait demandé… Il se trouvait avec son camarade Quémeneur, en train de pêcher en mer, entre Molène et le continent.

*

Effectivement, Derrien avait raison. Son chef n'avait pas la grande forme. Sa mine renfrognée, son mètre quatre-vingt-sept courbé, son pas nerveux trahissaient son courroux.

Une des femmes gendarmes, au parfum de la situation, lui présenta le café sur un plateau. Sa nature simple, franche, généreuse, se révéla un tantinet. Il lui sourit.

— Merci, Dominique.

Le major Paré était au courant des événements. Il avait rencontré Auffret quelques minutes avant la réunion. Il hésitait à lui parler de Moreau qui n'était toujours pas rentré. Après réflexion, il décida que ça pouvait attendre.

Fragès leur relata les faits et leur enchaînement.

— En quittant la villa, conclut-il, ils nous ont montré qu'ils se savaient surveiller. Toutes les lumières des chambres étaient allumées, endormant ainsi la vigilance du guet. Il n'y a aucun doute, le malheureux Admed leur a bien craché le morceau avant de se faire descendre. Je le répète, ils sont très forts et ils se savaient certainement écoutés. À ce propos, Auffret affichera les renseignements obtenus sur table. Il s'agit d'un numéro suivi d'un nom et une conversation obscure que nous n'avons pas pu comprendre avant leur départ. Je les livre à votre perspicacité. Dans l'immédiat, je veux que tous les hôtels, restaurants, agences de location de voitures, situées dans et à l'ouest de la ligne Nantes/Rennes/ Saint-Malo aient les portraits de nos quatre spadassins et les croquis sommaires d'un certain Klaus Meyer et de sa fille Margrit.

*

* *

*Quimper, matinée.*

Hervéline Scouarnec commençait vraiment a en avoir marre. Cela s'était manifesté samedi matin. Elle avait été plutôt surprise de voir ces insectes virevolter près de l'entrée de l'immeuble… malgré le temps printanier, l'air était plutôt frais… « Bah ! signe d'orage », s'était-elle dit quand même.

Mais d'orage point. Le lendemain, les insectes plus

nombreux, se montraient plus agressifs, plus volontaires, pénétrant la cage d'escalier. Munie de bombes adéquates, Hervéline avait vaillamment repoussé l'offensive. Mais aujourd'hui !

Alertée par les personnes des deuxième et troisième étages, elle avait courageusement grimpé les escaliers munie de ses bombes d'insecticide. Mais quelle ne fut pas sa surprise !

Elles étaient toutes là, agglutinées sur et autour de la porte de l'appartement occupé par Marie-Elise Caudan. Elle s'approcha doucement et des deux mains pulvérisa le brouillard mortel sur les mouches*. Dérangées, elles s'éparpillèrent pour échapper au poison. Les survivantes entêtées se collèrent une nouvelle fois à la porte.

— Mais qu'est-ce qu'elles ont toutes à s'entasser comme ça !

— Oui, c'est vraiment curieux, entendit-elle dans son dos.

— Et puis, il n'y en a pas ailleurs, renchérit une autre voix…

— Il faudrait peut-être voir…

Hervéline les regarda :

— Vous avez peut-être raison. Attendez, je n'en ai pas pour longtemps, je m'en vais chercher les clés…

* La mouche dispose d'un sens olfactif très développé qui lui permet de repérer un cadavre à des kilomètres de distance. Le corps sans vie représente pour elle un substrat nourricier idéal sur lequel elle viendra déposer ses œufs ou ses larves.

La police fut aussitôt prévenue. Au cours de ses investigations elle trouva les papiers du mort. Nom, profession, affectation connue, un inspecteur appela ses collègues militaires. Paré et Derrien se déplacèrent aussi vite que possible et confirmèrent l'identité du cadavre. Ils apprirent en sortant du bâtiment que la locataire des lieux n'avait pas reparu depuis le vendredi 30 avril.

— Je l'ai vue sortir de l'immeuble un peu avant 18 heures, assez pressée, commenta la concierge.

*

Le commissaire principal Jean-Marie Gaudin, trente-cinq ans de métier, regardait Moreau. Jeune, le corps bien fait, musclé, il se demandait ce qu'il avait bien pu faire de géant pour mourir en baisant. « On étale encore à mon âge, à plus forte raison au sien ! Là, avec ses yeux grands ouverts, sa bouche béante, ses membres tendus comme s'il avait reçu une décharge électrique, on dirait que son cœur a lâché… Overdose ? Peut-être, mais ça m'étonnerait quand même beaucoup chez un gendarme… L'autopsie me le dira bien… » Il appela son ami Fragès.

— Jacques ? Jean-Marie.

— Salut. J'attendais ton coup de fil. Alors quelles sont tes premières impressions ?

— Un cadavre bien propre, trop propre à mon goût… Il ne porte aucune marque de coup. Il n'y a pas trace de lutte, la pièce est bien rangée… Bref, tout indique que ton gaillard a connu une fin fulgurante… Une mort naturelle en quelque sorte… Et pourtant…

— Oui ?

— Ton gars était trop bien bâti pour mourir dans ces circonstances… Enfin, c'est mon avis à chaud. Sa mort remonterait à vendredi dernier… Entre 15 heures et 19 h 30*.

— Concernant la locataire, tu as des éléments ?

— Oui. Elle s'appelle Marie-Elise Caudan, 25-30 ans, cheveux auburn, 1 mètre 70, mince, jolie, bien faite. Un petit canon quoi !

— Ancienneté dans les lieux, profession ?

— Elle a emménagé le vendredi 2 avril. Quant à son métier, la concierge n'a pas su nous répondre.

— Des empreintes ?

— Oh là là ! Partout ! Ça foisonne mon vieux ! La zone est polluée comme tu dis. Fibres, cheveux, poils, sperme et autres éléments biologiques… traces papillaires, de chaussures, rien ne manque !

— Ça ne me surprend pas… Que veux-tu que fasse Marie-Elise Caudan ? Moreau claque dans ses

*Les prélèvements biochimiques fournissent des informations importantes qui peuvent conduire à retrouver l'heure ou la date du décès. Ils sont utiles lorsque la mort remonte à moins de trois jours. On effectue alors un dosage de potassium dans l'humeur vitrée prélevée dans les yeux. La prise de la température rectale, intra-cérébrale et la prise de la température ambiante permettent assez souvent de déterminer l'heure du décès avec une marge moyenne d'erreur de quatre heures. *Source gendarmerie nationale*.

bras ! Qu'elle foute le camp paniquée ne m'étonne pas…

— Ben là, vois-tu, je ne sais pas… La concierge qui l'a aperçue quittant l'immeuble vendredi m'a raconté qu'elle était tout à fait calme et souriante…

— Ah ?

— Eh oui, mon cher Jacques, tu vois ce n'est jamais simple. C'est un petit point qu'il me faudra élucider, peut-être la faille…

— Hé ! Attends, tu en parles comme si Moreau avait été assassiné ?

— Ha ! je t'ai simplement fait part de mon étonnement. Maintenant, tu en sais autant que moi. Je te renseignerai bien sûr au fur et à mesure du déroulement de mon enquête. De ton côté, si tu as quelque chose, fais m'en part.

— Ça va sans dire, Jean-Marie.

*

*   *

*Quimper, 5 mai.*

Jean-Marie Caudan avait insisté ! Le corps, le moindre détail devait être passé au microscope. Pour justifier cette exigence près du médecin légiste, il arguait :

— Un jeune homme comme Moreau n'a pas pu mourir en forniquant. Vous comprenez ça ? C'était un homme sain, robuste et endurant, docteur. Son commandant me l'a encore confirmé ce matin. Il était un sportif de haut niveau… Et vous me l'avez attesté aussi à l'instant ! J'ai bien lu dans votre rapport que vous n'aviez pas décelé de traces de produits de merde… Son corps est donc parfaitement *clean* ! Alors, ce que je veux savoir, c'est ce qui a bien pu se passer, OK ?

— Je ne vois pas ce que je pourrais trouver de plus. J'ai procédé à toutes les analy…

Le commissaire principal s'emporta :

— Cherchez encore, docteur, prenez tout votre temps, cherchez millimètre par millimètre, mais trouvez !

*

* *

*Jeudi 6 mai.*

Jean-Marie Caudan se frottait les mains. Son entêté de médecin légiste avait fini par trouver la cause du décès du gendarme. Il en était renversé !

— Bon sang ! La salope !

Le rapport sous les yeux, il relisait ces lignes ahurissantes :

« *…L'examen radiologique du corps a mis en évidence, ce que j'avais initialement retenu pour piqûre d'insecte, l'enfoncement d'une aiguille entre la première et la deuxième vertèbre cervicale…* »

# XIX

*Brest, mardi 2 juin, 07 h 10.*

Au regard des visiteurs de l'arsenal, il ne pouvait pas passer inaperçu. Bâtiment de 230 mètres de long, 25 mètres de large, des radars aux antennes impressionnantes, jusqu'à 10 mètres de diamètre ! équipaient son pont supérieur du bloc passerelle au roof cheminée. Mais ce n'était pas seulement cela qui attirait l'œil du touriste, non. Ce qui forçait son regard, c'était sa couleur. Une couleur qui étonnait dans ce décor sévère, imposant, et qui le particularisait au sein de la flotte de combat. Une couleur qui couvrait toutes ses œuvres mortes : un blanc* presque insolent qui voisinait avec le gris terne et froid des frégates et avisos présents. Racés, équipés de systèmes d'armes multiples, propulsés par des moteurs puissants qui atteignaient pour certains 54 000 CV, ces coques grises composaient l'excellence de la Royale. Lui, le balourd de 21 000 tonnes, mû par deux moteurs diesels semi-Pielstick de 4 500 CV chacun et entraînant une seule hélice, était de conception civile et

*Couleur distinctive des navires à vocation scientifique de la marine nationale.

non adapté au combat. Pourtant, spécimen unique et d'exception de la marine nationale, il était son bâtiment d'essais et de mesures, voire celui des marines européennes.

*

Amarré bâbord à quai le long de l'épi 4, le nez pointé vers la jetée sud, le BEM* *Monge* présentait une certaine effervescence. Déjà la veille, des mouvements bien particuliers comme les compléments de gasoil, kérosène et huile ; le ravitaillement en eau douce ; les approvisionnements en vivres frais, congelés et surgelés, les conserves, les boissons alcoolisées et hygiéniques ou encore l'embarquement de couchages, draps, housses de traversins et de matelas, avaient été exécutés. Tout un branle qui ne pouvait tromper un observateur sur l'appareillage proche du bâtiment.

Là, ce jour, sur le quai, sous un léger crachin, des navettes déversaient leurs flots de marins rentrant de terre ; des véhicules utilitaires s'arrêtaient au niveau de la coupée. Sans perdre de temps leurs chauffeurs descendaient, remettaient un colis, un pli ou un matériel au personnel de garde et dégageaient aussitôt. Simultanément d'autres personnes, des officiers, des ingénieurs militaires et civils montaient à bord traînant ou portant une valise, un sac de voyage. Le maître commis aux vivres aidé par le personnel de

*Bâtiment d'Essais et de Mesures.

cuisine assurait un dernier avitaillement en pains, légumes et fruits. À quelques pas des provisions de bouche, des électriciens rangeaient avec soin les câbles d'alimentation électrique du bord par la terre. Le *Monge* à cette heure était autonome. Deux diesels-alternateurs ronronnaient et délivraient l'énergie électrique nécessaire à ses besoins du moment. En opérations, six diesels-alternateurs d'une puissance de 1 200 KVA chacun couvraient sa gourmandise.

À l'aplomb de la passerelle, deux quartiers-maîtres transfilistes attendaient l'ordre de débrancher les lignes téléphoniques qui isoleraient alors matériellement le bâtiment avec la terre.

Le second maître Le Bihan, jeune officier marinier de garde à la coupée - seul lieu donnant accès à bord - notait sur son cahier de quart tous ces mouvements. Le maître principal Beuzec, fusilier-marin commando, capitaine d'armes* du *Monge*, l'avait rejoint. Vieux serviteur, Beuzec savait que ces quelques instants avant l'appareillage étaient parfois tendus et que sa seule présence prévenait des possibles situations conflictuelles. Il savait aussi qu'il y avait encore à faire avant que le planchon de coupée soit enlevé. Il regarda la montre d'habitacle et vit qu'il était l'heure. Il rappela à Le Bihan occupé à pointer les personnels rentrants qu'il était temps de diffuser l'autorisation de vidanger les poubelles sur le quai.

---

* Officier marinier chargé de la police à bord.

Très vite, comme s'ils attendaient cet ordre, une procession de cuisiniers, maîtres d'hôtel, garçons d'office et responsables de postes arrivèrent porteurs de récipients, de cartons qu'ils se hâtèrent de vider dans des conteneurs à terre.

Le Bihan devenait impatient. Il regardait les minutes défiler depuis un quart d'heure… « Encore sept minutes avant le rappel au poste de manœuvre et j'en aurai fini avec tout ce merdier ! » C'est que Le Bihan avait pris ses fonctions à 4 heures et toutes ces allées et venues commençaient à l'irriter. Il prit la planchette nominative des passagers et vit qu'il en manquait encore un. Il informa le MP* Beuzec :

— Capitaine d'armes, il y a un passager qui n'est toujours pas arrivé, l'IPETA** Faucon…

Beuzec haussa les épaules, pas surpris :

— Bah ! Attendez, il n'est pas encore 8 heures.

Et en effet, à 7 h 58, un homme assez corpulent, de taille moyenne, 1 mètre 70, le cheveu rêche, noir, court, le visage défait, vêtu d'un costume de ville, gris, fripé se présenta. Aux deux hommes présents, il annonça, une pièce d'identité à la main :

— IPETA Faucon Yann. DGA** Paris.

Le Bihan pour qui le savoir bien accueillir et aussi la réputation de la Royale comptaient s'adressa poliment à l'ingénieur :

---

* Maître principal.

** Ingénieur principal des études et technique d'armement.

*** Direction générale à l'armement.

— Monsieur, nous vous attendions. Bienvenue à bord. Un planton va vous conduire à votre chambre.

Seule la garde montante avant* reliait encore le *Monge* au quai. Les équipes de manœuvre des plages avant et arrière s'activaient : les traversiers et les pointes larguées, rendues disponibles, avaient été aussitôt halés et mis sur tourets en soutes ; les lignes de mouillage à l'avant, disposées sur bosses, étaient prêtes à être mouillées sur ordre. Enfin les remorqueurs de la direction du port, le *Châtaignier* et le *Tilleul* avaient été pris en flèche en proue et poupe…

Les ordres se succédaient, clairs, précis, concis. À la passerelle régnait un silence rompu par ceux-ci et les informations sporadiques touchant la manœuvre.

— À gauche 25, tribord avant très lente.

Les quartiers-maîtres de quart à la barre et au transmetteur d'ordres vers le PC propulsion collationnèrent et presque simultanément une voix jeune, posée, rendit compte :

— La barre est 25 à gauche.

— Bien.

Quelques secondes plus tard, une autre voix, jeune aussi :

— Tribord réglé avant lente.

— Bien.

Le capitaine de vaisseau Baillec, habile manœuvrier, suivait l'évolution de son bâtiment depuis

*Aussière empêchant un bâtiment d'avancer.

l'aileron bâbord. Tout doucement la garde montante qui retenait le *Monge* se raidit et obligea le bateau à pivoter de l'avant pour venir s'appuyer sur le ras débordoir, l'arrière s'écartait du quai... Baillec jugea maintenant que la poupe du navire était assez dégagée. D'une voix neutre mais suffisante, il ordonna :

— Démarrez propulseur. Zéro la barre... Moteur tribord stop.

Ces actions exécutées, il s'ensuivit d'autres ordres :

— Larguez la garde... Les deux moteurs arrière lente.

Trois coups de sirène prévinrent alentour de la manœuvre. Le brassage de l'eau dû au mouvement de rotation de l'hélice remonta bientôt la carène pour éclater en surface en un bouillonnement blanchâtre : le *Monge* culait accompagné de ses fléchards.

À terre, des jeunes femmes, certaines un enfant dans les bras, avaient les yeux rivés sur le navire qui déjà s'éloignait. Le visage serré, elles adressaient de la main un dernier signe, désuet sans doute, mais combien riche et précieux pour qui le recevait.

Le quai passé, Baillec stoppa. Puis :

— À gauche 30. Les deux moteurs avant très lente. Propulseur gauche 5.

Avec souplesse le *Monge* abattit sur bâbord et prit de l'erre en avant. À 20 degrés du cap de la route à suivre pour gagner la sortie du port abri, le pacha contra le mouvement de son bateau :

— Stoppez propulseur. Zéro la barre. Venir au 045.

Le bâtiment étant stabilisé au cap ordonné, Baillec commanda à son second, le capitaine de frégate Cadet, de prendre la suite de la manœuvre.

— Vous passerez au nord du coffre alpha.

Cadet accusa puis informa le personnel de quart :

— Le commandant en second, je prends la manœuvre. Les deux moteurs avant lente.

Très vite le *Monge* monta en allure. Déjà le coffre se dessinait à environ 300 mètres, à moins d'un quart sur tribord avant. Cadet ne le perdait pas de vue, prêt à corriger une dérive possible du bâtiment…

Le coffre évité, de l'aileron tribord, il lança à l'homme de barre :

— À droite 25, venir au 100.

Puis, aux plages de manœuvre :

— Larguez les remorqueurs en flèche.

En route à ce nouveau cap, l'officier se dirigea vers l'aileron bâbord et observa la tour César de la direction du port et la fenêtre du bureau du préfet maritime. Comme tout officier de passerelle, il savait que l'alignement de sortie (et d'entrée) de la rade abri était matérialisé par ces deux lieux. Petit à petit l'alignement se fermait. Cadet, le diamètre de giration du navire à cette vitesse en mémoire, estima qu'il était temps maintenant de viser la sortie du port abri :

— À droite 20. Venir au 164.

Simultanément, Baillec et Cadet se tournèrent vers l'arrière. Ce dernier, le petit coup d'œil sur le compas jubilait intérieurement : le bâtiment était maintenant à trois degrés du cap ordonné quasiment stabilisé alors que l'alignement de sortie lui, était presque fermé…

— En route au 164.

La voix claire du barreur le réjouit : c'est que le bâtiment était à la route prévue coïncidant avec un alignement parfait. Le pacha se retourna, regarda son second, souriant :

— Belle manœuvre, Cadet.

Le *Monge* quittait son port base pour missions opérationnelles.

*

L'IPETA Faucon, la porte de la chambre refermée avait laissé ses bagages en plan et s'était affalé dans le cabriolet placé entre le bureau et le lit. Depuis il n'avait pas bougé. Prostré, tendu, il se remémorait la matinée de la veille et le calvaire vécu près des siens en soirée. Corinne et sa gentillesse naturelle, sa patience, avait tout fait pour le voir se décrisper… En vain.

« Ce n'est pourtant pas la première fois que tu vas sur le *Monge*, lui avait-elle chuchoté… alors dis-moi, qu'est-ce qui t'arrive ? Tu as des soucis ? C'est ton travail ? Tu… Enfin il y a bien quelque chose qui s'est passé pour que tu te montres aussi préoccupé ! Non ? » Il se souvenait qu'elle lui avait pris la main avec douceur, tendresse et qu'il s'était blotti de tout son corps contre elle, comme à la recherche d'un refuge… Avec amour elle l'avait retenu dans ses bras, câline. « Là, je suis là, contre toi, calme-toi, je t'en prie, tout va s'arranger… » Il se souvenait aussi qu'à cet instant il avait hésité à tout lui raconter… Et puis Corinne tout en lui caressant les cheveux avait murmuré : « Parle-moi, mon chéri, dis-moi ce qui ne va pas, s'il te plaît… Tu sais, depuis que tu es rentré, j'ai tout de suite senti qu'il y avait quelque chose… et ça doit être suffisamment important, car cela ne te ressemble pas de t'enfermer dans une sorte de mutisme… Jusqu'à aujourd'hui nous nous sommes toujours confiés l'un, l'autre, tu m'as toujours fait part de tes soucis, je t'ai toujours aidé comme j'ai pu, tu le sais bien d'ailleurs… Alors pourquoi cette attitude cette fois ? Pourquoi ce silence ? Tu ne me ferais plus confiance ? Oh ! Yann, je t'aime, je t'aime tant, laisse-moi t'aider je t'en prie ! Je sais que je le peux… Yann, s'il te plaît, parle-moi, ne reste pas comme ça, tu me fais peur ! »

Cette voix suppliante, aimante, qu'est-ce qu'elle lui faisait mal, qu'est ce qu'elle le torturait ! Il savait pourtant qu'il se devait de prévenir sa femme, qu'il ne pouvait pas partir sans rien lui dire… Et que demain il serait trop tard… Mais comment lui dire, comment lui exprimer ce qu'il vivait sans qu'elle s'affole… Le ventre noué, il se décida, il lui parla enfin. Il lui confia à l'oreille :

« Corinne, ma chérie, mon amour, arrête, arrête, je suis déjà si bouleversé, crois-moi… et te voir dans cet état, si malheureuse, ne fait qu'ajouter à mon angoisse… Je souffre au plus profond de moi, oh ! si tu savais tout ce que je ressens… Bien sûr que j'ai toute confiance en toi ma chérie, même si en ce moment tu pourrais douter… Mais ne me pose pas de question je t'en prie, ne cherche pas à savoir plus que ce que je vais te livrer. Je te demande de m'écouter, simplement de m'écouter et de me faire confiance, quoi qu'il puisse arriver… ça m'est très important de pouvoir compter sur toi… Sache seulement qu'aujourd'hui ce qui m'arrive, c'est… Eh bien voilà, j'ai peur… Non, attends, ne bouge pas, reste contre moi… Je te sais étonnée, inquiète, mais je t'assure que c'est pourtant ça, j'ai peur. Peur pour toi, pour nos enfants, pour moi… C'est quelque chose de fou, d'irréel que je vis ma chérie, quelque chose qui peut s'avérer grave pour nous tous… Non, ne dis rien, entends… On veut me faire chanter, voilà ce que j'ai… et pour le moment je ne peux rien faire, surtout pas ! Toi non plus pour l'instant… il nous faut donc attendre… Savoir ce que nos maîtres-chanteurs recherchent et aviser… Corinne, je t'aime plus que tout au monde, tu le sais bien, et je ne veux pas te perdre… Mais tout peut arriver si vite… Alors, pendant mon absence, fais bien attention à toi et aussi aux enfants… Au moindre doute, à la moindre rencontre suspecte, fuis… fuis avec nos petiotes, va en Bretagne, mais ne reste pas ici ! Je sais que c'est complètement dingue tout ce que je te raconte, mais promets-moi d'être prudente… l'inconnu qui m'a appelé et menacé ce matin est tout sauf un plaisantin je t'assure… »

Ces quelques moments où il épanchait son cœur, Faucon était resté la tête serrée à celle de son épouse… Tout doucement il dégagea son visage du sien et vit alors ses yeux gonflés de larmes…

Avec beaucoup d'effusion, il l'embrassa, la serra fort comme cherchant à lui transmettre la force, sa volonté de ne pas se soumettre.

— Fais-moi confiance, ma chérie, on s'en sortira, tu verras.

*

Non, Faucon ne comprenait pas ce qui lui arrivait. D'emblée, peut-être pour l'obliger à l'écouter, l'inconnu lui avait avancé connaître sa famille : sa femme Corinne et ses deux enfants Marie et Anne. Dans quelle école elles se trouvaient. Quelles étaient les activités de sa femme : membre de l'Inner Wheel de Garches et du golf de Saint-Cloud, elle pratiquait aussi chaque mardi matin le footing au parc La Fayette. Tous les jeudis elle se rendait à Paris pour courir les antiquaires à la recherche de l'objet rare, du meuble ancien. Quant à l'adresse de la famille, elle ne lui était pas non plus inconnue : avenue Casimir Davaine à Garches…

Jusque-là, Faucon, non inquiet, plutôt surpris, au demeurant un zeste agacé qu'un inconnu le dérange à son travail pour l'entretenir sur sa famille, avait eu la patience de l'écouter. Il le lui fit savoir, le pria de venir au fait et de se présenter... La réponse fut tout autre. Là, Faucon fronça les sourcils interrogatif, quand il entendit l'inconnu prononcer d'une voix doucereuse, changeante avec celle posée, assurée, métallique, du début :

— Une bien gentille famille que vous avez là, monsieur Faucon... De beaux enfants et une épouse si jeune, si jolie, si fragile... Il serait dommageable qu'il leur arrive malheur, ne croyez-vous pas ?

Faucon n'en revenait pas, cette fois perplexe. Qu'est-ce qu'il venait de lui dire ? Qu'avait-il osé insinuer ? Menacer sa femme, ses enfants ? La main crispée sur le combiné, il se contint pour ne pas hurler. D'une voix blanche, il répondit sèchement :

— Que signifie tout cela ? Que me voulez vous ?

— Un service, rien qu'un service, monsieur Faucon.

— Pardon ? Un service ? Soyez plus clair voulez-vous ? Et laissez les miens en paix, sinon...

L'inconnu, la voix dure, glacée, le coupa :

— Sinon rien que vous ne puissiez faire pour les protéger, monsieur Faucon. Rien, entendez-vous ? Nous avons besoin de vous et nous utiliserons tous les moyens que nous jugerons nécessaires pour obtenir ce que nous voulons et votre famille fait partie justement de ces moyens... Avons-nous été suffisamment clairs cette fois ?

Faucon explosa :

— Quoi ? Espèce de salaud, je ne sais pas ce que

vous attendez de moi, mais si vous croyez que je vais rester sans rien…

— Monsieur Faucon inutile de crier. Demain vous êtes sur le *Monge*. Nous vous rappellerons. Et surtout ne commettez pas l'erreur irréparable de parler de cette conversation à quiconque, sinon… Vous m'avez bien compris ? Votre famille est très vulnérable… À bientôt, monsieur Faucon.

Faucon, foudroyé par ce qui lui arrivait, était resté muet, le combiné à la main.

# XX

*Funchal (Madère), lundi 7 juin après-midi.*

Le *Monge*, amarré par tribord au quai de la jetée, et au plus près des passes, attirait une foule de gens concentrés au pied de l'échelle de coupée. Ils attendaient l'heure de la visite du bateau.

Faucon, collé au sabord de sa chambre, les regardait. Parmi eux, il savait qu'il y avait cinq personnes désireuses de le rencontrer. Des personnes à la solde de ses tourmenteurs... « Que faire, que faire, gémissait-il... »

Sur son bureau, il avait laissé pêle-mêle, les feuillets de la lettre de Corinne reçue ce matin et une enveloppe en papier kraft déposée à son intention à la coupée il y avait à peine deux heures... Quand il l'avait ouverte, il avait eu un haut-le-cœur. À l'intérieur, se trouvaient les mèches des cheveux de ses enfants et de sa femme, les chaînettes de Marie et Anne ! Une carte postale d'Huelgoat.

Frappé par la stupeur il avait lâché l'enveloppe ! Immobile, le souffle court, le cœur saisis d'émotion, il ne comprenait plus... À côté, il y avait toujours ces mots rassurants de Corinne, lus un peu avant, qui l'avaient soulagé, libéré de cette emprise diabolique ! Il avait eu alors une impression de renaissance et éprouvé un sentiment dingue de fierté pour son petit bout de femme : elle avait agi, elle s'était mise en sûreté ! Ces mots…

« …*Crois que de mon côté, j'ai pris toutes les précautions. Tu n'as donc pas de souci à te faire. J'applique à la lettre ce que tu m'as conseillé. Ils ne nous auront pas car ils ne nous trouveront pas. La nuit dernière, j'ai décidé d'anticiper notre repli en Bretagne. Pourquoi attendre en effet. Quand tu recevras cette lettre, nous serons déjà chez mamie, bien à l'abri dans cette campagne que tu affectes tout particulièrement. Ne te laisse donc pas manipuler, mon chéri, pense à toi, à ton métier. Ne cède pas ! Courage, nous ne sommes pas seuls…* ».

Les larmes aux yeux, il avait pris avec délicatesse les boucles de cheveux, les avait caressées avec tendresse, amour. « Mon Dieu, que s'est il passé ? »

Le visage en pleurs, il se rendait bien compte que finalement c'était lui le responsable de cette funeste situation ! La seule démarche qu'il aurait dû faire, et il s'en repentait, aurait été d'alerter la gendarmerie ! Là, maintenant, le sentiment de son impuissance l'écrasait.

Il prit la carte postale. Avec rage il la déchira et la jeta dans la corbeille à papiers. Il vit alors sur un des morceaux retournés, une écriture… Il récupéra et rassembla les pièces… Au verso, il y avait un message :

*« Cinq personnes en uniforme vont se présenter à la coupée à 18 heures. Ils vous demanderont. Accueillez-les et faites-leur visiter votre bateau. »*

*

Le groupe se présenta comme annoncé en uniforme. L'uniforme de la marine portugaise ! Faucon les cornaqua. À l'intérieur, il lui fut demandé de leur faire visiter le compartiment propulsion… Il s'exécuta, tel un pantin.

Curieux et manifestement connaisseurs des moteurs diesels, avenants, ils séduisirent le quartier-maître de quart qui n'eut de cesse de leur montrer et de leur expliquer le fonctionnement des appareils placés dans le local. Faucon en était malade…

— En cas d'incendie, vous devez avoir une sortie sécurisée, non ?

— Oui, bien sûr. L'issue de secours, selon le lieu où le sinistre se déclare est soit l'accès que vous avez emprunté soit le passage que vous apercevez entre les compartiments groupes électrogènes.

— Qui vous conduit à l'extérieur ?

— Tout à fait. Mais, si vous voulez emprunter ce passage pour vous retrouver sur le pont, c'est pas difficile. N'est-ce pas, monsieur l'ingénieur ?

Il ne pouvait refuser. Il fusilla le brave quartier-maître du regard en partant.

*

Ils se trouvèrent très vite à l'intérieur d'un bloc imposant. Les conduits d'échappement des moteurs de propulsion occupaient la partie arrière, et des échelles avec des paliers intermédiaires permettant d'accéder aux aériens, la partie avant.

— C'est par là. Vous trois, vous restez là. Moi et Alonzo nous montons. Monsieur Faucon, vous voulez bien nous précéder ?

Arrivés à la plate-forme du DRBV 15 C*, Alonzo retint Faucon. Celui qui était le chef s'engagea sur l'ouvrage plat supportant l'antenne du radar. Rapidement et discrètement, il disposa quatre petits boîtiers diamétralement opposées à la base de l'aérien et se retira.

Avant qu'ils ne quittent le bord, Faucon reçut une poche dans laquelle se trouvait des articles.

— Matériels et instructions s'y trouvent. Après vous en être servi, vous vous en débarrasserez. Ne commettez surtout pas l'irréparable !

*

* *

*Mardi 8 juin.*

L'escale technique du *Monge* s'achevait. Avec panache, Baillec appareillait pour rejoindre sa zone de travail.

---

*Radar de veille combinée Pulde Doppler à agilité de fréquence et compression d'impulsions. Portée 100 kilomètres sur avion et 50 kilomètres sur missile. Bande S.

# XXI

*Zone sud de l'Atlantique nord. Samedi 12 juin. Matinée.*

Le sous-marin, un ex-soviétique de type K*, transitait en surface à 7 nœuds. Le commandant, Konrad Müller pestait. Ils avaient encore fait fi de sa demande d'adapter un système de réfrigération à bord. Ce n'était pourtant pas faute d'avoir insisté près de ses employeurs :

— J'ai des difficultés à charger les batteries en eau chaude car le système de réfrigération n'a pas été envisagé à bord. Au cas où vous l'ignoreriez, ce type de sous-marin a été pensé pour combattre uniquement dans les eaux froides. Ici, avec des faibles intensités de charge, il me faut économiser. Mes capacités d'action sont par conséquent limitées et j'aurai peu de chances d'échapper à une détection d'un bâtiment de surface ou de sous-marins…

— Qui voulez-vous qui vous pourchasse, Müller, votre zone de travail ne présente pas un grand intérêt stratégique… Tout au plus entendrez-vous les cétacés… lui avait-on rétorqué !

---

*K pour kilo (classification OTAN).

« Bah ! Encore un coup d'épée dans l'eau ! »

Devant lui s'étendait l'océan, à perte de vue. Pas un navire à l'horizon. Un soleil radieux, une mer d'huile, Müller, le mercenaire, s'évadait. Il pensait à toutes ces années passées dans la marine allemande, à ses camarades qu'il n'avait plus revus depuis que cette sanction terrible, tranchante comme un couperet, l'avait rayé du corps des officiers. Il ne regrettait pourtant pas d'avoir agi comme il avait fait. Non. En le faisant, il avait sauvé le navire d'une collision certaine et sans doute des vies humaines... Mais pouvait-il prévoir que son coup de poing dans la figure de son pacha tuerait ? Il avait pourtant essayé de le convaincre de la dangerosité de sa manœuvre... Des officiers s'étaient rangés également à son point de vue et l'avaient soutenu... Mais, têtu, figé, le commandant n'avait pas bougé... Et il arrive le moment où après il devient trop tard... « Con d'obstiné stupide. » Il balaya d'un grognement ces souvenirs douloureux.

— Ach...

À quelques mètres de la coque, des dauphins apparurent et se mirent en route parallèle avec le sous-marin.

Il les observa, sourit, amusé. Il les devinait cherchant à identifier l'intrus. Rassurés par ce gros poisson inconnu, ils décidèrent de l'accompagner.

Telle une invite au jeu, ils s'amusaient à lui passer au ras du nez, à lui proposer d'entrer dans leur ballet à l'exécution parfaite, composé de figures en zigzags à fleur d'eau ou de trajectoires hors de l'eau. Mais, bientôt, lassés par le poisson lourdaud indifférent à leurs jeux, ils abandonnèrent le ballot dans un bel ensemble de lignes croisées, nerveuses, chahutées. Il y lut de la moquerie.

— Commandant !

— Oui, Steiner ?

— Nous avons reçu la dernière position du *Monge*. Par rapport aux positions précédentes, il n'a pas changé de route ni de vitesse, toujours au 195, 10 nœuds.

— Bien, je descends.

Müller, penché sur la carte, mesura à l'aide d'un compas la distance qui le séparait de sa cible.

— 660 nautiques ! Il est 9 heures passées. Le tir est prévu lundi 14 à 23 heures... Dans un peu plus de soixante et une heures... OK, Steiner. Paré à plonger. 200 mètres. 15 nœuds. Route sur sa position estimée à vingt-quatre heures.

Steiner accusa. Puis à l'équipage il ordonna :

— Rentrez les aériens ! Paré à plonger ! Immersion 200 mètres ! Moteur avant 4 !

Les barres de plongée inclinées, les ballasts remplis, le sous-marin piqua doucement du nez et s'enfonça dans l'eau pour se stabiliser à l'immersion ordonnée.

*

* *

*Huelgoat, soirée.*

L'adjudant-chef Auffret rangea son véhicule dans le garage attenant à la maison de son amie. Il aimait la vieille pierre et ce corps de ferme restauré représentait ce qu'il avait toujours souhaité. Situé à environ six kilomètres de la petite cité d'Huelgoat, les bâtiments dépendaient du village de Squiriou, proche de la forêt domaniale de Saint-Ambroise.

Julienne, toute crottée, s'était retirée dans la salle de bains. Ils venaient de parcourir le site légendaire d'Huelgoat et les fortes pluies de la nuit avaient trempé le terrain. Il alla se servir une Britt.

*

* *

*Quimper, domicile de Fragès, soirée.*

Fragès gambergeait. Cet appel de l'après-midi le réconfortait. Vers les deux heures, alors qu'il se trouvait dans son bureau, le gendarme de service au standard le prévint qu'un général le demandait. Quelle ne fut pas sa surprise en décrochant son combiné d'entendre la voix du général Hautière, son Modèle, cet homme qui aimait et n'avait de cesse de rappeler à ses officiers élèves, alors qu'il était directeur des études, que « la synergie développée par la contribution du flair des uns et de la chance des autres, associée à la mise en œuvre des moyens rationnels par des personnels qualifiés et motivés, peut, doit aboutir, messieurs, à la défaite de l'adversaire commun : le criminel. »

— Mes respects, mon général, si je m'y attendais.

— Je m'en doute, Fragès… Dites-moi, avez-vous toujours la baraka ?

— Hum, ça dépend… Pourquoi cette question ?

— J'y arrive. Vous vous occupez en ce moment d'une affaire qui vous fait vous déplacer pas mal… Ce n'est pas une histoire simple, mais ça, vous l'avez bien analysée… Actuellement je suis détaché à la DST. Il y a quelque temps, l'amiral Tanguy, le patron de la DGSE, me parlait de faits assez troublants qui se seraient manifestés dans la sphère d'action du *Monge*…

Votre perspicacité et les révélations en demi-teintes du commandant du navire vous ont fait comprendre que le crime commis dans la région de Brennilis avait pour dessein de faire capoter la mission du bateau… Disons qu'ils ont réussi… En soi, ça coûte cher au contribuable, mais c'est récupérable… La mission actuelle est tout autre, et elle ne sera pas rejouée. C'est vous dire combien elle est importante et les conséquences incalculables… Entre autres, à moyen terme, la survie de Kourou.

Mes services sont sur le terrain pour vous aider à retrouver vos canailles… Nous avons appréhendé Klaus Meyer et sa pseudo-fille à Lyon. Ils s'apprêtaient à s'envoler vers Marrakech. C'est notre correspondant de chez Fram qui nous a prévenus…

À cette nouvelle, son sang ne fit qu'un tour :

— Quoi ? Ça s'est passé quand ?

— Bon, je devine déjà votre hargne et… je la comprends. Mais aujourd'hui, on n'y peut plus rien. Ils se sont faits prendre le samedi 5 juin…

« Putain d'enfoirés. Ils utilisent tout ce que j'ai pu glaner et ils me court-circuitent ! »

— Une semaine ! mon général. J'aurais quand même bien aimé le savoir… J'avais mille questions à leur poser à ces deux-là ! Je trouve le procédé blessant… Jusqu'à nouvel ordre cette affaire m'a été confiée et je souh…

Le ton tranchant de Hautière mit un point final à l'humeur bouillonne du Breton.

— Soyez satisfait, elle ne vous a pas été enlevée… À présent dites-moi ce que vous savez sur le couple Meyer.

Fragès se maîtrisa.

— Heu, je pense que ces personnes ne sont pas impliquées directement dans l'action qui se mijote. Elles appartiennent à la cellule logistique du groupe… Mais elles doivent savoir appeler Martini et Duponti si nécessaire, voire où ils se trouvent… Se sont-elles confessées, mon général ?

Il sentait Hautière ennuyé. Il devinait la réponse…

— Non.

Le Breton avait sa petite idée. Il la proposa au général.

— Vous y croyez ?

— Oui. Vous avez bien parmi vos honorables correspondants des faciès berbères.

Le ton une nouvelle fois acerbe de son ancien élève l'affecta. Il ne pouvait pas tout lui dire… « Peut-être qu'un jour, quand tout sera fini… »

*

Faire croire à Klaus Meyer et Margrit qu'ils étaient les assassins d'un certain Admed, qu'ils en détenaient les preuves et qu'ils allaient les remettre le plus vite possible aux autorités spéciales marocaines, devait être porteur. Fragès y croyait. Arriver à situer Duponti et Martini serait gagné !

*

* *

*Huelgoat, nuit du 12 au 13 juin.*

Auffret n'arrivait pas à trouver le sommeil. Il se sentait ballonné. Il faut dire qu'il s'était goinfré de *kig a farz*… Julienne avait essayé de le freiner, mais peine perdue. C'était un plat qu'il aimait et qu'il aurait pris plus souvent s'il n'y avait eu son amie. « Une fois par mois et c'est bien suffisant », avait-elle décrété. Un vrai gendarme.

Il quitta la chambre sur la pointe des pieds et se rendit dans la cuisine où il se versa un grand verre de Perrier. Il regarda l'heure, 2 h 15. Il alluma un cigarillo de La Palma et alla le fumer dehors.

Il faisait nuit noire… « Nouvelle lune », murmura-t-il. Le ciel exempt de nuages présentait une féerie de lumières prêtant aux rêves les plus irrationnels. Il resta assis sur un banc de pierre savourant le silence régnant alentour. Seuls le bout incandescent de son cigare et l'odeur dégagée trahissaient sa présence. Il aimait la campagne, les randonnées sylvestres et ce coin si particulier de la Bretagne où les récits fabuleux et le merveilleux se transmettaient de génération en génération… Ne raconte-t-on pas ici que les fées existent ? Que la nuit tombée, des anciens vont même à leur rencontre à la mare aux fées ? Que les immenses blocs de pierre qui surgissent au cœur de la forêt, sont les énormes galets, polis par la mer, lancés depuis le Léon par Gargantua, pour punir les habitants de la "haute forêt"* de ne lui avoir offert qu'un maigre repas ? Que la grotte d'Arthus** recèle le trésor trouvé au Val-sans-retour grâce à Merlin et qu'il est gardé par des démons qui traversent les airs sous forme de feux follets ?

Il se leva et fit quelques pas sur la route desservant le village. Marcher le soulagea un peu de ses lourdeurs d'estomac. Au croisement vers Berrien, il rebroussa chemin. C'est au moment où il franchissait le portail d'entrée de la cour de ferme qu'il perçut le bruit de moteur d'une voiture qui se rapprochait. Curieux, il l'attendit, planqué derrière le mur. La voiture allait doucement comme pour ne pas déranger le petit village. Il entrevit une femme au volant d'une

*Uhel koad (Huelgoat) en breton.
**Roi Arthur.

Peugeot 406. La voiture tourna à droite au premier carrefour…

*
* *

*Huelgoat, dimanche 13 juin, matinée.*

Auffret préparait le petit déjeuner. Il ne dérogea pas, malgré le *kig a farz* qui pesait encore un peu, à ses habitudes dominicales, il fit des œufs au bacon. Quand la table fut dressée et ce petit plaisir à point, il réveilla Julienne…

— Hum, je ne voudrais pas me montrer commère, ma chérie, mais tu as une voisine qui est rentrée cette nuit à une heure assez avancée… À 3 h 10, elle passait devant chez toi…

Julienne masqua un bâillement et le regarda, les yeux étonnés :

— Ha ! Je ne savais pas qu'elle était déjà arrivée… Hou, là, là ! Je suis un petit peu fatiguée ce matin…

Elle s'étira en bâillant à se décrocher la mâchoire cette fois.

— Attends, qu'est-ce que tu me racontes ? De qui tu parles ?

— Hé ! Réveille-toi ! Je te parle d'une voisine qui est rentrée cette nuit à 3 h 10 !

— Mon petit gendarme chéri se montrerait intéressé par mon amie ?

— Julienne, arrête de minauder, qui est-ce ?

Les bras en extension, elle inspira fort et expira doucement en relâchant ses membres.

— Bon, mon amie Corinne, avant qu'elle ne se marie, passait toutes ses vacances dans la maison isolée qui se trouve pas loin de Kerber, tu vois ?

— Très bien. La maison est occupée par une femme seule, la cinquantaine…

— Oui, c'est sa mère. Son mari est décédé il y a trois ans. Il était sous-marinier, maître principal je crois… Elle habitait alors Toulon. Depuis elle s'est retirée ici… Ses parents y demeuraient déjà. Un retour aux sources…

— Hum, et ce serait sa fille que j'aurais aperçue ?

— Sans doute… mais ce qui m'étonne c'est qu'elle soit déjà là ! Elle a deux petites filles qui sont en classe… Ensuite elle me prévient toujours de son arrivée… Toutes nos vacances, tu sais, nous les passions ensemble… Et puis ça ne lui ressemble pas de rentrer seule à une heure aussi avancée dans la nuit. Une urgence peut-être ?

— Non. Elle roulait très lentement…

— Je ne comprends pas alors. Je connais toutes les personnes qui habitent dans le coin et ce que je peux t'affirmer est que la jeunesse ici brille par son absence.

— Bah ! Tant pis ma chérie, nous ne saurons pas qui c'était…

Les yeux rieurs, Auffret se leva et enserra Julienne de ses bras. Il se mit à fredonner sur un air populaire, une composition de circonstance :

*« Oh ! qui es-tu belle inconnue de la nuit,*
*glissant avec majesté dans ton carrosse sombre,*
*pour si vite disparaître de ma vie,*
*et à jamais me laisser morfondre. »*

— Dans l'ombre, idiot, corrigea la jeune femme s'abandonnant à l'étreinte de son fiancé.

— Juste ! Ah, que ferais-je sans toi !

— Rien ! Mon gendarme à moi !

— Tiens, à ce sujet, que fait le mari de ton amie, il est aussi marin ?

— Non pas. Il travaille à la DGA. Il est ingénieur. Ils se sont connus à Toulon. Mais il lui arrive de temps en temps d'aller en mer. Il va aussi quelquefois à Kourou, au centre spatial… Tout à l'heure j'y avais pensé, son mari parti en mission pour une longue durée, peut-être que… mais non, comme l'école n'est pas finie, elle serait restée quand même à Paris.

— Hum, nous pourrions faire une petite marche du côté de Kerber cet après-midi… Qu'est-ce que tu en penses ?

Julienne se fit chatte.

— Pourquoi ? On est bien ici…

Devant le regard insistant de son gendarme, elle composa :

— Mon cabochard de gendarme, toi quand tu as une idée derrière la tête, c'est quelque chose… D'accord pour la promenade, mais seulement après…

*
* *

*Zone sud de l'Atlantique nord, dimanche soirée.*

La nuit était tombée. Konrad Müller était satisfait. En économisant au maximum les consommations d'énergie, il avait parcouru 440 nautiques en alternant les périodes en surface et en immersion. La dernière position connue de sa cible le plaçait maintenant à 170 nautiques dans son noroît.

— Paré à reprendre la vue.

— Bien, commandant. Paré à reprendre la vue !

Le personnel de quart s'affaira. Chacun avait une tâche bien précise à exécuter. Au fur et à mesure de leur exécution, le chef de quart les collationnait sur son cahier…

— Nous sommes parés à reprendre la vue.

Müller passa au central opérations et se fit présenter la situation surface. Toutes les manœuvres prévues vérifiées, les appareils d'alerte contrôlés, il hissa le périscope et fit plusieurs tours d'horizon.

— OK. Surface.

— Bien, commandant. Paré à faire surface ! Chassez aux ballasts !

Le sous-marin se cabra, la proue pointée vers le haut.

*

* *

*Huelgoat, nuit.*

Julienne était inquiète… Elle ne trouvait pas le sommeil… Savoir que tout près de chez elle, ses amis pouvaient être menacés l'interloquait…

Elle n'y aurait pas cru si elle n'avait pas lu dans les yeux de Morgane Le Léannec, la mère de Corinne, cet appel de détresse et cette aberration d'entendre de sa bouche quand elle lui avait demandé si Corinne était arrivée :

— Non, non, ce n'est pas sa voiture qui est rangée dans l'allée, c'est celle de ma nièce, tu sais bien, ma petite Julienne, la fille aînée de mon frère Paul… Mais, elle se repose, elle est rentrée dans la nuit avec ses deux frères… Elle est fatiguée…

Julienne n'avait pas insisté. Il lui tardait de s'éloigner ! Elle n'ignorait pas que Morgane n'avait pas de frère mais deux sœurs. Que lui arrivait-il, que pouvait-il bien se passer dans cette maison ?

Auffret l'avait difficilement tranquillisée.

— Surtout, ma chérie, pas de précipitation, ne fais rien qui puisse lui donner l'éveil que quelque chose se trame… Vis ton quotidien comme si rien n'était, la mère de ton amie court un danger… ce qui est sûr c'est qu'elle t'a envoyé un signal fort, elle t'a laissé savoir que deux hommes et une femme sont chez elle, contre son gré… Je vais appeler mes collègues de Huelgoat et nous allons planquer la maison cette nuit… Aie confiance et laisse-nous faire.

## XXII

*Gendarmerie de Quimper, lundi 14 juin.*

La seule bonne nouvelle qu'apportait Fragès à ses hommes réunis concernait l'arrestation imminente de Duponti et de Martini.

— Comment ça imminente ?

Il leur expliqua.

— Je viens de l'apprendre à l'instant. Hum, samedi dernier, *tant pis pour le mensonge, mais ce n'est pas le moment de déterrer la hache de guerre*... la DST a chopé Klaus Meyer et sa compagne Margrit... Je vous passe les détails. Sachez qu'en les cuisinant, ils ont avoué connaître l'endroit où opèrent Duponti et Martini. Ils crèchent à Versailles... à quelques mètres de l'hôtel de police !

L'incrédulité, la stupeur se lisaient sur les visages.

— Ce n'est pas tout. Le général Hautière m'a confié ce matin que la mission du *Monge* est une mission civile au profit d'Ariane-espace. Le vol de la fusée est prévu cette nuit. Décollage de Kourou à 23 heures locales ce soir... Dans quatorze heures...

Un silence de tombe, d'impuissance devant l'inévitable plana... L'adjudant-chef Auffret aussi résigné que ses camarades se disait que, « après tout, pourquoi pas, il a bien parlé de Kourou et le mari de Corinne qui est ingénieur militaire, travaille aussi dans le spatial… Et au point où nous en sommes… »

— Heu, mon commandant, je ne sais pas si cela va solutionner notre situation, mais voilà, ce week-end j'étais à Huelgoat et…

Il raconta, méticuleux, ce qu'il avait aperçu, appris et fait :

— Quand j'ai quitté le collègue à six heures, les trois indésirables étaient toujours dans la maison et comme Huelgoat ne nous a pas appelés, ils y sont encore à cette heure…

Une lueur d'espoir illumina les regards de ses camarades. Le temps pressait. Une analyse simple, rapide, Fragès, commanda :

— On se focalise sur cette piste ! Paré, appelez nos camarades d'Huelgoat, qu'ils s'empressent de prévenir la poste d'attendre notre ordre pour desservir les villages de Squiriou et de Kerber… Une femme gendarme va jouer le rôle de factrice et porter un recommandé avec accusé de réception à madame Le Léannec…

— Quelqu'un de chez nous ?

— Oui. Préparez un envoi de chocolats, de la part de l'une de ses sœurs, Danielle ou Nicole Le Léannec, peu importe. Il est… 8 h 42, cette opération doit être bouclée pour 12 h 00… Auffret !

— Oui, mon commandant ?

— Appelez Corinne Le Léannec, l'amie de votre fiancée… En cas d'absence, contactez la gendarmerie du lieu et qu'elle nous dise dans quelle école se trouvent les enfants. Que ce soient les gendarmes qui se rendent sur place et qu'ils constatent de visu leur présence…

— Très bien.

*

* *

*Huelgoat, village de Kerber.*

Clotilde Le Morzader avait coupé le moteur quelques mètres avant la maison de Morgane Le Léannec et s'était laissé porter par l'inertie du véhicule.

Sans refermer la portière, pressée, elle avait cogné avec nervosité à la porte. L'effet de surprise avait joué… Rolland et Legard ne savaient que faire…

— Oh ! Bordel ! Il ne manquait plus que ça ! Va réveiller Marie-Elise et dis-lui de se magner le cul pour descendre ! Vite !

— T'as vu l'heure ! Il faut lui ouvrir tout de suite à la postière sinon elle va se poser des questions !

— Putain de con ! Si tu n'avais pas cogné si fort la proprio, elle aurait pu réceptionner son colis, tandis que maintenant avec sa figure ensanglantée, tu la vois se présenter ?

— Elle a eu ce qu'elle méritait, elle n'avait qu'à

se borner à répéter ce qu'on lui avait dit… Mais le temps presse, faire attendre la postière va lui paraître suspect…

Rolland hésita, puis :

— T'as peut-être raison, va lui ouvrir…

*

*   *

*Gendarmerie de Quimper, matinée.*

Apparemment, Auffret avait vu juste. Corinne Faucon et ses deux filles avaient disparu. La directrice de l'école ne comprenait pas leur absence… Bonnes élèves, elle n'était pas inquiète quant à leur passage en classe supérieure, mais néanmoins, ajoutait-elle :

— J'eusse aimé être prévenue. C'est vraiment surprenant de la part de madame Faucon… Ça ne lui ressemble pas. Je sais, pour me l'avoir dit elle-même, que son mari partait en mer le 2 juin, il me semble, mais tout de même, c'est bien la première fois qu'elle agit de la sorte… Nous n'avons pas revu Marie et Anne depuis cette date… J'ai appelé à plusieurs reprises le domicile de la famille, mais sans succès…

— Elle n'en a pas parlé aux institutrices de ses enfants ?

— Non…

— Cela fait aujourd'hui douze jours, c'est beaucoup

de temps passé sans réagir, madame la directrice ! Je vous demanderai de bien vouloir vous présenter à la brigade de gendarmerie de Garches dans l'heure qui suit.

*

Le staff de Fragès était en fièvre. Clotilde, toute excitée leur avait rendu compte de sa mission…

— C'est lui, mon commandant, c'est Legard qui m'a ouvert la porte… Il m'a avancé que sa cousine ne se sentait pas bien et qu'elle était alitée… Le temps qu'il aille lui présenter l'accusé de réception à signer, j'ai prêté l'oreille, mais je n'ai pas décelé le moindre bruit.

Rapidement un plan d'action fut élaboré, les gendarmeries placées en alerte, le concours des polices demandé. Des détachements de Quimper, de Brest, de Châteaulin et de Morlaix reçurent mission d'occuper sur ordre les départementales 42 et 769 en cerclant au nord et à l'ouest les villages de Kerber et de Squiriou et le chemin forestier serpentant à l'est et au sud de ces lieux.

*

*   *

*Zone sud de l'Atlantique nord, 18 heures Z.**

Le sous-marin *Ouessant* se trouvait par 200 mètres d'immersion à 30 nautiques du *Monge* et entreprenait

---

*Zoulou : heure du fuseau z = heure GMT = heure TU.

une patrouille dans une zone mobile autour du BEM. Son commandant, le capitaine de frégate Pierre, assis sur le siège du périscope d'attaque, dominait le central opérations.

La quarantaine passée, le crâne rasé, le visage énergique, l'œil vif, la taille assez petite, trapu, solide, il avait le ventre plat malgré ses faiblesses pour la charcuterie, la bière et les malts. Cette opération qu'il avait à assumer, il l'avait tout le temps souhaitée. Et elle tombait vraiment à pic car dans deux mois il quittait son commandement pour rejoindre la FOST*. Les ordres reçus étaient clairs : empêcher un sous-marin de nationalité inconnue de brouiller la télémesure du *Monge*. Destruction si nécessaire.

Il observait le personnel de quart. Son équipage, très entraîné et expérimenté, était bien déterminé à réussir la mission. Chacun était conscient de son enjeu économique, stratégique…

L'atmosphère détendue était de bon augure, quand :

— Sonar DUUA** 2. Détection bande large. Azimut 240 !

— Identification.

— Sous-marin possible… une hélice, six pales…

— Vitesse et cap.

— 15 nœuds, cap au 090.

— Profondeur.

— 150 mètres. Il plonge…

*Force Océanique STratégique.
** Sonar actif-passif.

— Distance.
— 68 kilomètres.
— Oreille d'or* ?
— Ex-soviétique, type K.
— OK. Immersion 250 mètres, 5 nœuds. DUUA 2 en veille. Ecoute passive.

*

Konrad Müller surveillait les indicateurs de charge de ses batteries. Il avait détecté le *Monge* la nuit dernière à 2 h 40. Depuis il assurait une tenue de contact souple en attendant la confirmation du lancement Ariane 5 et l'heure H.

Il savait cette phase critique. Elle l'obligeait à opérer des vacations fréquentes à immersion périscopique et de nombreuses périodes au schnorchel hors des portées radars du *Monge*.

Détecté, cela signifiait le ralliement immédiat sur zone d'un PATMAR pré-positionné aux Açores ou à Dakar et l'échec de sa mission.

La nuit tombait, il avait choisi de patienter par 200 d'immersion.

*

*   *

---

*Officier marinier dont la spécialité en fait un être à part. Certains hommes ont des « nez » pour les parfums, lui a des « oreilles d'or » pour l'écoute sous-marine. On naît avec ce don, un long entraînement le développe. Chaque bateau propage des bruits qui lui sont propres. Ils définissent son portrait, sa signature sous l'eau.

*Gendarmerie de Quimper.*

Fragès, en calant son heure à celle du CSG gagnait deux heures. Kourou travaillait en TU et la France vivait en heure d'été. Il commanda aux forces retenues pour encercler les villages de Kerber et de Squiriou de se mettre en attente à Berrien, Huelgoat et Scrignac.

— Les troupes prendront position sur mon ordre.

Ce que recherchait Fragès était d'attendre la nuit tombée pour les cerner. De plus, agir au plus près de l'heure de lancement pouvait endormir leur méfiance... Il appela Hautière et lui fit part de son action.

— OK. Nous avons Duponti et Martini sous notre contrôle. Je propose que nous coordonnions nos actions. À quelle heure donnez-vous l'assaut ?

— À 21 heures Z. La nuit tombe à 20 h 23 Z.

— Parfait. Vous avez une idée du nombre de personnes qui se trouvent dans la baraque ?

— Sans doute sept dont quatre otages...

— Hum, agissez vite et... sans états d'âme. Ne leur faites pas de cadeau ! Bonne chance mon vieux, que sainte Geneviève* vous protège.

*

* *

*Village de Kerber.*

Rolland, Legard et Caudan finissaient leur repas. Dans une chambre à côté, les otages saucissonnés et

---

*Sainte patronne des gendarmes.

bâillonnés attendaient leur tour. La maison plongeait tout doucement dans l'obscurité. Marie-Elise se leva pour allumer. Elle s'attarda à la fenêtre donnant sur le chemin… La forêt environnante présentait une masse sombre et unie. Les arbres, leurs formes s'estompaient… Elle alluma l'interrupteur. Le carreau de la fenêtre lui renvoya son image.

Les deux hommes quittèrent la table pour se rendre au salon. Marie-Elise leur proposa un alcool qu'ils acceptèrent.

— Encore deux heures à tenir, observa la mante… Et après, vous avez une idée de ce qui nous attend ?

— Sans doute ne pas bouger, tant qu'ils ne sauront pas si Faucon a exécuté ce qu'ils lui commandaient…

— Et elles ?

Rolland et Legard lui firent comprendre du signe de la main qu'elles seraient zigouillées.

— Les petites aussi ?

Ils ne savaient pas.

*

* *

*Huelgoat, 21 h 40 Z.*

La ceinture entourant Kerber et Squiriou était parfaitement étanche. D'un mouvement régulier et sûr, les gendarmes au nord, à l'est, à l'ouest et au sud convergeaient sans bruit, vers les villages, resserrant ainsi la bande de surveillance cran après cran.

Le village de Squiriou franchi, Fragès ordonna à Paré de monter avec son groupe pour occuper la route desservant Kerber. Une fois en posture, ils se trouvaient à moins de 20 mètres du lieu. En face, rien ne bougeait.

Fragès observa le bâtiment avec ses JVN*. Rien. Personne à l'extérieur. Seule brillait la lumière de deux pièces au rez-de-chaussée.

— OK, Paré. Suivez mes mouvements avec les JVN et veillez mes signaux.

Il fit le tour en prenant du champ et piqua sur un pignon. Là, il rampa pour se trouver à l'aplomb d'une des deux pièces éclairées. Il prêta l'oreille et avec une maîtrise parfaite redressa son corps pour observer l'intérieur du local. Cela lui fit un choc de voir en chair et en os Rolland et Legard. Tous deux allongés tripotaient leur compagne à même le sol. Sur la table du salon, des bouteilles d'alcool traînaient.

« Bon Dieu, c'est le moment où jamais. » Il fit un signe à Paré.

Le major chuchota :

— Trois hommes rejoignent le commandant. Même chemin d'approche.

Le groupe réuni, Fragès les briefa.

— Aussitôt la porte défoncée, un homme avec moi, les deux autres en protection des otages. Bien, maintenant à plat ventre, en protection…

*Jumelles à Visée Nocturne.

Fragès indiqua à Paré qu'ils étaient prêts. Un chuintement, un souffle d'une nanoseconde, une explosion, la porte d'entrée de la maison vola en éclat : Paré avait tiré une roquette ! Les quatre hommes se lancèrent à l'intérieur suivis du major Paré et de son équipe. La rapidité du trio à réagir obligea Fragès et son compagnon à plonger de tout leur long.

— Attention ! ! !

Des balles sifflèrent… L'arme au poing, les deux gendarmes répliquèrent. Rolland et Legard tombèrent, raides morts.

Simultanément, la jeune femme, les rotoplots à l'air, sortit de la pièce en hurlant et toutes griffes dehors se jeta sur le premier gendarme venu qui tomba à la renverse.

Un corps à corps sauvage s'ensuivit. D'une force insoupçonnée, Marie-Elise Caudan réussit d'une prise de judo à immobiliser son adversaire et allait s'emparer de son arme quand Paré et Auffret lui bondirent dessus, la saisirent sans ménagement et la menottèrent.

*

Au même moment à Versailles, la DST arrêtait Duponti et Martini.

*

*   *

*Zone sud de l'Atlantique nord, 22 h 35 Z.*

Le sous-marin K, à 10 mètres d'immersion effectuait une période de schnorchel à faible vitesse. La cible à 16 nautiques était pratiquement stoppée. Konrad Müller avait eu au préalable la confirmation de l'heure de lancement de la fusée Ariane.

« OK. La tauge a pour action de déclencher les brouilleurs des radars de veille surface à 23 h 15. À la même heure je suis en surface, je lance mes leurres et je plonge… »

Les batteries chargées, il commanda de rentrer le tube. Il était prêt.

— Rapprochez-vous du *Monge* Thyssen, placez-vous à 5 nautiques sur son arrière.

— Bien commandant.

*

Les périodes au schnorchel du K n'avaient pas échappé au *Ouessant* qui avait pu ainsi le détecter pendant ces opérations indiscrètes avec l'ALR*, en zone de convergence. Depuis il maintenait le contact de manière régulière. Un peu comme le petit Poucet !

Pierre était songeur. Il avait l'avantage de la détection acoustique sur le K certes, mais l'intrus agissait comme s'il était seul sur zone. Pas une manœuvre indiquait qu'il avait détecté le *Ouessant*…

Il suivait la manœuvre du K. Il devinait qu'il se

---

*Antenne Linéaire Remorquée. Bande étroite, écoute très basse fréquence.

rapprochait pour se trouver dans le plan de tir "CSG/ *Monge*".

« Lancement dans quelques minutes... Le K ne s'éloignera plus maintenant... Par contre, lui comme moi aurons besoin de savoir si la fusée est bien partie à 23 heures... Si le tir est nominal, la fusée se lèvera à 23 h 17 pour le *Monge* et disparaîtra à 23 h 53... À quel moment agira-t-il ? »

*

* *

*BEM* "Monge"*, 22 h 41.*

Baillec ne déridait pas. Assis dans son fauteuil au PCMO*, il ne bougeait pas et ne parlait pas. Tout juste s'il répondait à ses adjoints...

Une voix dans l'interphone troubla le silence :

— Le PC Télec. Le commandant est au PCMO ?

— Oui.

— Un appel en urgence commandant, très confidentiel. Vous le prenez dans votre bureau ?

— Je descends.

Trois minutes plus tard, l'IPETA Faucon était demandé chez le commandant.

*

* *

---

*Poste de Commandement Mesures-Essais.

*23 heures.*

L'antenne linéaire remorquée à l'eau, le commandant du *Ouessant* recevait l'ordre de se découvrir et de chasser le sous-marin indésirable, par la force si nécessaire.

Mais il n'eut pas à user de ses armes… Le K recevait à la même heure un ordre le prévenant que sa mission était reportée et qu'il devait rejoindre sa base. Qui l'avait prévenu ? La question reste en suspens… Des sources bien renseignées de la DGSE et de la DST avanceraient un nom, dit-on…

# XXIII

*BEM “Monge”, mercredi 16 juin, 6 h 30, carré du commandant.*

Baillec parcourait les liasses de messages reçus dans la nuit… À la lecture de l’un, sa mine se réjouit. Il appela son second :

— Cadet, il y a un article de presse qui nous concerne, je souhaiterais qu’il soit affiché dans tout le bord…

« *La presse spécialisée salue les performances de trajectographie et de télémesure du BEM “Monge”. Les résultats obtenus lors de la poursuite du deuxième tir d’Ariane vont au-delà de ce que les ingénieurs de l’ESA et du CNES retenaient. Nul doute que de nouvelles missions civiles attendent aujourd’hui le bâtiment d’essais et de mesures sous l’égide de l’agence spatiale européenne, voire par des centres de lancement étrangers pour certains types de tirs, comme les tirs obliques… Sa mobilité, sa permanence, son autonomie, sa sûreté, le caractérisent et en font un atout sans commune mesure. Le “Monge” n’a pas d’équivalence dans le monde. Il est l’outil précieux de la Défense pour le développement, la mise au point et le suivi des missiles balistiques et, depuis le lundi 14 juin 1999, celui du CSG. »*

*

* *

*Gendarmerie de Quimper, 8 heures.*

La presse régionale relatait les événements dramatiques qui s'étaient déroulés dans la campagne de Huelgoat la nuit du 14 au 15 juin :

« *Nos lecteurs se souviennent de l'horrible drame près de La Feuillée où une malade transportée par ambulance avait été retrouvée étranglée alors que le véhicule se trouvait immobilisé dans le fossé.*

*Dans la nuit de lundi à mardi, les gendarmes après une enquête difficile ont fini par retrouver les assassins qui retenaient prisonnières une mère, sa fille et ses deux petites-filles dans une maison isolée près du village de Kerber, un village de la campagne huelgoataise.*

*L'opération conduite sous les ordres du chef de bataillon Fragès, commandant la gendarmerie de Quimper a permis de récupérer les otages sains et saufs. Pendant l'assaut, deux bandits ont été tués alors qu'ils tiraient sur les forces de l'ordre.* »

*

— Nous aurions peut-être pu en dire plus, non ?

— Bof ! Ce qui est relaté est ce qu'attendent nos concitoyens, que force reste à la loi, ça me semble bien être le cas, non ? Vous n'êtes pas de cet avis, Paré ?

— Hon, hon…

FIN

Plouarzel, le 20 septembre 2001.

Quadri Signe - Editions Alain Bargain
125, Vieille Route de Rosporden - 29000 Quimper
E-mail : editions.alain.bargain@wanadoo.fr
Site Internet : perso.wanadoo.fr/editions.bargain

Dépôt légal n°2 - 4e trimestre 2001
ISBN 2-914532-02-4 — ISSN 1281-7813
*Imprimé en CEE*